나의 X 오답노트 2

나의 X 오답노트 ②

김사라 장편소설

차례

문제 5

기다리는 쪽은 무조건 손해인가? ···························· 007

문제 6

관계에서 우선순위를 차지하는 방법은 무엇인가? ···················· 121

문제 7

'처음 하는 마지막 사랑'이라는 말은 참인가, 거짓인가? ·············· 217

문제 8

X가 겨울을 좋아하는 이유는 무엇인가? ························· 289

에필로그

시험 기간 시작 ·· 374

작가의 말

축복받은 저주 ·· 380

문제 5

기다리는 쪽은 무조건 손해인가?

정답 : (O / X)

싸구려 일식집 메밀소바

바나는 이 사태를 최대한 담담히 받아들이기로 작정한 듯한 표정을 지으며 '사쿠라'라고 적힌 식당 간판을 바라보았다. 학교 정문 바로 건너편에 있는, 캠퍼스 일대의 유일한 일식집이었다. 지안과 도연이 이별하고, 그 바로 다음 수업에 지안이 바나와 앉아버리는 바람에 도연이 강의실을 나가버리고, 기숙사 앞에서 도연과 바나가 식사 약속을 잡은 게 바로 어제였지만 모든 일들이 체감상 아득하게 느껴지는 바나였다.

"내가 저길 또 가네."

1학기 초에 현우 선배와 다녀온 이후로 다시는 가지 않겠다고 다짐한 곳이었다. 사쿠라는 지안과 도연이 유독 자주 방문하던 일식집이기도 했는데, 지안은 일식을 매우 좋아했고 도연은 지안을 매우 좋아했으니 두 사람은 이곳에 자주 올 수밖에 없었다. 지안은 바나에게도 사쿠라에 가자고 자주 제안했지만, 바나는 예약을 해야 먹을 수 있는 유명한 일식당을 운영하는 친구의 아버지 덕에 일식만큼은 입맛이 꽤나 고급스러워진 상태라, 지안에게 "그런 싸구려 일식집 안 간다"라며 매몰차게 거절하곤 했다. 하지만 오늘 아침 날아 들어온 '토바코는 점심에 안 여나 봐. 사쿠라는 어때? 일식 좋아해?'라는 도연의 카톡에 똑같이 '그런 싸구려 일식집 안 간다'라고 대답할 수는 없었기에, 바나는 학교에 입학한 후 두 번째로 이 식당에 방문하게 되었다.

"……왜 밥을 사준다고 그러는 거지?" 바나 옆에 서서 마찬가지로 간판을 쳐다보고 있던 지안이 정말 도저히 이해할 수가 없다는 표정으로 중얼거렸다.

"뭐…… 다녀올게……? 다녀온다고 하는 게 맞는 건가?" 바나는 알 수 없는 무표정으로 중얼거리며 지안에게 대충 인사한 뒤 식당 입구 쪽으로 향했다. 지안은 한숨을 푹 쉬며 그녀의 뒷모습을 바라보았다. 마치 첫 등교 하는 자식의 뒷모습을 보는 것 같은 심정이었다. 그는 차마 떨어지지 않는 발걸음을 힘겹게 떼어 학교 흡연구역 쪽으로 향했다.

사쿠라의 내부는 촌스럽도록 전형적인 한국식 일본풍으로 꾸며져 있었다. 고양이 장식품들을 비롯해 출처와 정체를 알 수 없는 각종 일본 애니메이션 피규어가 가게 내부를 장식하고 있었다. 이건 일식집이 아니라 한국식 일식집이라고 해야 해. 이 식당의 일식 메뉴들도 한국적인 정서가 푹 고아져 있어 맛이 없는 걸 거라고 합리적인 추측을 해보며 바나는 도연을 찾아 식당 안을 두리번거렸다.

"어, 여기!" 도연이 팔을 번쩍 들고 활기차게 손을 흔들며 바나를 불렀다. 도연은 식당의 맨 구석 자리에 미리 자리를 잡고 앉아 바나를 기다리고 있었다. 순간적으로 바나 역시 늘 하던 것처럼 손을 슬쩍 들어 인사하려 했지만, 곧 들었던 손을 황급히 세차게 흔들었다. 안 그래도 요즘 지안과 쌍둥이 같다는 말을 자주 듣던 참이었는데, 도연의 앞에서까지 지안의 인사법을 고수해선 안 된다는 판단이 급하게 들었기 때문이다. 바나는 도연의 맞은편에 앉았다.

도연과 단둘이 있는 것은 이번이 네 번째였다. 늘 지안이 옆에 있거나, 동기들이 잔뜩 모인 자리에서만 그녀를 봐왔다. 두 사람이 단둘이 있었던 적은…… 크림빵 사건이 있던 날의 화장실과, 도연이 바나에게 숙취해소제를 쥐여주던 편의점 앞 그리고 어제 기숙사 앞에서였다. 곧 바나의 앞에는 메밀소바가 놓였고 도연의 앞에는 카레가 놓였다. 한지안이 좋아하는 카레라니. 바나는 도연이 선정한 메뉴를 보곤 아직 먹지도 않은 소바에 체하는 기분이 들었다.

"잘 먹을게!" 바나는 최대한 밝은 톤으로 말했다. 도연은 웃으며 고개를 끄덕였다. 그러나 두 사람 중 어느 누구도 '잘' 먹진 못했다. 도연이 카레에 손도 대지 않고 사이드로 나온 샐러드만 몇 입 맛봤기 때문이다. 그 때문에 바나 역시 소바 면 몇 가닥만 건져 먹을 수밖에 없었다. 사실은, 맛이 없기도 했다.

그리고 얼마 지나지 않아, 도연은 바나에게 밥을 사주겠다고 한 이유를 꺼내 들었다. 올 것이 왔구나. 도연은 자신의 옆에 놓인 큰 종이봉투를 바나에게 건넸다.

"그거…… 지안이 옷이랑 책이거든? 보여주면 알 거야. 좀 전해줄 수 있어?"

"아, 응. 전해줄게." 바나가 종이봉투를 조심스레 자신의 옆자리 의자에 내려놓았다.

"……헤어진 건, 알고 있지?" 도연이 물었다.

"아, 어. 들었지." 바나는 그렇게 말해놓곤, 도연의 눈치를 좀 살피다가 "니가 준 건 내가 잘 전달하도록 할게. 밥도 얻어먹었으니 이 정돈 흔쾌히 할 수 있지"라고 말했다. 그러자 도연이 허탈한 듯한 목소리로 하하, 웃었다. 바나는 어리둥절한 표정을 지었고, 도연은 바나의 표정에 답하듯 말했다.

"지안이랑 말투 정말 비슷하다."

바나는 뒤통수를 한 대 얻어맞은 느낌이 들었다.

"아…… 고향이 비슷해서." 바나는 이렇게 대답했지만, 속으로는…… 씨발.

"우리 과에 경상도 출신들 많은데, 너랑 지안이는 유독 비슷한 것 같더라…… 남매처럼." 도연이 웃으며 농담조로 말했다.

"아—! 그게, 경남이랑 경북은 또 사투리가 미묘하게 다르거든. 그래서 아마 더 비슷하게 느껴질 거야. 우리 과에서……." 바나는 '우리 과에서 지안이랑 나만 경북 출신이라'라는 말을 덧붙이려 했지만 상황만 악화될 것 같아 "우리 과에 경남 출신이 많긴 하지?"라고 문장을 급히 수정했다. 하지만 도연의 표정을 보니 효과는 미미한 것 같았다.

"넌 참 아는 게 많네." 그렇게 도연은 바나를 부른 이유에 대해 말하기 시작했다. "혹시 지안이를…… 친구 말고 이성으로 좋아해?"

하긴, 오늘 밥 먹자고 한 이유가 뭐겠어. 정말 이거 챙겨주려고 불렀겠냐고. 지안은 친구가 많다. 그러니 건수나 정우, 하다못해 다른 더블유 멤버들에게라도 이 옷과 책들을 부탁할 수 있었을 것이다. 심지어 그 애들이라면 이렇게 시간과 돈을 투자해야 하는 '밥'이 아니라 담배 한 갑으로 충분했을 것이다. 뭐, 담배도 필요 없을 수도 있고.

"아냐. 친구야. 정말로." 바나가 담담하게 말했다.

그래, 솔직히 지안이가 '친구 이상'으로 느껴지는 건 맞다. 그렇지만 그게 정말 '이성적인 감정'일까? 이 물음에 바나는 확실히 아니라고 답할 수 있었다. 바나는 현우 선배를 좋아한다. 그러니까 어리하다는 말까지 들으면서도 못 헤어지고 있지. 바나에게 지안은 사회적으로 알려진 단어들, 그러니까 친구나 연인 같은 이분법적인 단어로는 표현할 수 없는 특이하고 특별한 존재다. 그러나 사회적으로, 통상적으로, 일반적으로, 보편적으로 굳이 지안을 표현해야 한다면…… '친구'가 맞아.

"네가 왜 그런 오해를 하는지는 잘 알겠지만, 어디까지나 '오해'라는 것만 알아줘. 뭐, 믿는 건 네 판단이긴 한데…… 그래도 내 마음은 이래. 내가 할 수 있는 건 너한테 최대한 솔직하게 내 마음을 설명하는 일밖엔 없으니까……."

바나가 주절거리며 설명을 이어갔다. 하지만 도중에 이런저런 말들을 멈출 수밖에 없었다. 갑자기 맞은편에 앉은 도연이 "흐윽―!" 하며 흐느끼기 시작했기 때문이다. 바나는 엄청나게 당황한 얼굴로 황급히 티슈를 찾아 건넸다. 다행히 늦은 점심시간이라 식당에는 혼밥을 하는 사람 한두 명밖엔 없었지만, 그래도 바나는 입술을 잘근잘근 깨물며 상당히 곤란한 표정으로 도연을 바라봐야만 했다.

얼마 뒤, 도연이 울음을 멈추었을 때 바나는 입술을 너무 꽉 깨물고 있어서 비릿한 피 맛이 나는 것 같은 착각을 느꼈다. 도연은 자조적으로 웃으며 휴지로 남은 눈물을 닦아냈다.

"미안해. 괜히······." 도연이 사과했다.

"아냐······." 바나는 본능적으로 대답해 놓곤, '뭐가 아닌데?'라는 생각을 했지만 대답을 시작한 이상 말을 마쳐야 했다.

"난 백현우랑 사귀잖아. 현우 오빠를 좋아해."

바나의 메밀소바가 불어가고, 도연의 눈도 퉁퉁 붓고 있었다.

○×

"니가 뭐 때문에 바나랑 내 사이를 오해하는지 잘 알겠는데, 어디까지나 '오해'라는 것만 알아둬라. 믿는 건 니 판단이지만."

지안은 도연에게 헤어지기 직전에 했던 말을 떠올리며 자신의 휴대폰을 뚫어져라 쳐다보았다. 지안은 믿지만 바나를 믿지 못하겠다는 도연에게 해준 답변이었다. 도연과 지안이 헤어진 일은 두 사람의 문제고 두 사람의 사정인데, 여기에 바나가 끼게 된 상황이 미안했고 신경 쓰였다. 왜

개를 불러가지고……. 어제 바나가 했던 말에는 여전히 동의하지 않았다. '지안이 스스로 헤어진 것이 아니라 바나가 지안을 부추겨서 헤어진 것이라고 오해할 수 있음'이라는 말에 콧방귀를 뀌며 도연을 과소평가하지 말라고 했던 자신의 입장에는 변함이 없었다. 하지만 도연이 바나를 따로 부른 이유를 전혀 모르겠는 건 여전했다.

"어, 알았다." 왜인지는 모르겠지만 바나는 그를 사쿠라로 불렀다. 도연과 지안, 바나 셋이서 삼자대면을 해야 할지도 몰랐다.

하지만 식당엔 바나만 앉아 있었다. 바나의 앞에는 도연이 손도 대지 않은 카레와 불어터진 메밀소바가 있었다. 바나는 많이 지쳐 보였다. 멍하니 지안을 바라보는 눈빛에 허탈함과 스트레스가 녹아 있었다.

"하나도 안 먹었노." 지안이 그렇게 말하며 도연이 앉았던 자리에 앉았다. 그러자 바나는 자신의 메밀소바와 카레의 위치를 바꾸더니 푹푹 퍼먹기 시작했다. "왜 하나도 안 먹었노?" 지안은 그렇게 물었지만 대답을 듣지 않아도 이유를 알 것 같았다. 바나는 대답 대신 도연이 준 종이봉투를 지안에게 건넸다.

"걔가 갖다주래. 보면 알 거래."

"이걸 왜 니한테……." 지안이 기가 찬다는 표정으로 말을 꺼내다 멈췄다. 더 이상 물어봐도 딱히 얻을 게 없어 보였다. "메밀소바가 우동이 됐네."

"먹을 수가 있어야지, 걔가 내 앞에서……." 바나가 말을 하다 멈췄다. 울었나 보군.

"어…… 말을 계속 시켜가지고……." 바나가 얼버무렸다. 되도 않는 거짓말을.

"뭐라고 말 시켰는데?"

"어어…… 뭐, 너 더블유 공연하는 것도 잘 챙겨주라고 하고…… 등등……."

"그거를 왜 니한테 말하냐, 걔는." 지안은 짜증이 잔뜩 담긴 목소리로 중얼거렸다. "카레는 먹을 만하냐?"

"응. 3분카레 맛." 바나가 말했다. 그러더니 아주 작은 소리로 속닥였다. "나중에 내가 꼭 내 친구 아빠가 하는 일식당 데려가 줄게. 거기서 우동 같이 먹자. 규동이랑. 곧 있으면 내 생일이잖아."

아, 생일이지. 뭘 줘야 하나.

그렇게 두 사람은 마지막으로 남은 1학년, 스무 살의 시간을 함께 보냈다. 더블유 공연 연습도 하고, 공부도 하고, 휴게실이나 우식, 1층 분식집, 토바코 등에서 맛있는 음식을 먹고 쉼 없이 대화를 나누면서. 현우 선배는 군대에 있고, 도연과는 헤어졌으니…… 그들의 정기적, 비정기적인 만남을 방해할 인물은 아무도 없었다.

"도연이가 니 첫사랑이라는 소리야?" 바나는 지안의 요즘 심경을 듣고 이런 질문을 던졌다. 단칼에 헤어짐을 결심하고 이행하긴 했어도, 지안은 도연을 좋아했다. 연못같이 잔잔한 그녀는 연못처럼 잔잔하게 지안의 마음에 남았다. 그래도 첫사랑은 아니야. 지안은 그렇게 확신했다. 그녀를 잊지 못할 거란 생각은 들지 않았기 때문이다.

"그건 아닌 듯한데. 니 생일 선물 뭐 받고 싶은데."

"비싼 거!" 바나가 킥킥거렸다. 이 지지바가…….

지안이 '비싼' 바나의 생일 선물을 찾으러 다니는 와중에도 모든 일정은 무사히 마무리되었다. 더블유의 공연도, 과제와 시험들도(그는 이번에도 성적장학금을 탈 확률이 높았다), 도연을 잊어가는 과정도. 지안은 '비싼' 생일 선물을 친구들과 생일 파티에 다녀온 바나에게 주었다. 바나는 뭘 이렇게 비싼 걸 사 왔냐고 툴툴거리면서도 미소를 숨기지 못했다. 비싼 거 사달래 놓곤. 그리고 지안은 "요즘 나한테 왜 이렇게 잘 웃어주냐?"라는 바나의 물음에 내가 그랬나? 하고 생각했다.

지안은 곧 기숙사를 떠날 예정이었다. 2학년 1학기가 시작되면, 서울 최고의 대학에 합격한 지안의 연년생 남동생인 수안이 상경할 예정이었다. 두 사람은 함께 살 자취방을 구했고, 그 말은 내년부터는 지안이 바나와 기숙사에서 새벽까지 떠들 수 없게 됨을 의미했다. 아쉽지만 어쩔 수 없지. 한 번에 짐을 옮기려면 지금부터 차근차근히 짐을 정리해 두는 게 좋을 것 같아 읽고 있는 책을 들어 올렸는데, 책 사이에서 폴라로이드 사진 한 장이 툭 떨어졌다. 바나와 지안이 함께 찍은 사진이었다.

며칠 전, 더블유 공연이 막 끝났을 무렵, 건수는 약간 목이 멘 목소리로 폴라로이드를 들어 올리며 말했다.

"단체 사진 한번 찍자!"

자유전공학과 학생들은 이제 2학년 1학기가 시작되면 뿔뿔이 다른 학과로 흩어질 것이다. 즉, 더블유라는 동아리는 다음 학번의 자유전공학과 학생들이 맡아 운영해 나가야 하며 지안과 건수, 바나 그리고 나머지 멤버들은 더 이상 더블유의 활동을 할 수 없다. 물론 선배로서 몇 번의 방문과 조언, 도움, 공연 도중 깜짝 출연 등까지는 가능하겠지…… 공식적인 더블유 활동은 이날이 마지막이었다. 그래서 건수는 이날을 추억하기 위해 거금을 들여 폴라로이드 사진기를 사 왔다. 바나는 그걸 보고 "소녀 감성ㅡ!"이라고 놀렸지만 건수는 이날만큼은 아무래도 좋았는지 마지막 남은 필름 한 장을 지안과 바나를 위해 쓰겠다 했다.

"니들 없었으면 진짜 못 할 뻔했다. 진짜 진짜 고맙다."
건수가 진심을 담아 말했다.

"울어?" 바나가 웃음을 참는 표정으로 건수에게 물었다.

"……서라." 건수는 감동이 파괴된 표정으로 지안과 바나에게 가서 포즈를 취하라는 손짓을 했다.

지안은 기타를 멘 채로, 바나는 그런 지안의 옆에 서서 장난스러운 미소를 지으며 함께 사진을 찍었다. 폴라로이드 특성상 사진은 한 사람만 가질 수 있으니 바나가 "아, 나 달라고! 달라고! 달라고오오오!"라고 떼를 썼지만 지안은 사진을 높이 들어 올리며 엄청나게 단호한 표정으로 "안 돼"라고 말했다. 그래서 결국 그 사진이 지안이 읽고 있는 책 사이에 끼워지게 된 것이다.

언제 한번 또 같이 공연할 수 있으면 좋을 텐데. 스무 살의 사랑은 완전히 끝났고, 스무 살의 학교생활도 얼마 남지 않았다. 시간은 잘도 흐르는구나. 하지만 스무 살의 흔적은 이 폴라로이드 사진 한 장이면 충분하단 생각이 들었다. 지안은 사진을 다시 책 사이에 끼웠다. 그리고 밤에 읽으려고 책을 짐 박스에 넣지 않고 책상 위에 다시 올려두었다. 생각해 보니, 아직 스무 살의 방학이 조금 남아 있었다. 바나한테 방학 때 본가에 얼마나 다녀오는지 물어봐야겠다. 지안은 그렇게 마음 먹으며 짐 정리를 마저 하기 시작했다.

양갈비 손잡이 만들기

: 스물일곱 :

"SUV를 산 거라?" 지안이 어이가 없다는 듯 물었다. "니 공간지각 능력으로 그게 되나?" 걱정이 잔뜩 담긴 질문이었다.

바나는 햇살이 강렬하게 내리쬐는 시티 아파트 317동 앞 주차장에서 한 손으로는 손부채질을 하고, 한 손으로는 엄지를 치켜세우며 누가 봐도 새 차 느낌이 나는 남색 SUV 앞에 서서 지안을 자신만만하게 바라보았다. 바나의 차는 소형 SUV였는데 SUV치곤 앞뒤가 짧고 초보가 운전하기에 괜찮은 차로 유명했다. 잘도 이런 걸 찾았네. 스물일곱이 되어서야 면허를 딴 바나는, 과거에 그녀가 선언한 대로 면허를 따자마자 차를 산 것이었다.

"면허를 받자마자 차를 사가지고, 이걸 운전해보겠다고?" 지안이 정말로 걱정이 된다는 듯 물었다.

"응! 도로연수 일주일 받았어." 바나가 고개를 세차게 끄덕였다. 이어 차 밑부분에 살짝 흙이 튀어 있는 곳을 가리키며 "봐, 운전을 한 흔적이지"라고 덧붙였다.

솔직히 지안은 바나가 운전면허 시험에 한 번에 합격할 거라고는 상상도 못 했다. 어디가 신촌인지 인사동인지도 구분 못 하는 순도 100퍼센트의 길치이자 공간지각 능력이 상당히 떨어지는 사람이었으니. 그러나 바나는 생각보다 높은 점수를 받으며 운전면허를 가볍게 따냈다. 못 본 사이에 길치에서 탈출하기라도 했나?

"자, 어서 타봐." 바나는 결연하면서도 살짝 긴장된 표정으로 조수석 문을 열어주었다. 지안은 긴가민가한 표정으로 벌써 내부가 살짝 더러워진 조수석을 물끄러미 바라보다 차에 탑승했다. 안전벨트를 매고 차창 위에 있는 보조 손잡이를 꽉 잡았다. 경차를 사지, 왜 SUV를…….

출발부터 심상치 않았다. 차 소리가 이상한 걸 보니, 사이드를 풀지 않고 운전을 시작한 모양이었다. 바나는 당황하며 "아, 사이드!"라고 외치곤 재빨리 사이드를 풀었다. 지안은 매고 있던 안전벨트를 더욱 꽉 잡았다.

"대체 어딜 가는데?" 지안이 차 안 여기저기를 둘러보며 물었다. 차를 구경하려고 둘러보는 것이 아니라, 사이드가 제대로 풀린 것은 맞는지, 룸미러의 각도는 어떤지, 운전석 의자는 적당히 거리 조절을 해두었는지, 사이드미러를 펼치지 않은 것은 아닌지 확인하려는 목적이었다.

"강, 야외 카페? 여기서 10분 정도 운전해서 가면 있거든." 바나가 들뜬 동시에 긴장한 목소리로 대답했다.

"이 날씨에?" 지안이 물었다. "니 더위도 많이 타잖아."

"이럴 때 아니면 언제 이렇게 낮에 돌아다녀 봐? 둘 다 갑자기 바빠지기 전에 놀아둬야지." 바나가 대답했다. 한 명은 프리랜서 작가였고, 한 명은 주 3일을 출근하는 보조 강사였기에 가능한 평일 한낮의 데이트였다. "그리고 지금 시간이 제일 운전하기 좋단 말이야. 차도 없고, 날도 밝고."

바나는 '생각보다는' 운전을 잘했다. 그러니까, '초보치고는' 말이다. 물론 긴장되는 순간이 몇 번 있었다. 브레이크 밟는 타이밍이 살짝 늦어서 몸이 앞으로 쏠린다든지 하는 상황이었다.

"빨간불!" 지안이 소리 높여 말했다. 이번에도 바나는 브레이크를 더 일찍 밟았어야 했다.

"나도 알거든?" 바나가 잔뜩 긴장한 목소리로 소리쳤다.

"그냥 타이밍을 놓쳤을 뿐이라고. 소리 좀 지르지 마! 무서워!"

"내가 더 무서워……." 지안이 나지막이 대답했다.

두 사람은 사고 없이 무사히 야외 카페에 도착했다. 물론 10~15분 거리를 28분이나 걸려서 도착하긴 했지만. 한

적한 곳에 덩그러니 자리 잡은 아주 큰 카페였다. 주차장이라고 불리는 공간에는 흰색 계열의 작은 돌과 자갈이 깔려 있어서, 바나의 미숙한 운전 솜씨로 진입할 때 바스락거리는 소리가 세차게 들렸다. 나무 밑에 주차해야 시트가 덜 뜨거워진다는 지안의 조언에도 그녀는 잔소리 좀 그만하라며 빽 소릴 지르곤 땡볕 한가운데에 차를 세웠다. 사람이 별로 없는 시간대라 다행이었다. 자갈밭이라 주차선이 잘 보이지 않아 바나는 선을 잡아먹은 채로 주차했다. 결국 지안이 운전석에 앉아 위치를 다시 잡아야 했다.

바나는 아이스 아메리카노를, 지안은 아이스 민트 티를 들고 나와 테라스에 있는 테이블에 자리를 잡았다. 하지만 한적하고 푸르른 풍경을 감상한 지 채 5분도 지나지 않았을 때 바나는 너무 덥다며 실내로 들어가야겠다고 했다. 통유리 덕분에 실내에서도 풍경을 감상할 수 있었고, 빵빵한 에어컨 덕에 피부가 보송보송하고 쾌적해져서 바나는 기분이 한껏 좋아진 채로 지안과 도란도란 이야기를 나눌 수 있었다.

"오늘 회의 주제는 뭐고." 지안이 물었다.

"내가 도연이한테 불려 간 거…… 까지 얘기했으니까." 바나는 에코백에서 노트북을 꺼내 열었다. 매니큐어가 갈라진 손톱에 트릭패드가 부딪히는 소리가 좀 나더니 바나는 생각에 잠긴 표정으로 지안을 쳐다봤다. "근데 고민이야. 우리가 너무 별로더라고. 주인공은 좀 응원을 받아야 하잖아? 독자들에게…… 공감도 돼야 하고." 지안이 바나의 말을 듣고 이해가 잘 안 된다는 표정을 짓자, 바나가 설명을 이어나갔다. "봐봐. 우리 입장에서야 애틋하고 간지러운 사랑 이야기지, 사실은 그냥 여사친이랑 바람난 남자 이야기 아니겠어?"

"난 도연이랑 사귈 때 니 안 좋아했는데." 지안이 바나의 말뜻을 단박에 이해하고는 반박했다.

"난 도연이 많이 좋아했어."

"누가 안 좋아했대? 바람났다는 거지."

이렇게 두 사람의 '바람나다'에 대한 공방전이 시작됐다. 지안은 한 사람이 싫어지고 다른 사람이 좋아졌지만, 헤어지지 않고 다른 사람과 만남을 지속적으로 가지는 것이 '바람'이라고 주장했다. 도연이 자신과 맞지 않고 다른 사람을 만나야 행복하다고 판단을 내린 후 바로 이별했고, 이후 시간이 지나면서 점점 바나가 좋아졌다는 것이었다. 그러나 바나의 입장은 달랐다. 지안은 그때 도연을 좋아하긴 했지만 바나도 좋아했고, 어느 순간부터 감정선이 도연보다 바나를 더 아끼는 지점에 다다랐을 때 본능적으로 이별을 선택한 것이라고. 그러니까 바람은 '한 번에 두 사람을 좋아하게 되었을 때 발생하는 것'이라는 주장이었다.

"아끼는 거랑 좋아하는 거랑 같나?" 지안이 물었다.

"너, 정우랑 건수도 아꼈지만 걔네가 기분이 나쁘다든지 고민이 있다든지 할 때마다 인사동에 데려가거나 김우전을 사주진 않았잖아?" 바나가 예를 들며 반박했다.

"넌 날 좋아한 거야, 그때."

"그럼 니도 남사친이랑 바람난 이야기의 주인공이네?"

"나도 그랬다고 볼 수 있지. 둘 다 '쓰레기'였달까?" 바나가 쓴웃음을 지으며 말했다.

"그러니까 백현우랑 사귈 때 니가 날 좋아했다고?" 지안이 의문스럽다는 듯 되물었다.

"그랬지 않았을까?" 바나가 긴가민가하며 대답했다.

"아니야." 지안이 단호하게 대답하자 바나가 고개를 갸우뚱하며 그를 쳐다보았다. '이번엔 또 뭘 반박하려고?'하는 표정이었다. 지안은 이 표정에 대답하듯 말했다. "그건 바람이 아니야. 니도 헤어졌고, 나도 헤어졌으니까."

지안은 바나의 반박을 다시 기다렸다. 하지만 바나는 지안에게 반박하지 않았다. 오히려 씁쓸한 표정을 지으며 지안의 눈을 피하곤 침묵에 잠겨버렸다. 왜 아무 말도 없지. 바나의 얼굴에는 '넌 그렇게 생각하는구나'라는 기색이 역력했다. 지안은 그 표정의 원인을 모르겠어서, 여러 이유를 추측하며 바나의 얼굴을 빤히 쳐다보았다. 하지만 바나는 긴 침묵이 이어지는 동안 한 번도 지안의 얼굴을 쳐다보지 않고, 다 먹은 아이스 아메리카노 컵 안에 있는 작은 얼음 조각들을 빨대로 휘적휘적 젓기만 했다. 정적을 먼저 깬 사람은 지안이었다.

"그럼 내가 지금 여자인 친구 만나러 가면 바람이겠네?"

그러자 바나가 웃었다.

"우리가 서로 좋아하나? 그럼 바람이지." 웃음 뒤에는 진실을 캐묻는 날카로운 삼백안이 또렷이 보였다. 그렇게 두 번째 정적이 찾아왔다.

"갈 땐 너가 운전해라." 두 번째 정적을 깬 이는 바나였다.

"새 차인데, 괜찮겠나?" 지안이 물었다.

"응. 니가 하도 소릴 질러서 무서워서 운전을 못 하겠어." 바나가 농담조로 웃으며 지안에게 대답했다. "그리고 회의 하지 말자. 그냥 풍경 구경이나 할래." 그녀가 노트북을 탁, 닫았다.

집에 가는 길에도 바나는 창밖을 멍하니 바라보면서 지안이 틀어놓은 노래를 흥얼흥얼 따라 불렀다. 지안은 카페에 있는 동안 차에서 틀 플레이리스트를 미리 만들어놓았는데 과거에 두 사람이 자주 듣던, 또 자주 불렀던 노래들이 많았다. 투개월의 〈로맨티코〉나 〈여우야〉, 제이슨 므라

즈의 〈I'm yours〉, 〈Lucky〉 등 익숙한 노래들이었다.

"오— 아름다운, 너의 목소리는, 내가 원하는 모든 것을 허락했지—." 바나가 흥얼거렸지만, 과거처럼 지안이 화음을 맞추어 같이 흥얼거려 주진 않았다. 바나의 새 차여서 운전을 조심히 해야겠단 생각이 들기도 했고 그녀가 혼자 부르는 노래에 끼어들어도 되는지 확신이 서지 않아서이기도 했다.

"내가 데려다줘도 되는데."

다시 아파트에 도착했을 때, 바나가 조수석에서 내리며 말했다. 저녁 시간이 가까워졌는데도 아파트 주차장 시멘트 바닥에는 여름의 해가 아직 쨍쨍하게 내리쬐고 있었다.

"덥잖아. 역까지 걸어가기."

"됐어. 니가 맨날 역세권이라고 자랑했잖아. 가까워." 지안이 괜찮다는 듯 손가락을 가지런히 모아 들어 올리며 말했다. 지안은 친구들과의 술자리에 가야 했다.

"그럼 걸어서 데려다주지, 뭐." 바나가 이상한 고집을 부렸다. 말릴 이유까지는 딱히 없었던 지안은 바나와 함께 역으로 천천히 걸었다. 5분 만에 도착한 역 앞에서, 지안과 바나는 서로에게 인사했다.

"이따 올 거야?" 바나가 물었다.

"뭐, 상황 봐서." 지안이 애매하게 대답했다. "너무 늦게 가면 좀 그렇잖아."

"그래, 올 거면 전화 미리 해줘. 쌩얼인 척 화장이나 좀 하게." 바나가 장난스레 말했다.

○×

바나는 다시 터덜터덜 걸어 자신의 아파트에 도착했다. 찌는 듯한 더위에 정신이 아찔해질 정도였다. 여름은 정말 싫어. 청량하기는 개뿔, 찝찝하기만 하다고. 집에 도착하자마자 바나는 에어컨을 켜고 가볍게 샤워를 한 뒤 책상 앞에 앉았다. 여태 쓴 것을 수정하거나, 뒤에 쓸 내용을 구상해야 했다.

그러나 글은 쉽사리 쓰이질 않았다. 아까 지안이 한 말들이 머릿속에 복잡하게 맴돌았다. 자신이 주장했던 바가 헷갈리거나 흔들리는 느낌은 전혀 아니었다. 그저 지안이 왜 그런 주장을 펼쳤는지 이해가 되지 않을 뿐이었다. 좋아했으면서.

멍하니 텅 빈 파일을 보다가, 유튜브를 켜서 좋아하는 e스포츠 프로팀의 영상을 몇 개 봤다. 그러곤 영상을 끄고 노트를 펼쳐 이야기의 구성을 어떻게 하면 좋을지 낙서를 하기 시작했다. 하지만 곧 다시 스마트폰을 들어 아까 지안이 틀어줬던 노래 중 〈여우야〉를 찾아 다운받은 뒤 벨소리로 설정했다. 그러고는 만족스러운 표정을 지으며, 바나는 다시 텅 빈 파일을 열었다. 하지만 또 바나는 스마트폰을 들어 SNS에 접속해 이 사람, 저 사람의 소식을 보며 하트를 누르기 시작했다. 그리고 굳이 검색을 해서 지안의 계정을 찾았다. 두 사람은 아직 서로를 팔로우하지 않은 상태였다. 헤어지고 난 뒤 팔로우를 끊었는데, 다시 서로 팔로우를 하면 동기 중 누군가가 두 사람이 다시 만나고 있다는 사실을 눈치챌지 몰라서였다. 심지어 바나는 수아나 인하, 미연에게도 지안과 다시 만나고 있다는 소식을 알리지 않은 상태였다. '만나고 있다'라……. 바나는 아까 자신이 던진 질문에 지안이 대답하지 않은 것이 생각났다. 지금 서로 좋아하는 사이인가에 대한 질문이었다. 분명 두 사람은 서로를 아낀다. 서로에게 너무나도 중요하고 소중한 존재이며, 현재가 즐겁다. 그래서? 그래서 뭔데? 우리는 뭔데?

　—우리 언제 맞팔해?

　—결혼하면.

　친구들과 술을 마시는 와중에 빠르게 도착한 그의 답장이었다. 또 한 번 아무렇지 않게 지안이 '결혼'을 언급하자 픽 웃음이 나왔다. 하지만 예전에 짓던 그런 웃음이 아니었다. 쓸쓸함과 모호함, 애매함이 모두 담긴 복합적인 실소였다. 바나는 그의 SNS를 끝내 팔로우하지 않았다. 물론 서로가 부끄럽다거나 가볍게 만날 사이인데 굳이 대외적으로 알리고 싶지 않다는 이유는 아니었다. 두 사람은 예전에도 다른 사람들 입에 자주 오르내리는 관계였으니 말이다. 그리고 우린 예전에도 이런 이상한 관계였지.

지안의 계정에는 스토리가 업데이트되어 있었다. 친구들과 찍은 단체사진이었다. 바나는 사진을 보며 킥킥 웃었다. 예전과 같은 사람이라고는 도저히 생각하기 어려울 정도로 해맑게 웃으며 요상한 포즈를 취하고 있는 건수가 보였고, 발랄하고 해맑던 정우는 듬직한 자세로 미소 지으며 카메라를 응시하고 있었다. 어, 수안이도 있네! 수안이 엄청 멋있어졌네—! 괜히 반가웠다. 배경에 지안과 친구들이 방문한 음식점 간판이 함께 찍혀 있었다. 바나는 휴대폰을 끄고 인터넷으로 음식점을 검색해 보았다. 유명한 양갈비집이었다. 맛있겠다. 나도 양갈비 좋아하는데. 아마 지안과 건수, 정우 그리고 다른 친구들은 양갈비를 안주로 술을 왕창 들이켜고 있을 것이다. 연남동에 있는 가게군. 바나는 이렇게 중얼거림과 동시에 자신이 너무 스토커같이 느껴져서 지도 사이트를 꺼버렸다. 그러곤 다시 글을 쓰던 파일을 열었는데, 제목 외에는 텅 비어 있는 파일이 바나의 신경을 마구 건드렸다.

그리고 꾸벅꾸벅 졸기 시작했다. 꿈에는 도연이 나와 삿대질을 해가며 다 식은 카레와 불어터진 메밀소바를 바나에게 집어 던졌다.

"내가 그러려고 그랬던 게 아니야. 그땐 나도 너무 어렸단 말이야. 네 마음에 차진 않겠지만, 나도 그 일 때문에 업보가 쌓였는지…… 나중에 많이 괴로웠어." 바나가 애원하며 도연에게 설명했다. "이렇게 말해도 그때의 상처가 없어지진 않겠지?" 바나가 슬프게 물었다.

"없어질 수가 있겠어?" 그리고 도연이 입을 벙긋하며 노래를 부르기 시작했다. "이 밤, 너에게 주고픈 노래— 너만을 사랑하고 있다는 걸—."

그때 바나는 잠에서 깼다. 책상 위에 엎어져 잠시 노래의 출처를 찾았다. 아까 바나가 벨소리로 지정해 놓은 〈여우야〉가 휴대폰에서 흘러나오고 있었다.

'들어줄 사람도 없이, 빗속으로— 오, 오오— 흩어지네.'

바나는 졸린 눈으로 휴대폰을 집어 화면을 확인했다. 지안에게서 온 전화였다. 창밖엔 정말 여름비가 투두둑 떨어지고 있었다. 집 안의 공기는 어느새 물기를 잔뜩 머금어 내부에서도 비가 후두둑 떨어질 것같이 습했다.

"여보세요?" 바나가 졸린 목소리로 전화를 받으며 에어컨을 제습 모드로 바꿨다.

"어— 쌩얼인 척 화장 좀 하고 있어라." 지안이 취한 목소리로 구수한 사투리를 쓰며 말했다. 바나는 전화를 끊자마자 키보드로 검색창에 '쌩얼 메이크업'을 쳤다.

○×

"아— 배고프다." 바나는 카트에 양 팔꿈치를 기댄 채로 천천히 밀며 마트 내부를 걷고 있었다.

"아무리 여름이라도…… 잠깐 정도는 괜찮겠지?" 그리고 금세 걱정되는 표정을 지으며 지안에게 물었다.

"괜찮아. 이제 다 샀어." 지안이 양념장 코너에서 이것저것 살펴보며 대답했다. 두 사람은 가평의 1층짜리 할인 마트에서 장을 보고 있었다. 차에는 택배로 주문한 양고기가 아이스박스 안에 곤히 잠들어 있었다. 바나는 고기가 상하진 않을까 걱정이었다. 하지만 철저한 지안은 이미 여러 개의 아이스팩을 얼려놓은 것도 모자라, 500밀리리터 생수병까지 몇 개 얼려서 양고기 옆에 둘러두었다. "상하는 것보다 도착했을 때 고기가 아직 얼어 있을 걸 걱정해야 돼."

카트 안에는 누가 봐도 글램핑에서 고기를 구워 먹는 사람들이 살 법한 식료품이 가득 들어 있었다. 연와사비, 고기를 찍어 먹을 소스, 2차로 즐길 밀키트와 후식으로 즐길 과일, 여러 가지 주류 그리고 바나가 먹고 싶다고 조르고 졸라 얻어낸 초코 우유까지. 두 사람은 1박 2일로 글램핑 여행을 왔다. 지난번 친구들과 연남동에서 양갈비를 먹고 돌아온 지안이 바나가 마지막으로 먹은 양갈비는 2년 전 전남자친구와 먹은 것이라는 사실을 알게 되어 결정한 일이었다.

바나는 본인이 운전하겠다고 고집을 부렸지만, 지안이 여행 가는 길에서까지 안전벨트를 양손으로 붙잡고 내내 긴장하긴 싫다고 했다. 게다가 바나는 초보운전이라 운전 중에 노래를 틀지 않는데, 음악이 없는 여행은 지안의 사전엔 없는 일이었다.

대신 바나는 마트에서 카트를 운전할 수 있었다. 어차피 요리는 모두 지안의 몫이어서 식료품을 고르는 일도 지안이 해야만 했다. 바나는 이 역할 분담에 아주 만족했다. 카트를 끄는 것을 좋아했기 때문이다.

"생각해 봐. 동생 둘을 보는 게 쉽겠어, 카트를 끄는 게 쉽겠어." 바나는 또 이야기꽃을 피우기 시작했다. 그녀는 어릴 때 마트에서 동생 둘을 돌보기 싫어 카트 끌기를 자처했다고 했다. 아무 생각 없이 부모님의 뒤꽁무니만 졸졸 따라다니면 되는 아주 쉬운 일을 스물일곱이 되어서도 할 수 있다는 사실이 좋다고 말하며 살짝 쌀쌀하기까지 한 마트의 에어컨 바람을 한껏 만끽했다.

"근데 나 오늘 예쁘지?" 지안은 식료품을 고르다 말고 바나를 흘끔 쳐다보았다. 바나가 정성 들여 꾸안꾸 메이크업을 한 얼굴을 가까이 들이밀며 눈을 깜빡이고 있었다. 양 볼에는 장난기가 가득했다.

"저번에도 그랬잖아." 지안은 다시 매대를 살피며 심드렁하게 대답했다.

"저번에도 예뻤다는 거야, 저번에도 내가 '예쁘지?'라고 물어봤다는 거야?" 바나가 장난기를 가득 담아 물었다.

"둘 다." 지안이 무뚝뚝하게 대답하곤 "가자, 이제"라고 말하며 카트를 빼앗아 앞장섰다.

○×

장 본 것들을 차에 싣고서 두 사람은 숙소로 다시 출발했다. 둘 다 배에서 꼬르륵 소리가 났다. 양고기를 최대한 맛있게 즐기기 위해 점심도 먹지 않은 상태였다. 두 사람은 아예 이른 저녁으로 양고기를 먹을 작정이었다.

"두 번째 플레이리스트 재생해 봐." 지안이 운전하며 말했다. 바나는 거치대에서 지안의 휴대폰을 빼내어 화면을 켰다. '녹색지대로의 여행'이라는 제목의 플레이리스트였다. 음악적 재능이 뛰어나고 오래도록 음악을 해온 지안은 자신만의 플레이리스트를 글귀와 함께 만들어놓는 것을 좋아했다.

"녹색지대로의 여행—." 바나가 플레이리스트 제목을 읊고는 설명란에 적혀 있는 지안의 문장을 읽어나갔다.

"'철마다 서식지를 옮기는 철새가 부러웠던 인간은 여름철 피서지로 떠난다. 애석하게도 그것은 일시적인 도피일 뿐, 철새가 누리는 항구적 청명함과는 거리가 꽤 있다. 그럼에도 우리는 이 낭랑함에 감사해야 할 것이다. 들뜬 마음으로 출발해서 아쉬움을 뒤로한 채 돌아올 수밖에 없는 한시적 여행은, 그 자체로도 충분한 가치가 있다.' ……이야, 시인인데? 니가 써라, 내 소설."

바나가 씨익 웃으며 지안을 쳐다보았다. 지안은 운전 중이라 전방을 계속 주시했지만, 바나의 능청스러운 칭찬이 웃긴지 피식 웃었다. 바나도 그 웃음을 따라 같이 미소 지었다.

"여행인데 선글라스 한번 껴볼까." 바나가 이렇게 말하며 차 천장의 안경 보관함에서 선글라스를 하나 꺼냈다. 바나는 안경이 잘 어울리지 않는 스타일이어서 선글라스도 잘 끼고 다니지 않았다. 시력이 양쪽 모두 1.5라 27년 평생 안경과는 인연이 없었던 그녀에게 선글라스는 더욱더 거리감이 있는 패션템이었다. 오늘 가져온 선글라스는 바나가 차를 산 기념으로 부모님이 선물한 '차량용 선글라스'였다. 마침 신호대기 중이어서, 바나가 지안에게 물었다. "나 선글라스 얼마나 안 어울리는지 볼래?"

지안은 고개를 돌려 선글라스를 낀 바나의 얼굴을 훑어보았다. 그러곤 진지한 말투로 대답했다.

"잘 어울리네. 그렇게 태어났다 해도 믿겠어." 지안의 답변에 바나는 깔깔 웃었다. 예전에 했던 말을 그대로 하네. 바나는 지안의 예전 모습을 떠올렸다. 짧은 여행을 떠나는 두 사람은 스물일곱이 아니라, 스물하나 같았다.

숙소에 도착한 후, 짐 정리를 한참 하고 나서야 잠시 쉴 수 있었다. 사 온 주류와 식품이 너무나도 많았기 때문이다. 게다가 지안의 말대로 양고기는 아직 살짝 얼어 있는 상태였다. 두 사람이 도착한 글램핑장에는 지안과 바나 외에는 그 어떤 손님도 없었다. 나름 리뷰도 많고 깔끔하고 소문 좋은 곳으로 바나가 열심히 고른 숙소였다. 두 사람은 이번에도 프리랜서와 주 3일 출근자라는 포지션을 아주 잘 활용했다. 여름 휴가철이 끝나갈 무렵으로 타이밍을 잡은 것이 신의 한 수였다. 이글루 형태를 한 돔형 숙소에는 각

방마다 고기를 구워 먹을 수 있는 야외 테라스가 마련되어 있었다.

에어컨을 아주 빵빵하게 틀어놓고, 바나와 지안은 침대에 벌러덩 누워 잠시 휴식을 취했다. 하마터면 잠이 들 뻔했지만, 지안이 10분 정도 누워 있다가 바로 깨우는 바람에 바나는 살짝 졸린 눈을 하고서 침대에서 일어날 수밖에 없었다.

"자, 이제 먹을 준비 하자." 지안이 이렇게 말하며 바나에게 두 가지를 지시했다. '사장에게 가서 무료로 나눠준다던 양념 몇 개를 얻어올 것'과 '지금부터 고기를 구워 먹어도 되는지 물어보고 숯불을 신청할 것'이었다. 바나는 시킨대로 지안이 좋아할 것 같은 양념 몇 가지를 종이컵에 담은 다음, 사장에게 숯불을 요청했다. 숙소로 돌아가 보니, 지안이 주류와 생고기, 다양한 간식 그리고 일회용 앞접시와 수저, 컵, 술잔 등을 이미 세팅해 둔 상태였다. 바나는 두근두근 가슴이 설레는 것을 느꼈다. 숯불이 준비되고, 지안이 치익— 소리를 내며 양갈비를 구웠다.

그러나 설렘도 잠시, 바나는 쨍쨍 내리쬐는 햇살에 녹기 시작했다. 숯불의 열기와 장마철의 습기가 바나의 두 뺨을 사정없이 때리는 것 같았다. 결국 바나는 방에서 찬물에 적신 수건을 들고 나왔다. 그리고 농사 짓는 아주머니처럼 수건을 목에 두르고 우스꽝스러운 포즈를 잡은 뒤 지안을 불렀다.

"어때?"

"멋있다." 지안이 양갈비 굽는 일에 집중하면서도 바나의 포즈를 보고 진지하게 평가를 내려주었다.

"너도 수건 좀 줘?" 바나가 지안의 목에 송글송글 맺힌 땀을 보고 물었다. 지안은 더위를 타지 않는 편이었지만, 한여름의 숯불 앞에선 그도 어쩔 수가 없었다. 지안이 고개를 끄덕이자 바나는 재빨리 방에 들어가더니 찬물에 적신 수건을 가져와 지안의 목에 둘러주었다.

"니…… 이거 젓가락으로 먹다가 백퍼 떨굴 것 같은데." 지안이 걱정스러운 표정으로 양갈비를 쳐다보며 말했다. 하여튼, 걱정은. 지안은 늘 바나 앞에선 섣부른 걱정을 내비치곤 했다.

"뼈 부분 잡고 먹지, 뭐." 바나가 입맛을 다시며 대답했다. "그럼 내가 손잡이 만들게!"

바나는 휴지를 두 장씩 뜯어 알맞은 크기로 접었다. 그리고 지안이 구운 양갈비 두 개의 뼈 부분을 휴지로 둘러 깔끔한 손잡이를 만들었다.

"소스는?" 바나가 물으면 지안이 소스를 정하고, 바나가 그 소스를 찍어 지안의 입에 양갈비를 넣어주었다. 그러면 지안은 바나가 만들어준 양갈비 손잡이를 잡고 뼈 부분만 팍! 빼서 뼈를 쓰레기통에 넣었다. 바나 역시 자신이 원하는 소스를 찍어 손잡이를 잡고 야무지게 양갈비를 뜯어 먹었다.

바나가 손잡이를 만들고, 소스를 찍어서 주고, 맥주를 종이컵에 따라주는 일을 반복하는 동안 지안은 열심히 양갈비를 구워댔다. 숯불의 열기와 술이 들어감에 따라 조금씩 오르는 체온 때문에 두 사람의 이마에는 땀방울이 흘렀지만 "이런 것도 다 추억이지"라는 지안의 말에 킬킬대느라 즐겁기만 했다.

"들어가서 2차도 해야 되는데, 이거 남은 건 자들 주자." 지안이 주변을 어슬렁거리는 길고양이 무리를 가리키며 말했다. 1차로 고기를 왕창 즐겼으니, 이제 시원한 에어컨을 틀어놓은 방에 들어가 2차를 즐길 시간이었다. 바깥은 어느새 어둑어둑해졌고 공기는 금방이라도 비가 쏟아질 듯 습기를 머금고 있었다. 여름 장마철의 저녁이었다.

"일로 와봐—!" 바나가 쪼그려 앉아 남은 양고기를 젓가락으로 들고 흔들었다. 야옹— 소리를 내며 어미로 보이는 길고양이가 천천히 다가왔다. 이 녀석들. 여기서 어지간히도 얻어먹어 봤구만? 동물을 좋아하는 바나는 고양이가 올 때까지 얌전히 기다렸다가 어느 정도 가까워졌을 때 바닥에 고기를 내려두었다. 어미가 고기를 맛보고 난 뒤에는 어린 고양이들이 우르르 다가왔다. 역시 겁이 없군. 어미보다 훨씬 빨리, 훨씬 가깝게 다가온 고양이들을 보며 바나는 생각했다. 어린 고양이들에게도 고기를 나눠주고 두 사람은 숙소로 들어가기 위해 테이블을 정리했다. 인간이고 동물이고, 어리면 겁이 없어.

"겁이 없지. 아무것도 모르니까." 지안이 끄덕이며 말했다. 두 사람은 둘 다 젖은 머리를 하곤 에어컨 근처에 앉아 가만히 쉬고 있었다. 고기를 잔뜩 먹어서 배가 부르니 2차는 조금 쉬고 시작하기로 했다. 땀을 흘려서 예상보다 빨리 샤워를 하게 되었고, 그 때문에 술이 좀 깬 탓도 있었다.

"그래서 다들 나이 들면 적당히 결혼하고 살아가는 건가봐. 많은 걸 알게 돼서." 바나가 씁쓸하게 말했다. "어릴 땐 그렇게 생각하잖아. 사랑해서 결혼한다고. 근데 그게 아니라, 결혼할 때쯤 만난 사람이랑 결혼을 하는 거지."

"사랑은 허상이지." 지안이 과장되게 "하하하" 웃으며 말했다. 뭐가 웃긴 거야?

"그 말엔 동의 못 하겠는데요." 바나가 뾰로통하게 말했다. "난 널 사랑했는걸요?"

"나도 사랑했지." 지안이 말끝을 흐리며 말했다. "뒤지고 싶을 정도로⋯⋯." 그리고 분위기가 민망해지지 않도록 농담을 섞는 것도 잊지 않았다.

"근데 왜 사랑이 허상이래? 우리의 과거를 부정하지 마." 바나가 딱 부러진 말투로 다그쳤다.

"부정하는 게 아니고, 일시적이라는 거야." 지안이 바나의 딱딱한 말투에 맞추어 이번엔 진지하게 말했다.

어떻게 그런 말을! 과거의 지안이 사랑에 대해 설명할 땐 도연과 연애를 하는 중이었다. 하지만 나랑 그런 시간들을 보내놓고도 그런 말이 나와?

"일시적인 것도 존재하는 거야." 바나가 미간을 잔뜩 찌푸리며 말했다.

"존재'했던' 거지." 서로 양보할 마음이 없어 보이는 대화였다.

"존재'하는' 것이든, 존재'했던' 것이든, 어쨌든 존재는 존재야. 그 시간대에 있는 거라고. 이러다 양자역학까지 가겠네." 자조적인 농담을 던진 바나는 갑자기 기분이 싸하게 식어버렸다. 가슴속 어딘가 굳어버린 응어리가 느껴졌다. 그녀의 축축한 머리카락처럼 차가운 응어리.

"머리 다 말랐나?" 지안이 바나의 젖은 머리 끝을 툭—치며 물었다. "마를라믄 한참 걸리제?" 이번엔 다 말라가는 자신의 머리를 손으로 대충 털며 말했다.

"하아아안참 걸리지. 숱이 좀 많아지." 바나가 수건을 들어 머리 끝의 물기를 툭툭 짜냈다. 그러다…… "전처럼 한번 말려볼래?" 장난스럽게 수건을 내밀며 지안에게 농담을 던졌다.

"아니." 그가 단호하게 거절했다. "머리카락이 너무 많아."

"그럼 2차나 하자." 바나가 킬킬거리며 말했다.

지안은 냉장고에서 담백한 나가사키짬뽕 밀키트를 꺼낸 후 바로 조리하기 시작했다. 바나는 늘 그렇듯 자신이 할 수 있는 일들을 했다. 카트 끌기, 양갈비 손잡이 만들기와 같은 일들 말이다. 소주와 술잔, 수저 세트, 앞접시, 냄비 받침 등을 세팅하고 블루투스 스피커를 켜서 지안의 휴대폰과 연결했다. 그러곤 일어나 가스레인지 앞에 있는 지안의 뒷모습과 조리되어 가는 음식을 물끄러미 구경했다.

일시적이라. 겁 없이 사랑했던 그때의 감정은 정말 일시적이었는가 곰곰이 고민하던 바나는 '그럼 지금의 감정은?'이라는 물음에까지 도착해 있었다. 그때나 지금이나 지안은 바나를 끝없이 생각에 잠기도록 만들었다. 이런저런 생각을 하는 사이, 따끈한 나가사키짬뽕이 완성되었다. 지안은 냄비를 통째로 들고 바나가 좌식 테이블 위에 펼쳐놓은 냄비 받침 위에 쿵— 올려놓았다.

나가사키짬뽕, 습한 공기, 살짝 취한 두 사람. 두 사람이 첫 키스를 했던 때가 떠올랐다. 얘기하면 또 화내겠지. 짬뽕을 일회용 앞접시에 덜어주는 지안을 바라보며 첫 키스 장면을 떠올리자 바나는 묘한 감정을 느꼈다. 하면 안 되는 생각을 하며 묘한 쾌감을 느끼는 이 감정을…… 뭐라고 하지? 밖에는 비가 후두둑 떨어지기 시작했고, 에어컨 바람이 이제는 좀 쌀쌀하게 느껴져서 따끈한 나가사키짬뽕의 등장은 에어컨을 틀어놓고 이불 덮고 자는 배덕감만큼이나 강렬했다.

배덕감. 그래. 배덕감.

바나는 응어리의 정체를 알게 되었다. 배덕감이었다. 지안과 바나는 절대 친구가 될 수 없었다. 이미 한 번 친구로서 실패했고, 사랑했던 이들이 아무렇지 않게 친구가 되는 것도 바나의 가치관으로는 절대 용납할 수 없는 일이니까. 두 사람은 친구가 되기엔 너무 사랑했고, 연인이 되기엔 너무 상처가 많았다. 그럼 대체 우리는 뭘 위해서 이러고 있는 건데? 친구도, 연인도 아닌 전남자친구와 전여자친구가 단둘이 여행을 왔다. 두 사람은 아무런 스킨십도 하지 않지만 한 침대에 누워 잠을 잘 수 있다. 그는 아무렇지 않게 결혼 같은 걸 말하지만, '서로 좋아하는 사이냐'는 질문에는 늘 침묵을 지킨다. 한때 지안은 바나에게 말했다. 우리가 스물일곱, 스물여덟쯤 만났다면 좋았을 거라고. 우린 지금 스물일곱이잖아. 하지만 두 사람은 만나기만 하면 스물, 스물하나가 된다. 이 괴리감이 싫었던 거야.

"우리 벌써 스물일곱이야." 바나가 자신 앞에 놓인 나가사키짬뽕을 물끄러미 보며 말했다.

"그러네—." 지안이 피곤한 듯 목 스트레칭을 하며 대꾸했다.

"니가 말했잖아. 스물일곱, 스물여덟쯤 만났으면 좋았을 것 같다고."

"그랬지—." 그는 이번에도 심드렁한 반응이었다. "나가사키짬뽕 오랜만에 먹네." 바나는 아무 대답이 없었다. 입꼬리 양쪽에 또 힘이 잔뜩 들어가 있었다.

"왜 또 승질이 났노." 지안이 나가사키짬뽕을 휘휘 저어 면을 건져 올리며 물었다. "먹지도 않고……. 니 이거 좋아하잖아. 이런 면류. 예전에도 나보다 라면을 더 좋아했잖아."

"왜 그렇게 생각하는데?" 바나가 코웃음을 쳤다.

"아, 좋아했던 게 아니라 사랑했던 거였나."

"아니? 좋아하는 거 맞아." 바나가 지안을 똑바로 쳐다보며 씨익 웃었다. 뭔가 일격을 날리려는 표정이었다. "사랑한다고 하기엔, 라면을 향한 내 마음은 '일시적'이지 않거든."

"이야." 지안이 어이없음과 감탄이 섞인 탄성을 내뱉었다. 그러곤 그녀의 종이컵 소주잔에 소주를 따라주었다.

"야, 우리 이제 전남친, 전여친 말고 친구 사이 할래?" 바나가 지안이 따라준 종이컵 소주잔을 들어 올리며 물었다.

그녀는 다시 친구 사이부터 시작하고 싶은 마음이었다. 두 사람이 깔끔하게 시작하기엔 사랑이 일시적이라는 둥 하는 과거가 너무 많았다. 정리해야 할 게 너무 많은 거지. 김치우동전골과 라면, 파닭 같은 걸 먹으며 친구에서 친구가 아닌 사이로 나아가던 때처럼 시작하고 싶었다. 정말 아무것도 모르고 그렇게 된 것처럼, 심지어 자신의 감정을 하나도 모르고 그렇게 된 것처럼. 특히 지안은 그때 자신이 바나를 좋아했다는 사실을 아직도 인정하지 못하고 있었다. 그러니 다시 처음부터 시작해야 한다. 우린 만나기만 하면 스물, 스물하나가 되니까. 할 수 있을 거야.

"싫은데?" 지안이 대답했다.

이렇게 선을 그어?

○×

"난 전여친, 전남친이 좋은데." 지안이 덤덤하게 말했다.

그러나 그의 속은 그다지 덤덤하지 않았다. 지안 역시 바나가 선을 긋는다고 생각했다. 그래도 잔을 들고 있는 바나의 팔이 아프고 민망할 테니, 자신도 소주잔을 들어 바나의 잔에 부딪혔다. 종이컵으로 된 잔이어서 맑은 소리가 나진 않았다.

"왜?" 바나가 의아하다는 듯 물었다.

친구가 되면 끝이니까. 지안은 그렇게 생각했지만 바나에게 대답을 해주진 않았다. 대신 바나의 빈 잔에 소주를 한 번 더 따라주며 "플레이리스트 세 번째 거 틀어봐"라는 말만 했다. 순간적으로 바나의 표정이 굳는 걸 봤지만, 그냥 넘어가기로 했다.

"몽롱한 취기 속에서 찾는 차분함." 바나가 플레이리스트 제목을 읽었다. "마치 지금의 너 같네." 약간의 빈정거림과 함께 그녀는 설명란의 글을 읽기 시작했다. "'취하고 싶은 이유는 다양하다. 혼란스럽기 때문에 취하고 싶을 때가 많다. 마실수록 우리의 시야에는 안개가 끼기 마련이다. 한 모금씩 들이켜 짙은 안개 한가운데에 도착하면, 그 몽롱한 상태로 잡념을 지우려고 애쓴다. 그 몽환 속에서 우리는 생각을 가지런히 정리하는 것이다. 마음을 차분하게 가라앉히는 데 때로는 자칫 어지러울 수 있는 몽롱함이 도움이 될지도 모른다.' ……그렇구만?" 바나는 작게 끄덕이며 지안이 따라준 소주를 입에 털어 넣었다. 짠— 도 하지 않고.

전여친, 전남친으로 남을지, 아니면 친구로 남을지에 대한 대화는 이게 마지막이었다. 두 사람은 다시 시시콜콜한 이야기를 하며 2차를 즐기기 시작했다. '몽롱한 취기 속에서 찾는 차분함'이라는 지안의 플레이리스트에서는 술 마시면서 듣기 좋은 몽환적인 분위기의 노래들이 재생되고 있었다. 그렇게 두 사람은 몽롱해져 가며 차분하면서도 즐거운 술자리를 이어갔다. 스물, 스물하나 같았다.

각 세 병씩이나 마시고 차분하게 만취한 상태에서 바나가 불쑥 말했다.

"내일 우리 점심은, 보이는 가게 아무 데나 들어가서 먹는 거야." 바나는 비장한 표정이었다. "아무것도 모르는 상태로! 겁이 없는 상태로! 새파랗게 어린 스무 살들처럼!"

두 사람은 절대 즉흥적인 스타일이 아니었다. 이번 여행만 해도 바나가 수많은 리뷰를 보며 고기를 선정하고, 배송일 안내를 샅샅이 찾아 비교하며 날짜에 딱 맞춰 주문하고, 휴가철이 끝나갈 무렵에 가장 한적할 것 같으면서도 아무도 가지 않아 의심스러운 숙소는 걸러낸 뒤 믿음직한 곳을 잡은 것만 봐도 바나는 준비성이 좋은 사람 축에 속했다. 물론 지안에 비하면 바나의 준비성은 새 발의 피지만.

지안은 이번 여행에서 차가 막히거나 더운 날씨에 고기가 상하거나(절대 그럴 리 없다고 확신했지만) 바나가 끝까지 운전을 하겠다고 우기는 등의 여러 상황을 대비해 간단한 플랜을 A부터 C까지 짜둔 상태였다. 그리고 사실 두 사람은 다음 날 점심에 해장으로 먹을 메뉴와 식당도 모두 정해두었다.

"응. 그러자." 지안 역시 큰 결심을 한 듯 진지한 표정으로 끄덕였다. 그의 결심은 공주를 구하러 불길 속으로 뛰어들겠다는 왕자의 결심이나, 주인공을 물리치고 세상을 정복해 왕이 되겠다는 악당의 결심과 결이 비슷할 정도였다.

"너 J가 몇 퍼랬지?" 바나가 취한 눈과 말투로 물었다. 요즘 유행하는 MBTI(성격유형검사)에서, 매사를 철저하게 계획하고 준비하는 성향을 판단형(judging), 약어로 J라 하는데 그 정도가 얼마나 되는지 물은 것이었다.

"나 80인가, 90인가?" 지안이 기억해 내려는 듯 고개를 갸우뚱— 하며 대답했다.

"난 일단 70이거든?" 바나가 진지하게 말했다. "근데 우리 내일 점심은 P가 되어보는 거야."

하루 동안은 계획형 인간에서 인식형(상황에 따라 유동적으로 움직이는 성향, perceiving) 인간이 되어보기로 한 두 사람은 먹던 테이블을 치우지도 않고 침대로 들어가 잠이 들었다. 숙취에 힘들어하며 새벽에 잠깐 깼을 때 바나는 지안이 등을 돌린 채로 새우잠을 자고 있는 모습을 보았다. 참— 나.

그래서 바나도 등을 돌려 누웠고 술기운에 금세 다시 잠이 들었다.

다음 날 아침, 숙소를 정리한 뒤 두 사람은 점심을 먹으러 가기 위해 차로 향했다.

"주소 찍어봐, 거기 찾아놓은 데." 지안은 차에 타자마자 이렇게 이야기했다.

"……우리 오늘 보이는 아무 가게나 들어가서 먹기로 했는데……." 바나가 이렇게 대답하자, 지안은 아차— 하는 표정을 지으며 바나를 쳐다보았다. 바나 역시 별로 내키지 않는지 우물쭈물한 목소리였다.

"웃긴 게 뭔지 아나?" 지안이 코웃음을 치며 물었다. "우리, '계획 없이' 행동하기로 하는 걸 '계획'했다. 맞제?"

"맞네." 바나가 깔깔 웃으며 대답했다.

결국 두 사람은 어젯밤에 했던 대화가 '파워 J들이 맞춰해서 부릴 수 있는 최고의 객기'였음을 인정할 수밖에 없었다. 그리고 '무계획적으로 굴기'라는 계획을 철회한 뒤 전에 미리 찾아둔 식당 주소를 내비게이션에 입력했다. 그렇게 지난밤의 대화들은 그들의 객기와 함께 사라졌다.

여행을 다녀온 뒤 바나는 한동안 혼자 지내야 했다. 나무꾼 바나가 선녀 지안의 옷을 입고 다니거나 열심히 숨겼음에도 그를 붙잡을 수 없었던 이유가 한 가지 있었으니, 바로 선녀가 부모님을 만나러 간 것이었다. 그는 주 3일 출근이 끝나면 바로 부모님 댁에 가겠다고 했다. 그 때문에 바나는 일주일 정도 정말 오랜만에 1인 가구의 삶을 다시 느끼게 되었다. 지안이 보고 싶었던 바나는 여행 갔을 때 찍은 사진들을 보며 추억을 곱씹었다. 지안이 요리하는 사진, 멋진 풍경 사진, 깔끔한 숙소 사진, 장을 보며 찍었던 지안의 심각한 표정이 담긴 사진 등이 있었지만 그중에서도 눈길을 사로잡았던 건 휴지 손잡이를 두른 채로 가지런히 놓인 양갈비 두 쪽이었다. 으, 맛있겠다. 맛있었는데…….

—언제 다 찍었노, 이걸.

바나가 지안에게 사진을 왕창 보내자 지안이 한 답장이었다. 사진뿐이게? 바나는 생각난 김에 지안 몰래(사실 몰래라기보단 지안이 딱히 관심을 두지 않아 몰랐던 것이지만) 찍어둔 영상들을 컴퓨터로 옮겨 간단한 편집을 하기 시작했다. 미디어학과를 다니며 배운 편집 기술이 유용하게 쓰이는 순간이었다. 지루한 부분을 덜어내는 컷 편집을 하고, 배경음악을 넣고, 자막을 삽입하자 나름 볼만한 여행 브이로그가 완성되었다. 지안의 반응을 직접 보고 싶기도 했지만, 바나는 참을 수 없어 당장 카톡으로 완성된 영상을 보냈다. 편집 잘했다고 해주려나? 아니면 뭘 추가하고 뭘 삭제하라고 조언을 해줄지도 몰랐다. 아니면 "이걸로 유튜 브나 시작하면 대박일 텐데" 하는 귀여운 말을 할 수도 있 다. 그의 반응을 추측하면서 답장을 기다리는데……

　─니가 없는 게 아쉽다.

　지안의 답장을 보고 바나의 마음속은 그때 땀을 뻘뻘 내던 숯불의 열기와 술에 취해 후덥지근하게 느껴지던 온 도와 장맛비가 내리기 직전의 습도로 가득 찼다. 내가 찍었 으니, 내가 많이 안 나오는 게 당연한데. 이런 식으로 사람 의 마음을 가득 채워버릴 거면서 전여친, 전남친을 그만하 자는 말에는 왜 그렇게 선을 그었는지……. 바나는 의문과 몽롱함이 공존하는 마음을 붙잡고 답장을 보냈다. 이 몽롱 함 속에서 차분함을 찾아야 해. 하지만 바나는 지안에게는 늘 침착하지 못했다.

　─양갈비 또 먹자. 니가 굽고, 내가 손잡이 만들고.

　바나는 답장을 보낸 후 일어나 지안이 실수로 두고 간 향수 뚜껑을 열어 쿵쿵 냄새를 맡았다. 지안이 옆에 있는 것 같았다.

향이 나는 쪼꼬레뜨

"아— 진짜 미치겠네." 바나가 졸린 눈을 껌뻑거리며 말했다. 그녀는 책상 앞에 앉아 있었고, 모니터 화면에는 나름 열심히 써 내려가고 있는 소설 몇 페이지가 떠 있었다.

바나는 더 이상 지안에게 인터뷰 요청을 하지 않았다. 지안은 출근하지 않는 날엔 거의 바나의 집에 머무르는데도 말이다. 대신 그는 바나를 위해 변함없이 맛있는 요리를 해주고, 잠을 잘 잘 수 있게 무드등을 꺼주고, 바나가 깜빡한 쓰레기봉투를 1층에 내놓는 식으로 자신의 마음을 표현했다. 지안 나름대로의 응원이었다.

"커피 마시든가, 세수를 하든가." 그가 바나의 상태를 가만히 살피다 말했다. 지안은 바나의 작업방에 있는 다른 컴퓨터 책상 앞에 앉아 인터넷 서핑을 하고 있었다. 바나의 동생들이 놀러 왔을 때 심심하지 않도록 마련해 둔 손님용

데스크톱이었는데, 이제는 지안의 것이 되어버렸다. 지안이 스타크래프트 하기 불편하다는 이유로 들고 온 마우스와 키보드가 설치되어 있어서 정말 지안의 컴퓨터처럼 보이긴 했다.

"세수는 귀찮고, 커피는 생리 중이라 안 돼." 바나가 덤덤하게 말했다. "진짜 생리하면 잠이 너무 쏟아진다니까. 이러면 이따 밤에 못 잔다고."

"생리 자주 하네." 지안의 덤덤하고 이상한 농담에 바나가 푸하하 웃었다. "약 먹고 쪼꼬레뜨 먹어라."

"약은 두 알이나 먹었고 '쪼꼬레뜨'는 없어. 근데 왜 쪼꼬레뜨라고 하는 거야?"

"집에 쪼꼬레뜨도 하나 없나?" 지안이 혀를 끌끌 차며 말했다. 이번에도 그는 바나의 질문에 대답해 주지 않았다. 초콜릿이 필수품이었어?

"나……." 바나가 시계를 보며 잠시 고민하는 표정을 지었다. "30분만 있다가 깨워줘. 알았지?"

"그러지 말고, 밥 시키면 한 3, 40분 정도 걸릴 거 아냐. 밥 오면 깨워줄게." 지안이 제안했다. 똑똑하구만. 바나는 이렇게 생각하며 지안과 저녁 메뉴 회의를 한 뒤 방으로 들어가 침대에 털썩 누웠다.

지안과 바나는 둘 다 수면욕이 없는 편이었다. 낮잠을

자는 시간을 아까워했고 잠을 줄여서라도 놀거나 생산적인 일을 하길 원했다. 예전의 바나에겐 뒤통수가 베개에 닿는 순간 잠이 드는 능력이 있었다. 하지만 요즘의 바나는 약한 불면증에 몇 년째 괴롭힘을 당하고 있었다. 아직 연락하며 친하게 지내고 있는 대학 친구 인하가 사준 멜라토닌 영양제를 가끔 먹기도 하고, 일부러 밤을 새워 잠을 청하기도 했지만 침대에 누우면 한참을 뒤척이다가 몇 시간 뒤 겨우 잠이 드는 일상을 반복하고 있었다. 다행인 것은, 바나는 프리랜서여서 그녀의 취침 시간을 두고 아무도 뭐라 하지 않는다는 점이었다.

한 달에 한 번 그날이 찾아오면 약 기운으로 비몽사몽하는 바람에 밤잠을 더 잘 수 없었다. 아, 시간 아까워. 지금 자면 이따 못 잘 거야. 배도 아프고. 이미 저녁 시간이어서 이걸 '낮잠'이라고 불러야 할지 모르겠지만, 어쨌든 저녁 메뉴 회의를 하느라 살짝 잠이 깨서 굳이 지금 자지 않아도 될 것 같았다. 하지만 그녀는 벌써 생리통약을 두 알이나 먹었으니 밤잠을 희생해서 낮잠 겸 저녁잠에 빠져들게 될 것이었다.

흠. 바나는 잠깐 고민하는 표정을 짓더니 팔을 뻗어 침대 옆 협탁에 놓여 있는 무드등을 켰다. 평소에 지안이 "이런 걸 켜놓고 자니까 잠을 잘 못 자지"라고 잔소리를 하던 무드등이었다. 바나는 자신이 무드등을 켜놓고 먼저 잠자리에 들었을 때 지안이 다가와 바나가 또 못 자고 있는지 확인하며 무드등을 끄는 모습이 좋았다. 지안은 빛이 있다고 해서 잠을 잘 못 자는 스타일이 아니었으니 순전히 바나를 위한 행동이었다. 이번에도 바나는 그 순간을 노려 무드등을 켜두고, 지안이 오면 같이 잠깐 누워 있자고 할 셈이었다. 하지만 생리통약 두 알은 바나의 의지보다 훨씬 강력했다. 윌리 윙카와 초콜릿 공장을 견학하며 "근데요, 제 전남친은 초콜릿을 '쪼꼬레뜨'라고 해요"라고 얘기할 때쯤, 지안이 바나를 깨웠다. 꿈에서 초콜릿 강을 마셔보지 못해 살짝 아쉬운 표정을 지으며 바나는 침실에서 어슬렁어슬렁 나왔다. 무드등은 꺼져 있었다.

○×

"근데, 내 친구들이 나랑 너랑 무슨 관계냐고 자꾸 물어봐." 바나가 말했다. 그들은 다 먹은 배달 그릇을 치우지 않고 식탁에 그대로 둔 채 부른 배를 쓰다듬으며 게으름을 피우는 소소한 행복을 즐기는 중이었다.

"말했나?" 지안이 물었다.

바나는 양갈비를 구워 먹었던 글램핑 여행 이후 인하와 수아, 미연에게 지안과 다시 만나는 중이라는 뉘앙스로 입을 열었다는 사실과 그래서 그들이 그걸 이제 이야기하냐며 역정을 냈다는 사실을 전했다.

"전남친, 전여친 사이라고 해." 지안이 당연한 걸 묻냐는 표정으로 말했다.

"그리고 걔네는 너랑 내가 잤다고 생각하더라고." 바나는 '아까 물 마셨어' 혹은 '이따 저녁에 양치하려고' 등의 말을 하는 투로 방금의 문장을 뱉었다.

"뭐, 보통은 그렇게들 생각하겠지." 지안 역시 바나의 덤덤한 직구를 덤덤하게 받아쳤다.

"근데 내가 진짜 우리 집 게임기들 다 걸고 아니라고 했거든." 바나가 킥킥거렸다. "그러니까 어떻게 그럴 수가 있냐더라." 지안은 친구들이 '바나의 게임기에 대한 진심'을 잘 알고 있는 부분이 웃겨서 게임기가 도대체 몇 개나 있는지 물었다. 게임 잘하는 예쁜 여자라더니만, 게임 많이 하는 예쁜 여자인갑네.

두 사람 사이엔 아무 일도 없었다. 둘은 그저 자기 전에 "잘 자"와 "그래, 잘 자고"라는 인사만 나눌 뿐이었다. 가끔 바나가 잠버릇처럼 지안의 배 위에 팔을 턱— 얹는 경우도 있었지만(그러면 지안은 헙— 하며 놀라 깨서는 바나의 팔을 슬며시 내려놓았다) 그게 다였다. 또 가끔은 아침에 동시에 깼을 때 두 사람이 얼굴을 가까이 마주 보고 있으면 잠시 서로를 쳐다보다가 스르르 고개를 돌린 후 다시 잠들기도 했고, 자다가 잠깐 깨어보면 손을 맞잡고 있어서 손을 스윽 빼곤 돌아누울 때도 있었다. 이런 일들이 전부였다.

"또 잘 거라?" 지안이 물었다.

"아니? 밤에 잠 안 와." 바나가 대답했다. "오늘은 일 포기. 같이 게임할래?"

"그래." 지안은 의자를 부드럽게 밀며 자리에서 일어나 부엌 찬장을 열었다. 그리고 초콜릿 하나를 꺼내 바나에게 가져다주었다. "쪼꼬레뜨 먹고 열심히 파밍하자."

"뭐야, 사 왔어?" 바나가 초콜릿을 받자마자 포장지를 뜯으면서 물었다.

"많이 사놨으니까 생리할 때마다 먹고." 지안은 그렇게 말하곤 배달 쓰레기를 치우기 시작했다.

"응." 바나는 초콜릿을 오물오물 먹으며 뒷정리를 도와주었다.

○×

아까 낮잠 겸 저녁잠을 잠깐 자서인지, 바나는 새벽이 되도록 잠이 오지 않아 게임을 하다가 유튜브를 보다가 일을 하다가 또 게임을 하기를 반복했다. 그래서 지안은 오랜

만에 바나보다 먼저 자러 들어갔다. 두 시간이 더 지난 뒤, 정말 곧 아침 해가 뜰 것처럼 주변이 밝아지자 바나는 '이제 진짜 자야 되는데—' 하며 컴퓨터를 껐다.

침실에 들어가자, 곤히 잠든 지안이 보였다. 양치하고 세수한 뒤 로션을 바르고 다시 거실 소파에 앉아 휴대폰을 만지작거리다 보니 이제 정말 해가 뜨고 있었다. 그래서 지안의 자는 모습이 무드등을 켜지 않아도 선명하게 보였다. 늦게 잠이 들어 그나마 좋은 점이었다. 바나는 지안이 자는 모습을 보는 것을 좋아했으니까.

그녀는 조심스럽게 지안의 옆에 누워 그를 쳐다보았다. 정자세로 누워 자고 있는 지안의 흉곽이 위아래로 천천히 그리고 조금씩 움직였다. 이따금 바나는 그 모습을 보며 그의 박자를 따라 숨을 쉬곤 했다. 그러면 몇 시간이나 지나야 오던 잠이 금세 솔솔 쏟아졌다. 잠든 지안은 숨이 평화롭고 고요했으니, 잠들고 싶은 바나가 따라 하기에 좋은 '잠들기 교보재' 같았다. 잠이 쏟아지고 눈이 스르르 감기려 하자, 바나는 지안의 팔에 팔짱을 끼곤 어깨에 얼굴을 파묻었다. 그 때문에 지안은 살짝 잠에서 깼지만, 자신의 어깨에 얼굴을 파묻고 있는 바나를 슬쩍 보곤 다시 눈을 감았다. 바나는 또 꿈에서 윌리 웡카를 만났다. "전남친이 쪼꼬레뜨를 줬어요"라며 자랑을 하곤 초콜릿 강을 한 국자 떠

먹으며 쩝쩝거렸다.

○×

바나가 갑자기 팔짱을 끼고 지안의 어깨에 얼굴을 파묻은 채로 자는 건 자주 있는 일이었다. 그럴 때마다 지안은 그녀가 깊이 잠들었는지 확인하고 팔을 스윽 빼서 돌아누웠다. 손을 잡는 것도, 눈을 떴을 때 그녀의 얼굴이 코앞에 있는 것도, 그녀가 팔을 무겁게 픽! 올리는 것도 다 괜찮았지만 팔짱을 끼는 건…….

장마철이어서 비가 자주 쏟아지는데도 바나는 우산을 들고 다니지 않았다. 뭘 들고 다니기 싫어하는 그녀는 "아이언맨도 손에 뭘 드는 걸 싫어한다고"라는, 지안이 절대 이해할 수 없는 소릴 하며 "큰 우산 들고 데리러 와!"라고 뻔뻔하게 요구했다. 그러면 지안은 꼭 우산 두 개를 챙겨 갔는데, 바나는 우산이 들기 싫다며 기어코 팔짱을 꼈다.

"이러지 마라." 지안이 불편한 기색을 내비치며 말하면 바나는 "흥!" 하고 콧방귀를 크게 뀌며 손으로 비를 막는 시늉조차 하지 않은 채 앞으로 느리게 성큼성큼 걸어가 버렸다. 그러면 지안은 "다시 들어와라"라며 바나의 느린 걸음을 따라잡곤 했다.

하지만 이번엔 팔을 뺄 마음까진 들지 않았다. 익숙해졌나. 그래서 지안은 그냥 잠이 들었다.

바나의 '지긋지긋'한 생리가 끝나고 또 며칠이 더 흘렀다. 초코맛을 좋아했지. 지안은 그렇게 생각하며 프랜차이즈 빵집에서 흔하디흔한 초콜릿 케이크를 사들고 시티 아파트 317동 1202호로 향했다. 바나의 생일이었기 때문이다.

"오!" 바나는 한마디 감탄사를 외치고 케이크 위에 있는 초콜릿 장식을 낼름 빼먹었다. 그러다 케이크 상자 옆에 가만히 붙어 있는 폭죽과 초 세트를 뒤늦게 발견하고 "아, 초" 하며 탄식했다.

"좀 참지 그랬냐." 지안이 혀를 끌끌 차며 말했다. 그러곤 택배 온 것이 없냐고 물어보았다.

"아, 있어. 이제 우리 집으로 택배까지 시키시겠다?" 바나가 킬킬거리며 현관에 보관해 두었던 택배 하나를 가져오다가…… 헉! 하고 멈춰 섰다. "설마 내 선물?"

택배를 허겁지겁 뜯는 그녀의 모습이 웃기기도 하고, 과거의 모습과 겹쳐 보이기도 했다. 지안이 바나에게 준 첫 생일 선물은 향수였다. 그리고 지금도 바나는 지안이 준 향수를 테이블 위에 올려놓고, 인스타그램에 올릴 사진을 마구 찍고 있었다.

"걱정 마. 니가 줬다고 올리진 않을 테니까." 바나가 사진을 골라 스토리에 올리며 말했다.

"걱정 안 해." 지안은 바나가 스토리에 사진을 올릴 때까지 천천히 기다려주었다. "향 맡아봐."

바나가 향수를 손목에 칙ー 뿌리고 킁킁거렸다. 지안의 향수와 같은 브랜드의 여자 향수였다. 지안이 자신의 향수를 바나의 집에 두고 다니기 시작한 후부터 바나는 틈만 나면 지안의 향수 뚜껑을 열어 킁킁 냄새를 맡은 뒤 다시 뚜껑을 닫아놓곤 했다. 지안이 이유를 물어보면 "니 냄새가 나니까"라는 간단명료한 대답만 할 뿐이었다.

지금도 바나는 지안의 향수 뚜껑을 열어 킁킁대듯이 선물로 받은 자신의 향수 향을 킁킁거리며 맡고 있었다.

"진짜 너무 신기해."

"향 좋제?" 지안이 물었다.

"여자 버전 니 냄새가 나!" 바나가 눈을 반짝이며 말했다. 적어도 이번에 준 건 열심히 뿌리고 다니겠군. 지안은 자신의 선물 센스와 향을 고르는 능력에 감탄하면서, 그리고 바나가 향수를 뿌린 손목에 코를 박고 뗄 생각을 하지 않는 모습을 보곤 뿌듯해하면서, 다음 생일 선물도 향수를 줘야겠다고 다짐했다. 하지만 지안은 이 향수가 자신의 발목을 붙잡으리라곤 상상도 하지 못했다.

생일이니 술과 맛있는 안주가 빠질 순 없었다. 뒤늦게 케이크에 초를 꽂고 소원을 빈 뒤 나중에 후식으로 먹기 위해 그대로 냉장고에 넣어두었다. 그리고 두 사람은 바나가 너무나도 먹고 싶어 했던 조개구이를 먹으러 갔다. 신촌에 있는 유명한 조개구이집이었는데, 지안이 바닷가에서 먹는 것보다 훨씬 맛있다고 강력하게 주장했기 때문이다. 처음에 바나는 바닷가에서 먹지 않는 조개구이가 무슨 소용이냐고 투덜거렸지만, 조개구이의 맛을 보고는 금세 아이처럼 신이 나서 지안이 조개를 굽는 족족 술과 함께 입에 털어 넣었다.

"난 을왕리라도 가는 줄 알았네!" 바나가 집으로 돌아가는 택시 안에서 취한 목소리로 말했다. "그래도 엄청 맛있었어."

"바다는 왜 자꾸 가고 싶어 하노."

"좋잖아─. 바다도 보고, 숙소 잡아서 놀고." 바나가 웃으며 말했다. 오늘따라 바나의 미소가 7년 전의 '예쁜 미소상을 꽤나 받았을 것 같은 꾸익이의 입'을 자꾸만 떠올리게 했다.

"숙소 잡아서 뭐 하게─." 지안 역시 만취 상태라, 본인도 예상치 못한 진한 농담을 던졌다. 그러자 바나는 장난스럽게 눈을 동그랗게 뜨고 지안을 바라보았다. 과장스레 양팔로 자신의 몸을 엑스 자로 감싸 보호하는 시늉도 했다. 지안은 그런 그녀를 보자 어이가 없어 킥킥— 웃음이 나왔다. 여기까지는 괜찮았다.

두 사람은 바나의 아파트로 돌아와 아까 냉장고에 보관해 두었던 초콜릿 케이크를 꺼냈다. 오는 길에 산 맥주를 따는 것도 잊지 않았다. 바나는 초콜릿 케이크 한 입, 맥주 두 모금을 번갈아 가며 입에 넣었다. 냠냠쩝쩝 꿀꺽꿀꺽거리는 모습이 꽤나 볼만했다. 이래서 사람들이 먹방을 보는 건가.

바나는 선물로 받은 향수를 손에 꼬옥 쥔 채로 계속해서 뚜껑을 열어 향을 킁킁 맡았다. 그러더니 기어코 마지막엔 손목에 향수를 뿌려 목 뒤에 향을 묻혔다.

"여기서 향수를 왜 뿌리노. 집인데." 지안이 이해가 안 된다는 듯 말했다. "나갈 때 뿌려, 나갈 때."

"왜요, 제 선물 제가 원할 때 쓰겠다는데—!" 바나가 코를 찡긋거리며 장난스럽게 말했다. 그러곤 어지러운지 "푸우—" 하고 심호흡을 하며 눈을 느리게 껌뻑였다. "난 비 오는 날이 좋아."

"뜬금없네."

"왜냐면 너한테 팔짱 낄 핑계가 생겨서."

"자자, 이제." 지안이 남은 초콜릿 케이크를 상자에 집어넣으며 말했다. 냉장고에 다시 넣어둘 셈이었다. 바나는 지안이 테이블을 정리하는 동안 계속해서 심호흡을 하며 지안을 물끄러미 쳐다보았다. 그리고 그가 바나를 지나쳐 화장실로 가려는 순간…… 지안을 와락 안았다. 그가 사준 향수 향이 확 풍겼다. 거참, 자기 전에 향수는 왜 뿌려가지고.

"뭐 하는데." 지안이 바나를 내려다보며 물었다.

"내 향수 냄새 맡아보라고." 바나가 지안을 올려다보며 씨익 웃었다.

"왜 그러는데." 지안이 불편한 기색을 드러내며 말했다. "이러면 안 돼. 큰일 나."

"큰일은 무슨." 바나가 지안의 몸을 감았던 팔을 풀며 크게 콧방귀를 뀌었다. 그리고 지안을 엄청나게 무시하는 투로 "우리 큰일 절대 안 나던데?"라며 킥킥거리기까지 했다. 그러곤 손을 뻗으며 "나 칫솔 좀 주라. 치약 발라서"라고 말했다.

그러나 지안은 칫솔에 치약을 발라 주는 대신, 그녀의 양 볼을 잡고 키스를 해버렸다. 좋은 향이 났고, 쪼꼬레뜨 맛이 났다. 바나가 케이크를 앞에 두고 '한지안 끌어안고 자도 한지안이 안 피하게 해주세요'라고 소원을 빌었다는 사실을 지안은 다음 날이 돼서야 알게 되었다.

워머에 흘린 떡볶이 양념

: 스물하나 :

인생에 단 한 번뿐인 마지막 스무 살의 시간들을, 바나와 지안은 함께 보내고 있었다. 이전에도 이미 많이 붙어 다니던 둘이었지만, 이제는 거의 모든 일에 함께한다고 해도 무방할 정도였다. 게다가 학교는 방학이 시작되었다. 여름방학 내내 본가에 진득하니 눌러앉아 있다가 돌아왔던 바나는, 겨울엔 새해와 크리스마스에만 다녀오기로 했다며 학교에 눌러앉겠다는 무자비한 계획을 지안에게 선포했다. 현우 선배는 나라의 부름을 받은 상황이었고, 지안은 도연과 헤어졌고, 두 사람은 방학 내내 학교에 눌어붙어 있을 것이었다. 그래도 두 사람은 방학이 시작되기 전이나 후나 비슷한 일상을 보낼 것이 분명했다. 노래방에 가거나, 우식을 먹거나, 1층 분식집에서 딸기 스무디를 즐기거나, 4층 휴게실에서 담소를 나누며. 하지만 지안은 그녀가 노래방,

우식, 1층 분식집, 4층 휴게실 등 모든 순간과 장소에서 현우 선배에게 전화가 올까 봐 휴대폰을 손에 꼭 잡고 놓지 않는 게 불만이라는 표정을 여과 없이 드러냈다.

"아니, 이등병은 원래 전화 못 해?" 툴툴거리면서도 휴대폰을 꼭 잡고 있던 그녀에게 지안이 할 수 있는 말은 "내려놓고 할 일을 해"라는 말뿐이었다. 이것 역시 방학이 시작되어도 달라질 게 없는 부분 중 하나였다.

두 사람이 처음 마주쳤던 겨울이 다른 계절을 한 번씩 지나고 다시 한번 찾아왔다. 추위를 잘 타지 않는 바나는 차디찬 겨울 공기 속으로 하아— 입김을 불어놓곤 그 입김을 구경하는 걸 좋아했다. 지안이 멀찍이 떨어져 담배를 피우며 연기를 내뿜고 있을 때면 그녀도 멀찍이서 입김을 하— 하— 불어서 담배 피우는 시늉을 하기도 했다.

"노래나 듣자. 그런 이상한 시늉 하지 말고." 지안이 이어폰 한쪽을 바나의 귀에 꽂아주며 말했다. 더블유의 첫 공연에서 함께 불렀던 〈Lucky〉가 재생되었다. 바나는 노래를 따라 흥얼거리기 시작했다. 바나보다 키가 14센티미터 정도 큰 지안은 잘못해서 이어폰이 툭 빠지지 않도록 그녀와 꼬옥 붙어 걸었다.

"니네 둘이 싸울 만하긴 했어." 바나가 흥얼거리다 말고 끄덕이며 과거를 회상하는 듯한 표정을 지었다. "가사가 이 모양인데. '난 운이 좋아. 가장 친한 친구와 사랑에 빠졌으니까—'라니. 내가 도연이었으면 내 머리털을 잡고 흔들었을 거야."

"웃기고 있네. 현우 형이 딴 여자랑 키스해도 아무것도 못 했으면서." 지안이 콧방귀를 뀌었다. 바나는 발끈해서 옆에서 뭐라 뭐라 했지만, 지안은 바나의 투덜거림을 배경음처럼 깔아두고 생각에 잠겼다.

'가장 친한 친구와 사랑에 빠졌다'라. 지안은 자신이 만약 바나와 사귀게 된다면 어떨지 잠시 상상해 보았다. 웃음이 나왔다.

"웃겨? 내 말이 웃기냐고!" 바나가 씩씩대며 물었다. 옆에서 계속 투덜거리고 있었나 보다.

"니랑 내랑 사귀면, 일단 웃음이 끊이지는 않을 것 같다."

"누구랑 누가 사귀어?" 바나가 얼굴에 큰 물음표를 드리우며 되물었다. 바나는 지안이 뱉은 말 중에서 뒷부분의 '웃음이 끊이지는' 파트까지는 듣지 못한 상황이었다. "너랑 내가 왜 사귀어?" 진심으로 궁금한 표정이었다.

"이거 노래 가사." 지안이 대충 대답했다. 바나는 금방 그의 말을 이해했다.

바나 역시 생각에 잠겼다. 그리고 곧⋯⋯ 하긴, 이라고 생각하며 낄낄거리기 시작했다. 우선 데이트 도중 말이 끊길 일은 없을 것이다. 지안과 바나는 뭔가에 대해 분석하거나 논쟁하는 것을 즐거워했으니 말이다. 두 사람은 성격도 굉장히 비슷하니 크게 싸울 일이 별로 없을 것 같았다. 물론 연애를 시작한다면 싸울 일이 100퍼센트 없을 순 없겠지만, 싸우는 이유마저도 서로의 논리와 근거를 견주느라 정신없을 것이라는 게 바나의 추측이었다. 서로 좋아하는 애니메이션이나 드라마, 영화를 보여주며 "어때?" 혹은 "평가는?"이라고 물어볼 땐, 상대방 입에서 어떤 참신한 말이 나올지 잔뜩 기대하는 표정일지도 모른다.

바나가 이런저런 상상을 하는 동안 두 사람은 기숙사에 도착했다. 남자 기숙사가 있는 5층에 엘리베이터가 멈추자 바나는 귀에 꽂았던 이어폰을 빼서 지안에게 건네며 "내일 점심?"이라며 한 손으로 동그라미를 그려 오케이 의사를 물었다. 그러자 지안도 동그라미를 시크하게 그리곤 특유의 손 인사를 하고 사라졌다.

12월이라 그런지, 캠퍼스에는 크리스마스와 연말을 준비하는 분위기가 낭랑하게 깔려 있었다. 기숙사 1층에는 벌써 크리스마스트리가 세워져 있었는데, 웬일로 일찍 나와 지안을 기다리던 바나는 "내가 제일 좋아하는 날은 크리스마스랑 생일"이라고 지안에게 말했던 일이 떠올랐다. 물론 지안은 "생일은 부모님께 감사 인사를 드려야 하는 날이고, 크리스마스 같은 서양 명절엔 관심이 없다"라고 대답했지만. 무슨 상관이야, 내가 기분 좋은데.

"옷을 이래 입고 나왔나?" 지안이 엘리베이터에서 내리자마자 인상을 찌푸리며 바나를 타박했다.

"응. 귀찮아, 두꺼운 옷." 바나는 그렇게 대답하긴 했지만, 막상 따뜻한 방 안에 있다 나오니 좀 추운 것 같기도 했다. 그리고 두 사람은 약속이라도 한 듯 발걸음을 옮겨 우식으로 향했다.

하지만 학교 정문에 도착했을 때쯤 바나가 "근데, 이제 순제 좀 질린다"라고 말했다.

"아이고, 1년은 먹어야 질리나 보네." 지안이 웃기다는 듯 대꾸했다. "사거리 쪽에 라멘집 새로 생겼다던데 거기 가보든가." 하지만 일식 쪽으로는 입맛이 까다로운 바나가 입을 삐쭉 내밀며 고민하는 표정을 지었다. "함 가보자. 맛없으면 다음에 안 가면 되지."

예상 외로 라멘집의 수준이 꽤 높아서, 라멘은 순제의 뒤를 이을 바나의 타깃 메뉴로 선정이 되어버렸다. 내가 너무 기대 없이 먹어서 그런가? 바나는 "음— 오이시"라며 일본어로 감탄사를 내뱉곤 라멘 그릇을 싹싹 비웠다.

"어? 오픈 기념 할인한다. 캠퍼스 커플!" 바나가 라멘을 다 먹곤 여유롭게 식당 이곳저곳을 구경하다 말했다.

"왜, 드라마처럼 커플인 척하고 할인받고 그러게?" 지안이 웃으며 물었다.

"아냐, 됐어. 거짓말하고 살진 말자고!" 바나가 굉장히 진지한 얼굴로 대답했다.

그러나 두 사람은 계산 후 밖으로 나와 영수증을 보고 자신들도 모르게 커플 할인을 받아버렸다는 사실을 알게 되었다. 1인분에 7500원인 라멘 두 그릇이 13000원으로 계산되어 있었기 때문이다.

"야! 우리 커플인 줄 알았나 봐." 깔깔거리며 바나가 말했다. "2000원 굳었구만."

"물어보지도 않고 해줄 줄은 몰랐네." 지안 역시 어이없다는 듯 실소를 터뜨리며 말했다. "우리가 좀 잘 어울리는 외면이긴 하지."

맞는 말이었다. 두 사람은 눈이 쭉 찢어진 게 닮기도 했고, 말투나 행동이 워낙 비슷해서 잘 어울리는 한 쌍처럼 보였다. 심지어 종종 남매로 오해하는 사람들도 있었다.

"그리고 넌 잘생겨서 남자친구로 두면 자랑스럽긴 할 것 같아." 바나가 고개를 끄덕이며 중얼거렸다. 물론 백현우도 귀엽긴 하지만, 한지안은 '잘생겼지'.

"맞는 말이군." 지안이 진지하게 수긍했다.

"근데 넌 남자친구로서는 빵! 점이야." 바나가 '빵'이라는 단어에 엄청난 힘을 실어 말했다.

"왜?" 지안이 정색하고 물었다.

"친구로서는 백 점—!"

"그러니까 왜." 지안이 집요하게 물었다. "니가 내랑 사귀어봤나?" 약간은 기분이 나쁜 티를 내기도 했다.

하지만 바나는 아랑곳하지 않고 "도연이랑 사귈 때 옆에서 실시간으로 지켜본 사람으로서, 타당한 가설입니다"라고 농담조를 섞어 대답했다. 그러자 지안은 무슨 말을 하려는 듯 입을 살짝 열었지만 금세 다시 다물고 말없이 걸었다. ……뭐지?

낮에는 해가 떠 있어서 얇게 입고 나온 바나도 "으— 좀 춥긴하네" 정도만 말할 뿐 지안과 즐겁게 시간을 보낼 수 있었다. 하지만 밤이 되고 기숙사로 돌아갈 시간이 되자, 바나는 이제 온몸을 웅크린 채로 덜덜 떨고 있었다.

"내일은 따뜻하게 입어라." 지안이 인상을 찌푸리고는 바나에게 말했다.

"예……." 바나가 여전히 덜덜 떨며 대답했다.

"나도 추워서 겉옷 벗어주는 짓 같은 건 못 한다."

하지만 지안은 이렇게 말하면서도 바나에게 어깨동무를 한 뒤 팔을 쓰다듬으며 마찰열을 내주었다. 바나가 갑작스러운 어깨동무에 고개를 홱 돌려 그를 올려다봤다. 헉, 너무 가깝고 잘생겼어.

○×

"이 술 같은 지지바." 지안은 요즘 바나를 이렇게 불렀다.

"내가 왜 술이냐? 나랑 놀면 다음 날에 숙취라도 와?" 바나는 의아하다는 듯 물었지만 지안은 그녀의 질문을 듣곤 '비유력이 상당하군―' 하고 감탄하며 실실거렸다. 지안은 사실 숙취가 없는 편이었다. 하지만 바나와 놀고 집으로 돌아온 후에 그녀가 해주었던 이야기나 그녀의 우스꽝스러운 행동들을 떠올리면 픽― 웃음이 흘러나왔기 때문에 바나의 말에 상당히 일리가 있다 생각했다. 숙취를 만드는 지지바였군. 그러나 지안은 그런 뜻으로 바나에게 술 같다고 한 것은 아니었다. 그가 말한 '술 같은'은 '중독성이 있다'는 뜻에 가까웠다. 지안은 요즘 시도 때도 없이 바나를 찾았다. 처음엔 바나가 신기했고, 그다음엔 인상 깊었으며, 그

다음엔 웃겼고, 그다음엔 보기만 해도 웃음이 실실 나왔다. 이제는 바나만 봐도 웃음이 나오는 단계를 넘어서서, 그녀를 보지 못하면 언짢아지는 단계에까지 도달한 듯했다.

"내년에 보자……." 바나가 시무룩하게 말했다. 그녀는 작은 짐을 몇 개 들고 학교 앞 버스 정류장에 서 있었다.

"그런 같잖은 개그 치지 마라." 고작 일주일 본가에 머무르기로 한 바나가 야심차게 던진 농담에 지안이 입가에 웃음을 띠우며 대답했다. 바나가 킬킬거렸다. 사실 좀 더 시무룩한 쪽은 지안이었다. '시무룩'이라는 단어가 지안과 어울리진 않지만 말이다.

"데려다줄까?"

"그럼 좋지." 바나는 지안의 동행을 거절하지 않았다. 학교에서 고속버스터미널까지는 먼 거리였지만, 지안은 그녀를 보지 못하면 언짢아질 테니 함께 버스에 올라타는 쪽을 택했다. 돌아오는 길에 바나가 없는 허전함은 늘 하던 것처럼 버스 밖을 보며 사색에 잠기는 것으로 달랬다.

바나는 본가에 머무는 동안 지안에게 자주 전화를 걸었는데, 크리스마스에는 "메리 서양 명절—!"이라고 했고, 새해에는 "새해 복 많이 받아라아아아—!"라고 큰 소리로 외쳤다.

"그래. 새해에는 스타크래프트 실력이 좀 더 좋아지길

바란다." 지안도 바나에게 덕담을 했다. 실제로 지안은 새해에는 바나를 PC방으로 데려가 아이스티와 뽀글이 라면을 먹으며 스타크래프트를 본격적으로 가르칠 계획이었다. 본가에 갔으니 꽤나 얼굴색이 좋아져서 돌아오겠구만.

하지만 일주일 뒤, 바나는 지안이 예상한 것과 전혀 다른 모습으로 등장했다.

"도대체 집에서 뭔 짓을 하고 온 거야."

지안이 새해의 바나를 처음 보자마자 한 말이었다. 핀잔같이 들려도, 지안의 입가에는 웃음을 참으려는 기색이 역력했다. 오랜만에 기숙사 1층에서 만나 기쁘기도 했고, 바나의 뽀글 파마가 웃기기도 했다.

"왜, 안 어울려?" 바나가 의아해하며 물어보았다. 믿을 수 없다는 눈치로.

남들이 했으면 아줌마 같았을 머리를 잘도 소화하고 있는 바나를 보고 있자니 코웃음이 나왔다. 그녀는 머리를 하나로 질끈 묶은 상태였는데, 구불거리는 앞머리와 옆머리가 삐져나와 있었다. 그 모습이 귀엽다고 생각은 하면서도 '밥 먹을 때 다 묻겠군' 하는 걱정을 떨칠 수 없었다.

"자, PC방이나 가자." 지안이 결연한 표정으로 말했다. 하지만 바나는 잠시 고민하는 표정을 짓더니…….

"놀이공원 가자."

"이 겨울에?"

한 시간 뒤, 얼굴이 아플 정도로 칼바람이 부는 이 한겨울에, 두 사람은 정말 놀이공원에 도착해 있었다.

"여길 진짜 왔네." 바나는 굉장히 들뜬 목소리로 믿을 수 없다는 듯 말했다. "이게 청춘이지! 버스를 네 시간 넘게 타고 왔더니 벌써 오후 3시인 게 열받아서 오후 티켓으로다가 한겨울에 놀이공원 오는 이 미친 짓이!"

지안 역시 매우 계획적인 스타일이었기에, 만약 다른 친구들이 놀이공원에 가자고 했으면 절대 응하지 않았을 것이다. 이 술 같은 지지바가 날 여기까지 끌고 오네……. 하지만 정말 놀이공원에 도착한 자신의 모습이 하나도 믿기지 않는다는 듯 현실감 없는 표정을 하고 있는 바나를 보는 것만으로도 매우 즐거웠다.

두 사람은 야외 놀이기구를 타기 위해 완전히 중무장을 하고 왔다. 바나는 검정색 넥워머에 벙어리장갑을 끼고 있었고, 지안은 빨간색 목도리에 일반 장갑을 끼고 있었다. 하지만 놀이기구를 탈 때 불편하지 않도록 겉옷은 최대한 따뜻하면서도 얇은 것을 챙겨 입었다.

"와, 우리 어떡해? 진짜 와버렸어." 바나가 실실 웃으며 흥분을 감출 수 없는 표정으로 멀뚱히 서서 놀이공원 풍경을 쳐다보았다.

"뭘 어떡해. 가자고!" 지안은 엄청난 결심을 한 것처럼 바나에게 어깨동무를 하고 그녀를 바라보며 씨익 웃었다. 바나는 미소를 짓고는 어깨동무를 한 지안의 손목을 잡아 끌면서 빠르게 걷기 시작했다.

한겨울인 데다가, 평일 오후였기 때문에 놀이공원에는 사람이 별로 없었다. 완전히 들떠버린 바나가 지안을 데리고 씩씩하게 놀이공원을 이곳저곳 누볐고, 덕분에 지안은 굉장히 정신없는 상태로 순식간에 다섯 개의 놀이기구를 즐겨야 했다. 마침내 여섯 번째 놀이기구를 탔을 때, 지안은 충격에 빠졌다. 20년 평생을 경상북도 시골에서 살아온 지안에게 하늘 끝까지 올라갔다가 땅끝까지 3초 만에 뚝 떨어지는 '자이로드롭'이라는 놀이기구의 존재는 그 속력과 높이만큼이나 충격이었다.

"잠깐만 쉬자." 지안이 여전히 자신의 팔목을 붙잡고 돌아다니는 바나에게 말했다.

"헐, 토할 것 같아?" 바나가 걱정 섞인 목소리로 물었다.

"아니. 우리 여섯 개나 탔잖아. 잠깐 쉬어도 되는 거 아이가?" 지안이 물었다.

"뭐야. 토할 것 같은 건 아니지?" 바나가 한시름 놓은 표정으로 말했다. "야! 이거는 3초 만에 떨어지는 거라서 세

번 이상은 타주는 게 기본이라고!" 그리고 자이로드롭을 가리키며 말했다. 지안은 이해가 안 된다는 표정이었지만 바나는 그런 건 신경 쓰지 않았다. "토 안 하면 됐어"라며 지안의 손을 덥석 잡고 끌고 가버렸으니까. 참 내, 손을 덥석덥석 잡네.

○×

헉, 팔목이 아니네!

조준을 잘못했는지, 팔목이 아니라 손을 잡아버린 바나였다. 하지만 여기서 다시 손을 놓고 팔목을 잡으면 상황이 더욱 이상해질 것 같아서 바나는 끝까지 손을 잡고 놀이기구로 향했다. 결국 두 사람은 다시 자이로드롭에 앉게 되었는데, 바나는 옆에서 지안이 "손을 잡네"라며 중얼거리는 것을 분명히 들었다.

다시 한번 두 사람의 뒤통수 쪽에서 놀이기구가 시끄럽게 덜커덕거리며 작동을 시작했음을 알렸다. 바나는 가슴팍을 모두 덮는 안전장치의 양 손잡이를 꼬옥 쥐곤 허억허억 하며 극도의 흥분 상태로 숨을 내뿜었다.

"아…… 안 되는데." 지안은 이렇게 말하며 한숨을 내쉬었지만 이미 놀이기구는 상공 70미터를 향해 올라가는 중이었다. 덜컹! 소리와 함께 하늘에 멈춰버린 놀이기구에 바나의 심장 역시 덜컹거렸다.

"야, 이거 원래 말하고 있어야 좀 덜 긴장돼." 바나가 옆에서 쉴 새 없이 재잘재잘 떠들었다. "그래야 내려갈 때 말하면서 소리를 지르으으아아악!" 그리고 드롭은 약 3초 만에 지면으로 빠르게 낙하했다.

지안은 바나 때문에 웃느라 정신이 없어 보였다. 역시, 웃을 때 예쁘다니까. 바나는 그를 이렇게 박장대소하게 만들었다는 사실이 굉장히 뿌듯했다. 노벨상을 받으면 이런 기분일까?

지안도 놀이기구를 탄다고 해서 멀미를 하는 체질은 아니었고, 바나는 원래 놀이기구를 잘 타는 편이었기에 두 사람의 몸 컨디션에는 문제가 없었다. 그러나 자이로드롭을 네 번이나 타는 건(줄이 짧아서 바나는 네 번까지 타야 된다고 우겼다) 바나에게도 지안에게도 체력적으로 힘든 도전이었다. 결국 두 사람은 헉헉거리며 근처 벤치에 앉아 잠시 휴식을 취하기로 했다.

겨울이라 해가 빨리 졌고, 두 사람이 놀이공원에 온 시각 자체가 이미 저녁이 다 된 무렵이었기에 벌써 주변은 캄캄해져 있었다. 놀이공원의 밝은 불빛들이 반짝여서 분위기가 꽤 괜찮았다. 예쁘다, 예뻐. 바나는 만족스러운 표정을 지으며 밤하늘을 올려다보았고, 지안은 웃으며 바나를 내려다보았다.

"손을 그렇게 덥석덥석 잡고 다니지 마라." 지안이 농담조로 던졌다.

"아, 미안." 바나가 떨떠름한 목소리로 대답했다.

"미안하다고?" 지안이 의아해했다.

"야, 저거 타자." 바나는 동문서답을 했다. 바나가 가리키는 놀이기구는 '자이로스윙'이었다.

두 사람은 떡볶이와 회오리감자, 음료 등을 사서 자이로스윙의 길고도 긴 줄 맨 끝에 섰다. 아까까지만 해도 평일 오후라 그런지 사람이 별로 없었는데, 저녁 시간이 지나자 갑자기 놀이공원이 붐비기 시작했다. 아마도 야간개장 표를 끊고 들어온 사람들 때문인 듯했다. 출출하기도 하고, 줄도 워낙 길어서 두 사람은 기다리는 동안 간식거리를 즐기기로 했다. 바나는 이쑤시개로 떡볶이 어묵 하나를 쿡― 찍어 입에 쏙 넣은 뒤 떡볶이 하나를 쿡 찍어 지안의 입에 넣어주었다. 지안이 한 손에는 회오리감자를, 한 손에는 콜라를 들고 있었기 때문이다. 지안 역시 한 손에는 떡볶이, 한 손에는 이쑤시개를 들고 있는 바나를 위해 회오리감자를 한 입 먹여주고, 콜라 컵에 꽂힌 빨대 역시 입에 넣어주었다. 모르는 사람이 본다면, 두 사람의 모습은 영락없는 연인이었다.

"나 콜라 한 번 더." 바나가 목이 멘다는 표정으로 말하자, 지안이 콜라를 내밀었다. 바나는 콜라를 쪽 빨아먹곤 탄산이 온몸에 퍼지는 것을 즐기듯 "으으—" 하는 이상한 감탄사를 내뱉었다. 그리고 다시 이쑤시개로 떡볶이를 콕 찍어 입으로 가져가려는 순간……! 자신의 넥워머에 빨간 양념을 한가득 흘리고 말았다. 아이 씨.

하지만 그 순간.

"바나야—."

지안이 바나를 똑바로 쳐다보며 그녀의 이름을 불렀다. 그리고 바나는 자신의 이름을 불러주는 지안의 목소리에 온몸이 얼어붙었다. 뭐지? 의아했고, 혼란스러웠다. 지안의 얼굴엔 '또 흘리냐' 하는 표정과 함께 걱정과 애정이 담겨 있었다. 뭐지, 진짜? 그는 재빨리 바나의 손에 있던 이쑤시개를 뺏어 떡볶이에 꽂고, 들고 있던 콜라를 이쑤시개를 들고 있던 손에 쥐여준 뒤, "기다려라"라는 말을 남긴 채 회오리감자를 들고 사라졌다. 바나는 한 손엔 떡볶이, 한 손엔 콜라를 들고 넥워머에는 떡볶이 양념을 잔뜩 묻힌 채로 놀이기구를 타려고 줄을 선 사람들 사이에 껴서 지안을 기다렸다. 이름을 불러준 건 처음인데.

돌이켜 보니, 지안은 한 번도 바나의 이름을 불러준 적이 없었다. 항상 '야' 혹은 '어이'로 그녀를 불렀던 지안이었다.

하지만 이번에 그는 걱정과 애정을 잔뜩 담은 목소리로 '바나'라는 이름을 불렀다. 그리고 그 순간 바나의 가슴속 깊은 곳에서는 놀이기구가 상공 70미터까지 올라가 멈췄을 때 나는 덜컹— 소리 같은 게 들렸다.

몇 분 뒤, 지안은 어디선가 휴지와 물티슈를 구해 왔는데, 자신이 들고 있던 회오리감자마저도 콜라를 들고 있는 바나의 손가락 사이에 끼워 넣으며 "이것도 잠깐 들고 있어라"라고 했다. 그리고 휴지와 물티슈로 그녀의 넥워머를 꼼꼼하게 닦아주기 시작했다. 그 손길이 너무나도 깔끔하고 정갈해서…… 아니, 사실은 너무나도 정성스럽고 다정해서 바나는 순간적으로 지안에게 고맙다고 말하며 와락 안기고 싶은 마음이 들었다. 그럴 순 없었다. 첫째로, 아직 넥워머에 묻은 양념이 덜 닦였으며, 둘째로, 손에는 회오리감자와 떡볶이와 콜라가 들려 있었고, 셋째로, 그냥 안 되기 때문이었다. 이런 충동적인 마음과 이성적인 판단이 바나의 머릿속에서 폭력적인 전쟁을 벌이는 동안에도 지안은 여전히 시계 장인이 시계의 가장 중요한 부품을 끼워 넣는 것처럼 집중력을 발휘해 넥워머 뜨개실 사이사이에 스며든 떡볶이 양념을 열심히 닦고 있었다.

"조심 좀 해라." 양념을 말끔히 닦은 후, 지안은 다시 넥워머의 모양새를 예쁘게 잡아주며 말했다. 굉장히 무뚝뚝

하고 쌀쌀 맞은 표정에, 그렇지 않은 목소리와 행동이었다. 지안은 휴지와 물티슈를 근처 쓰레기통에 버리고 온 뒤, "어릴 때부터 이래 많이 흘리고 다녔나?"라고 물었다.

"응. 나 학교 다닐 때 별명 급식판." 바나가 설렌 표정을 가다듬으며 지안에게 덤덤하게 농담을 던졌다.

"왜."

"그날 급식 뭐 나왔는지 다 알 수 있을 정도로 흘리고 다녀서."

실화를 바탕으로 한 바나의 농담에 지안은 절레절레 고개를 흔들며 혀를 끌끌 찼다. 하지만 바나의 머릿속은 여전히 자신의 이름을 오롯이 불러주던 그의 목소리로 가득 차 있었다.

두 사람은 자이로스윙을 타기 직전에 회오리감자와 떡볶이, 콜라를 해치웠다. 이번에도 지안은 쓰레기를 재빨리 근처 쓰레기통에 버리고 왔다. 자이로스윙은 말 그대로 둥글게 둘러앉은 채 회전하면서 좌우로 흔들리는, 일종의 원형 바이킹 같은 놀이기구였다. 야외에 있는 놀이기구여서 바람과 날라다니는 각종 이물질로부터 손님을 보호하기 위해 자리마다 투명한 가림막이 설치되어 있었는데, 단점은 옆 사람의 목소리가 잘 들리지 않고 잘 보이지 않는다는 것이었다. 이건 바나에게는 다행인 점이었다. 지안이 자신의 이름을 불러주던 목소리가 자꾸만 떠올라 두 뺨이 발그레해졌기 때문이다. 바나는 놀이기구를 타는 내내 어디선가 읽었던 믿거나 말거나 하는 과학적 사실을 곱씹었다.

원래 놀이기구를 타거나 공포영화를 보는 상황이 연인들한테 좋다잖아. 놀라서 심장이 뛰면, 그게 설레서 뛰는 거라고 착각하니까. 그래서 그런 거야. 자이로드롭을 네 번이나 타고 지금도 자이로스윙을 타고 있어서 그런 거야.

투명한 가림막이 있어도 찬바람이 쌩쌩 들어왔지만, 볼에 오른 열기는 잘 식지 않았다.

PC방 뽀글이와 아이스티

학생들이 자주 먹는 치킨이나 김밥, 라면 등의 냄새가 희미하게 풍기는 기숙사 4층 남녀공용 휴게실에 바나와 지안이 마주 보고 앉아 있었다. 히터를 틀어놓아 따뜻하면서도 건조하고 텁텁한 공기 속에, 두 사람은 노곤히 녹아 있었다.

"잘 나왔지?" 바나가 지안에게 자신의 스마트폰으로 찍은 사진 한 장을 보여주었다.

"보내봐라." 지안이 사진을 보곤 만족스럽다는 듯 바나에게 말했다. 바나의 검은색 워머에 잔뜩 묻은 떡볶이 양념을 닦아준 후 놀이기구 줄에 가만히 서 있는 지안을 찍은 사진이었다. 사진 속 지안은 물티슈와 휴지를 구하기 위해 뛰어다니느라 덥다며 잠시 빨간 목도리를 벗은 상태였다. 흰 재킷만 입은 지안이 멋쩍게 웃으며 바나의 휴대폰 카메라 쪽을 바라보고 있었다.

"빨리 보내." 지안이 재촉했다.

"기다려봐. 쓸 만한 사진 다 골라서 보낼 테니까."

"벌써 시간이 이래 됐노." 지안이 휴대폰으로 시간을 보고 말했다. PC방을 한번 가야 되는데……. 지안은 머릿속으로 빠르게 계획을 세웠다. 점심이 다 되었으니 곧 바나가 우식에 가자고 할 텐데, 우식에 대한 기대감이 생기기 전에 PC방 뽀글이 라면과 아이스티로 그녀를 꾀어서 스타크래프트를 가르쳐줄 계획이었다. 그 계획의 첫 작업은, 내일부터는 함께 맛있는 걸 먹는 일상을 보낼 수 없다는 지안의 공지부터였다.

"오늘까지만 놀고 나 내일부터 다이어트하고 운동한다."

지안은 자기관리에 많은 노력을 쏟는 타입이었다. 외출을 하거나 중요한 약속이 있는 날이면 샤워를 한 뒤 정성스럽게 머리를 만지고 각종 남성용 기초 제품을 얼굴에 바르며 피부 관리에 공을 들였다. 피부 트러블이 생기면 가볍게 남성용 커버 화장품을 사용하기도 했다. 바나는 지안이 고데기를 다룰 수 있다는 사실에 엄청 놀랐다. 자연스럽게 스타일링한 흑발이 사실 지안이 고데기와 드라이기로 능숙하게 연출한 머리라는 점에도 놀랐지만, 바나보다 고데기를 잘 쓴다는 사실이 더 충격이었다.

바나에게는 어머니에게서 물려받은 타고난 피부와 머리

칼이 있었다. 반곱슬의 머리는 바나가 손으로 몇 번 빗기만 해도 원하는 대로 자리를 잡았으며, 한 번 파마를 하면 컬이 자연스러운 모양새로 엄청 오래가는 축복받은 머리이기도 했다. 게다가 여드름이나 뾰루지는 1년에 한두 번 정도, 엄청나게 스트레스를 받거나 몸 컨디션이 안 좋을 때만 나서 잡티가 생기면 "이게 뭐야!"라고 소리칠 정도였다. 그녀는 수분크림이나 로션 역시 아무 브랜드나 대용량으로 구매해서 쓰는 편이었는데, 같은 방을 쓰는 수아가 그녀의 제품을 발랐다가 피부가 완전히 뒤집어진 사건이 기숙사에 소문이 나서 아무도 바나의 로션을 빌리지 않게 되었다는 이야기도 있었다.

"운도오옹? 다이어트으?" 바나가 잔뜩 의아한 표정을 지었다.

"니도 같이 할래?" 지안이 물었다.

"아— 싫어." 바나가 딱 잘라 거절했다. 겨울에도 머리를 말리지 않아 머리카락이 얼어붙어도 메두사 머리가 됐다며 킬킬거리는 그녀에게 부지런히 운동을 다니자는 제안이 먹힐 리 없었다.

"니도 운동 좀 하고 씻어라." 지안이 잔소리를 했다.

"무슨 소리야. 씻기 싫어서 운동 안 하는 건데." 바나가 피식 웃으며 뭘 모른다는 듯 말했다.

"머리를 대체 왜 안 감는데?" 그가 물었다. 그러곤 이해가 간다는 식으로 끄덕이며 덧붙였다. "하긴, 니는 이틀 넘게 안 감아도 티가 안 나더라."

"떡 지고 말고가 문제가 아니야. 머리숱 많은데 머리 감는 게 얼마나 고역인지 넌 모를걸? 머리를 감는 게 아니라 머리를 '빨아야' 한다고."

"그래도 빨아라."

"잔소리 그만." 바나가 장난스럽게 지안의 말문을 막았다. 지안은 원래도 바나에게 잔소리와 조언, 충고를 많이 했지만(그리고 대부분 맞는 말들이었지만) 새해가 시작되니 그 횟수와 양이 늘어난 게 사실이었다. 얘랑 있으면 항상 뭔가 찜찜하단 말이지…… 지안은 자신의 이런 마음이 어디서부터 출발하는지 몰랐다. 늘 냉정하고 침착한 지안이 바나와 함께 있을 때면 걱정 많은 극성 학부모가 되었다.

"운동은 왜 하는데?" 바나가 물었다.

"살 빼고 몸 만들라고."

"대체 왜?" 바나가 이해가 안 된다는 듯 다시 물었다.

"잘생겨져야지." 지안이 씩 웃으며 대답했다.

"……대체 왜?" 바나는 여전히 이해가 안 된다는 표정이었다.

"잘생겨지는 거 싫나?" 그가 사투리 억양이 진하게 담긴 말투로 되물었다.

"이미 잘생겼는데?" 바나가 대답했다. 여름은 덥고, 겨울은 춥고, 지구는 둥글고, 사람은 언젠가 죽는다는 말을 하는 듯한 태연한 말투였다.

"PC방이나 가자." 지안이 휴대폰 시계를 보며 말했다. "가서 뽀글이나 먹자." 그는 휴대폰을 든 김에 바나가 대화 도중 잔뜩 보내놓은 자신의 사진을 저장하기 시작했다. 그 중에는 바나와 지안이 함께 찍은 셀카도 있었다. 바나는 카메라와 가깝게 '예쁜 미소상'을 받을 것 같은 가지런한 치아를 드러냈고 지안은 조금 뒤에서 어색하지만 기분 좋은 미소를 짓고 있었다. 잘 나왔네.

"우리 점심 여기서 먹어?" 바나가 PC방의 적당한 구석자리에 앉으며 물었다.

"어. 뽀글이랑 아이스티." 지안도 바나 옆자리에 앉았다.

"몸은 왜 만들어?" 지안은 바나의 끈질긴 질문이 웃기기도 하고 귀엽기도 하고 귀찮기도 했다. 뭐 이리 궁금한 게 많아.

"잘생겨질라고. 아까 말했잖아."

"아니, 그러니까. 왜 잘생겨져야 하냐고."

"여자 꼬실라고." 지안이 장난스럽게 대답했다. 하지만 바나는 조금도 웃지 않았다.

○×

이 잘생긴 영혼이 다시 여자친구를 사귀면 자신은 분명 또 낙동강 오리알 신세가 되어버리고 말 것이다. 아니, 사실 낙동강 오리알 신세까지는 아닐 거다. 바나는 대학교에서 아주 다양한 친구를 사귀어왔으니 말이다. 최후의 수단으로는, 건수에게 또 햄버거를 뺏어 먹으면 되는 일이었다. 그래도, 이렇게 재밌는 지안과의 일상을 2학년이 되고 나서도 유지하고 싶은 바나였다.

"질투?" 지안이 이번에도 역시 장난스럽게 물었다.

"약간?" 그리고 바나는 이번에도 심각한 표정으로 대답했다. 물론 그녀의 질투는 '소울 메이트급의 소중한 친구를 성별이 다르다는 이유로 잠시 멀리 지내야 한다는 속상함'이었다.

"질투하지 마. 그래도 니를 제일 좋아해." 웃으면서, 하지만 꽤 진지하게 진심을 담은 말투로 지안이 말했다. 바나는 놀이공원에서 지안이 자신의 이름을 불러줬을 때처럼 심장이 쿵쿵 뛰었다. 나 왜 이러냐, 진짜. 부정맥인가?

"나를 제일 좋아한다고?"

"알잖아. 친구들 중에서 니를 제일 좋아하는 거."

"그렇지만 여자를 꼬시는 데 성공하면 난 2위인데?" 바나가 헷갈려하며 말했다.

"아니야. 나는 여친보다 친구가 좋아." 지안이 바나의 눈을 똑바로 보며 대답했다. 바나의 심장은 또 쿵쿵 뛰었지만, 지안이 "뽀글이랑 아이스티 먹을 거제?"라고 물어서 가만히 고개를 끄덕일 수밖에 없었다.

'한지안의 스타크래프트 개인 과외'가 시작되고 얼마 지나지 않아 뽀글이 라면과 아이스티가 두 개씩 도착했다. 벌써 2시가 다 된 시간이어서, 점심을 먹지 않은 두 사람은 급하게 뽀글이를 한 입씩 먹고 아이스티를 몇 모금 마셨다. 바나의 입에서 절로 감탄사가 나왔다.

"야." 그녀가 심각하게 지안을 불렀다. "내일도 오자."

"안 돼." 지안이 킥킥 웃으며 대답했다. "나 내일부터 다이어트한다니까?"

지안의 말에 바나가 눈을 가늘게 뜨고 지안을 쳐다보며 불만을 잔뜩 드러냈다. 그녀의 얼굴에 '뺄 게 뭐가 있다고!' 하는 문장이 그대로 적혀 있었다. 그러자 지안은 크게 하하하 웃었다.

"배찌랑 똑같이 생겨가지곤." 지안이 계속해서 킥킥대며 말하는데, 또 바나의 심장이 쿵쿵 뛰었다. 심지어 살짝 어지러운 기분이 들기도 했다. 예전에도 그의 웃음에 무장해 제당한 적은 많지만 한 번도 양 볼이 뜨거워짐과 동시에 심장 부근이 지잉— 하고 멈추는 듯한 경험을 해보진 않았다. 미쳤나 봐. 그리고 순간, 한 가지 깨달음이 머릿속을 번개처럼 스쳐 지나갔다. 만화였다면, 바나 머리 위에 전구가 뽕! 하고 나타났을 법한 그런 깨달음이었다.

"너, 신입생 들어온다고 몸 만드는 거지?"

"뭐, 완전히 그런 목적이라고 할 수는 없지만." 지안이 아주 태연하게 대답했다. "그것도 겸사겸사."

"헐." 바나가 충격받은 표정으로 그를 쳐다봤다. '여자를 꼬시려 한다'는 사실 자체는 그리 심각하게 받아들이지 않았다. 좀 서글펐을 뿐. 이제 막 캠퍼스 커플 타이틀을 뗀 지안이 캠퍼스 안에서 다른 여자친구를 찾을 리는 없다고 생각했고, 찾더라도 시간이 좀 걸릴 것이라 예상했기 때문이다. 게다가 2학년에 사학과로 전공이 바뀌는 지안이 사학과의 어떤 아리따운 여성분과 연애를 한다는 것은 바나에게 현실감 있게 다가오지 않았다. 자유전공학과 학생들은 과가 바뀌어도 1학년 때 친해진 동기들과 더 잘 어울려 다니는 특성이 있었다. 하지만 신입생이라면……. 그래도 조금 위로가 되는 것은 '너를 제일 좋아한다'는 말이었지만, 나 또 친구를 멀리하며 살아야 하는 거야?

"스타 배우는데 자꾸 딴 길로 새지 마라." 지안이 말했다.

"제가 좀 산만해서요." 약간은 짜증이 난 말투로 바나가 비아냥거리자, 지안은 그녀를 잠시 의아하게 쳐다봤다. 하지만 스타크래프트 강의를 자연스럽게 이어나갔다. 바나는 계속해서 툴툴거리다가, 지안의 화려한 언변과 제스처, 날렵한 콧날과 베일 듯한 턱선 따위에 정신이 팔려 그가 몸을 만든다는 둥, 여자를 꼬신다는 둥 했던 말은 잠시 잊어버렸다.

"궁금한 거 또 물어봐." 지안이 말했다.

"아빠가 맨날 내 뮤탈 부대랑 저글링 부대를 유령을 써서 번개로 지져서 녹여. 그리고 내 거미가 맨날 들키고." 바나는 게임에 나오는 정식 명칭을 자신만의 단어로 바꿔서 말했다. "그래서 너무 슬퍼."

"아버지께서 니 부대들을 템플러의 스톰으로 녹이고, 어찌된 일인지 땅속에 있는 니 럴커들의 위치가 보인다는 거제?" 신기하게도 지안은 바나의 표현을 모두 알아들었다. "그래, 그럼 말이야……. 음. 히드라 몇 마리를 따로 부대 지정을 해놓고……, 아, 부대 지정 할 줄 아나?"

"알지." 그녀가 자신만만하게 대답했다. "컨1 컨2 컨3."

"이야—." 지안이 짤막하게 감탄했다. 그리고 다시 설명을 이어나갔다. 바나는 그의 전문적이면서도 알아듣기 쉬운 설명을 귀담아들었다. "오버로드를 띄워놓으면 옵저버가 보여"라는 말을 들을 때 그녀는 그의 설명이 유익하면서도 재미가 쏠쏠하단 생각이 들었다. "그리고 스커지를 뿌려봐. 부딪히면 터지는 애들. 알제?"라는 말을 들을 땐, 그의 얼굴을 유심히 쳐다보았다. "그러면 스커지가 알아서 옵저버를 죽일 거야." 그의 얼굴 역시 재미가 쏠쏠하단 생각이 들었다.

"포탑은?"

"캐논이 있으면, 그건 히드라로 정리하면 돼." 지안이 바로 알아듣고 대답을 해주었다.

"그러고 거미를 땅에 묻어?"

"그렇지, 럴커 버로우시키는 거지." 지안이 칭찬의 의미로 그녀를 향해 크게 고개를 끄덕여 주었다. "똑똑하네. 유닛 상성이 중요해. 예를 들면 캐논 짤짤이를 할 때는 뮤탈 컨트롤이나 히드라를 써야겠지." 바나는 여전히 지안의 얼굴을 보고 있었다. 대체 살 뺄 데가 어디가 있다는 거지? "근데 드라군이 많다…… 그러면 발업 저글링을 써야겠고." 생각해 보니 만약 지안이 신입생 중 한 명과 연애를 하게 된다면 이렇게 스타크래프트 강의를 공짜로 듣는 것도 이번 겨울이 마지막일 수 있었다. "근데 캐논이 너무 많다. 그러니까, 니가 말한 그 대포가 많다. 이때 저글링을 쓰는 건

멍청이 같은 짓이야." 멍청이. 캠퍼스 커플에 그렇게 데여 놓고 또 캠퍼스 커플을 하려고?

"난 저글링이 좋은데." 각종 잡생각을 하면서도 지안의 설명을 열심히 듣고 있던 바나가 말했다. "뛰어다니는 게 강아지 같고 귀엽단 말이지. 쮸쮸쮸— 하는 것도 귀엽고."

바나의 말에 지안은 아까 웃었던 것보다 더 크게 웃었 다. "골 때리는 지지바"라고 중얼거리기도 했다. "그러면 상 성을 잘 알아둬. '캐논은 소형 유닛에 매우 강하다.'" 그가 입가에 웃음을 계속 머금은 채 말했다.

"캐논은 소형 유닛에 매우 강하다—." 바나가 지안의 말 을 따라 했다.

"쮸쮸쮸거리는 니 귀여운 강아지들은 캐논에게 두 방에 죽는다."

"두 방에 죽는다—." 바나가 또 지안의 말을 따라 했다. 그때였다. 바나의 휴대폰이 울렸다.

"어허— 수업 중에 누가 폰을 벨소리로 해놨노." 지안이 농담을 던졌다.

"죄송합니다, 선생님." 바나가 능글맞게 그의 농담을 받 아치며 옆자리에 던져놓았던 가방에서 휴대폰을 꺼내 확 인했다. 모르는 번호로 온 전화였다. 스피커폰 모드를 해두 고 전화를 받았는데…….

'1577 콜렉트콜입니다. 삐 소리가 나면 상대방을 확인하세요'라는 음성에 이어 곧 "바나야! 나야!"라는 현우 선배의 다급한 목소리가 흘러나왔다. 아, 나 남친 있지, 참.

바나가 얼이 빠진 채로 통화를 계속 하려면 아무 번호를 누르라는 안내를 가만히 듣고 있자, 옆에서 지안이 "수업 중에 딴 길로 새노"라며 차분하게 말했다. 그의 눈은 게임 화면에 고정되어 있었다.

소주 다이다이

현우 선배와의 통화는 길지도 짧지도 않았다. 바나는 딱 두 가지 질문을 했는데, "내 편지 받았어?"와 "전화는 언제 부터 할 수 있는데?"였다. 첫 번째 질문에는 "응. 고마워, 잘 읽었어"라는 답변을 받았고, 두 번째 질문에는 "원래 할 수 있는데…… 내가 생각할 게 좀 있어서"라는 답변을 받았다. 주절주절하는군. 현우 선배는 희진 언니와 있었던 일부터 군대 가는 것을 미리 말해주지 않은 일까지 구구절절 늘어 놓으며 사과했다. 자신이 바나에게 몹쓸 짓을 많이 했다는 사실을 군대에서 새삼 뼈저리게 깨달았으며, 미안한 마음 에 기다려달라고 할 수가 없다는 말을 한참 떠들었다. 바나 는 "그럼 생각 정리가 되면 다시 전화해"라고 했다.

"기회를 참 많이도 주는구나." 전화를 끊은 바나에게 지 안이 말했다. 바나는 머쓱하게 쩝— 거리며 지안의 눈치를 슬쩍 봤다.

"오늘 내가 술을 사도록 하지. 공짜 강의를 들었으니 말이야."

"많이 마셔야겠노." 지안이 덤덤하게 말했다.

"젠장." 그의 말에 바나가 나지막이 말하자, 지안은 픽 웃었다. "나 그래도 술 많이 늘었다? 너랑 다이다이 뜰 수도 있을 것 같은데." 그러자 지안은 이번에는 기가 찬다는 듯하하 웃었다. "왜 웃어? 진짠데? 오늘 뜨자."

"객기 부리지 마라. 니 그러다가 내일 딸기 스무디 다섯 잔 먹는다." 지안이 가소롭다는 듯 말했다.

바나는 소주 두 병의 뚜껑을 딴 후에 한 병을 지안 앞에 놓았다. 그들의 단골 메뉴이자 술친구인 우전이, 그러니까 '김치우동전골'도 함께였다.

"각 1병으로 시작하자고."

바나는 정말 자신이 있었다. 작년에 개강총회가 있던 날과 지금의 바나는 완전히 달랐다. 바나가 여러 번의 술자리를 거치며 깨달은 사실이 있었는데, 취함에는 여러 단계가 있다는 점이었다. 긴장이 풀리고 기분이 좋아지는 것, 머리가 좀 어지러운 것, 완전히 맛이 간 것, 다음 날 기억을 못하는 것. 그리고 자신의 경우, 기분이 좋거나 머리가 좀 어지러워지는 단계까지는 소주 세 잔으로 충분하지만 완전히 맛이 가거나 다음 날 기억을 못 하는 단계에 도달하려면 많은 양의 술이 필요하다는 사실을 알게 되었고, 지안의 경우에는 기분이 좋거나 정신이 좀 어지러워지는 단계까지 많은 양의 술이 필요하지만 거기까지 간다면 완전히 맛이 가는 데까지는 어렵지 않게 도착할 수 있다는 사실도 알게 되었다. 그래프로 따지면…… 몰라, 수학은 어려워. 바나는 자신의 논리를 지안에게 설명하려 했지만 수학적 지식이 부족하다는 점을 되새겨야 했다.

"알아들었어. 걱정 마." 바나가 애써 그래프를 떠올리려고 하자, 지안이 그녀가 쓸데없이 머리를 굴리다가 두통이 오는 일이 없도록 도와주었다.

"고마워. 자, 그럼 붙어보자고?" 바나가 소주잔을 들어올리며 지안에게 건배를 제안했다. 지안은 어이가 없다는 미소를 지으며 잔을 부딪혀 주었다. 맑은 소리가 났다.

한 잔, 두 잔, 세 잔……. 세 잔째가 되니 기가 막히게 바나가 취하기 시작했다. 그래도 테이블 위로 엎어지지는 않았다. 네 잔, 다섯 잔, 여섯 잔…… 술은 끊임없이 들어갔다. 김치우동전골이 동날 때쯤, 그들의 두 번째 술자리 친구인 태양초치즈닭갈비가 도착했다. "소주 가져갈게요!" 바나가 활기찬 목소리와 발걸음으로 소주 두 병을 가져왔다.

시간이 지날수록, 모든 것을 꿰뚫어 보는 듯한 지안의 총명하고 또렷한 눈빛도 점점 흐릿해져 갔다. 바나는 아까 그 상태 그대로였다. 기분도 좋았고, 정신도 어지러웠다.

"야, 니가 이겼어. 그만 마시자." 지안이 지친다는 듯 손사래를 치며 말했다. 도대체 몇 병을 마셨는지도 몰랐다. 일부러 세지 않았다. 몇 병을 마셨는지 알게 되면 정신줄을 바로 놔버릴 것 같아서였다.

"아냐, 너 아직 안 죽었잖아." 취한 바나가 다소 과격한 어휘를 선택하며 말했다. "너 쓰러지면 내가 기숙사까지 너 업고 갈게."

"가능하긴 하지. 니는 힘이 세니까……." 지안이 고개를 푹 숙이고 중얼거렸다. 아주 진지한 톤으로. "그만 좀 마시자고, 이 여자야. 이 술병들을 좀 봐라." 지안이 만취한 목소리로 말하자 바나가 흐리멍텅한 눈으로 고개를 돌려 술병을 보았다. 와, 미쳤네. 내일 딸기 스무디 열다섯 잔이다. 그리고 그때였다. 지안이 엄청나게 뜬금없는 질문을 던졌다.

"나야, 백현우야?"

……뭔 소리야, 갑자기? 완전히 풀린 눈으로 그녀를 뚫어져라 바라보는 지안과 눈이 마주쳤다. 눈빛이 많이 흐릿해지긴 했지만서도 여전히 강렬하다는 생각이 들었다.

"뭐가?" 바나가 어수룩한 발음으로 되물었다.

"니 남자친구랑 나 중에서 선택하라고." 그가 취했지만 단호한 말투로 말했다.

"너 진짜 완— 전히 취했구나?" 바나가 혀가 꼬인 채로 대꾸했다.

"빨리 선택하라고."

바나는 재빨리 머리를 굴렸다. 지안을 이기려면 취하지 않은 척을 해야 한다는 강박 때문에 '취하지 않았다면 무슨 대답을 했을까' 곰곰이 생각했다. 하지만 취해 있어서 취하지 않았을 때의 답을 떠올리진 못했다. 선택을 하라니.

답이 나오지 않자, 이번엔 그의 질문에 진지하게 대답해 보기로 했다. 그러자 답이 금방 나왔다. 극단적으로 가정했을 때…… 둘 중 한 명을 영원히 만날 수 없다고 한다면…… 그게 지안이 아니길 간절히 바란다는 것을 그녀는 스스로 잘 알고 있었다.

"너." 바나가 검지를 치켜세우더니 고개를 가누지 못해 약간 기울어진 지안의 이마를 쿡 찔렀다.

"진짜제?" 지안이 바나의 검지를 잡고 아래로 내리며 물었다. 진심으로, 진지하게 물었다. 잡은 검지를 놓지 않은 채로.

"응."

두 사람은 그렇게 잠시 취해서 풀린 눈으로 서로를 바라보았다. 그리고 잠깐의 침묵 후에 지안이 먼저 입을 열었다.

"그럼 헤어져, 이 검정고무신아." 이 말을 마지막으로 지안이 테이블 위로 고꾸라져 버렸다. 하지만 그의 손은 여전히 바나의 검지를 꼭 잡고 있었다.

"내가 이겼다⋯⋯." 바나가 중얼댔다. 지안의 승리였다.

○×

"으으⋯⋯." 지안이 알 수 없는 소리를 내자 바나가 그를 바라보았다. 속이 울렁거렸고, 시야는 흐릿했다. 바나가 발을 동동 구르며 지안에게 뭐라 묻는 것이 어렴풋이 느껴졌다. 대충 괜찮은지 확인하는 내용 같았다.

"어떡해? 너 원래 술 먹으면 토해?" 전혀 아니었지만 바나의 물음에 대답할 기운이 없었다. 그는 그저 욕설을 중얼거리며 미간을 잔뜩 찌푸리고 있을 뿐이었다. 그러자 바나가 부산스럽게 일어나 술값을 계산하고 지안의 짐을 챙기는 등 부지런히 움직였다. 시간을 보니, 4시 30분이었다. 자신이 요상한 질문을 하고 테이블 위로 엎어진 뒤로 시간이 얼마나 흘렀는지 가늠이 되지 않았다. 그래도 지금부터 슬슬 기숙사로 걸어가기 시작하면 경비 아저씨가 적당히 '어쩔 수 없군' 하는 표정을 지으며 10분 정도 일찍 기숙사

문을 열어줄 순 있는 시간이었다.

"계산 다 했거든? 일단 나가자." 바나가 그를 일으켜 세웠다. 바나의 강력한 손아귀 힘이 팔에서 느껴졌다. 지안은 괜찮다며 바나의 부축을 정중히 거절한 뒤, 걱정 말라는 듯 그녀의 등을 두 번 톡톡 토닥이곤 혼자 어기적거리며 술집을 나섰다.

술집 앞 벽에 기대어 담배를 피우기 시작한 지안의 눈빛은 테이블 위로 쓰러지기 전보단 상태가 좋아 보였다. 평소와 똑같은 자세로 담배를 피우고 있었지만 평소의 지안과 아주 다른 점이 한 가지 있었다. 바로 바보처럼 실실 헛웃음을 짓고 있다는 점이었다.

"……왜 그래." 바나가 이젠 무섭다는 듯 그를 걱정스럽게 쳐다보며 물었다. "왜 그래애……!"

"토할 것 같은데……."

"……토할 것 같은데?" 바나가 긴장한 목소리로 지안의 말을 되풀이했다.

"……토가 안 나와." 이렇게 말하곤 지안은 꺼진 담배를 꽁초가 가득 찬 통에 버렸다. 골 때린다, 진짜.

그는 숙취가 있는 편도 아니었고 술을 마신다고 해서 토를 하는 타입도 아니었다. 오늘은 이상하게 컨디션이 좋지 않았다. 바나가 아무리 술이 늘었다 해도, 바나를 앞에 두고 테이블 위로 고꾸라질 자신이 아닌데 상황이 이렇게 된 게 의아할 뿐이었다. 그는 쓰러지기 직전에 바나에게 던진 질문을 떠올리며 미간을 찌푸렸다. 확실히 그 멘트는 인터넷 소설이나 영화, 드라마 같은 데서나 나올 법한 전형적인 짝사랑남의 멘트였다.

물론 전부터 바나가 자신에게 특별한 존재라는 점은 스스로도 충분히 인지하고 있었다. 이젠 그녀가 없으면 허전하고, 가끔은 보고 싶기도 했다. 자신의 일상 속에서 일어나는 일들에 대한 그녀의 반응이 궁금했고, 그녀의 일상도 알고 싶었다. 그래서 계속 붙어 다녔고 함께 지냈다. 친구가 많은 지안이었지만, 그 친구들 중에서도 바나는 너무나 특별한 사람이었다. 그러나 그는 아무리 친해도 그 사람의 선택지에 '한지안'이라는 존재를 끼워 넣지는 않았다. 어떤 선택을 하든 그건 그 사람의 몫이라 여겼고, 선택할 때 다른 외적인 요소가 개입하는 것은 좋지 않다는 의견이었다. 그러니까, 바나가 이별을 고려하는 과정에서 '한지안'이냐 '백현우'냐 하는 선택지를 주며 그녀의 선택에 영향을 주는 존재로 자신을 집어넣는 일은 지안다운 행동이 아니었다.

하지만 이제 그는 깨달았다. 바나는 친구가 아니어서 특별했다는 것과, 친구가 아니어서 그런 질문을 하게 되었다는 것을. 도연이 바나에게 느꼈던 불쾌함과 질투가 어디서

부터 온 것인지를. 그녀와 함께 있으면 늘 불안하고 조바심이 났던 이유를. 그나저나, 헤어진다고 한 건가? 대답을 못 들었네.

기숙사에 거의 도착했을 때쯤에 지안은 그녀에게 대답을 재촉하지 않기로 결심했다. 우선 지안답지 않게 자신을 선택지에 끼워 넣는 행위를 한 일에 대해 좀 더 생각할 필요가 있었고, 지금 자신이 느끼고 있는 감정이 진실인지 거짓인지도 술이 깬 후에 다시 검토해 봐야 할 문제라고 판단했기 때문이다. 그리고 만약 자신의 감정이 진실이라 한다면, 더더욱 그녀에게 대답과 이별을 재촉해서는 안 되었다. 때론 기다림의 미덕이 필요한 법이야……. 지안은 또 어디선가 읽은 내용을 떠올리며 10분 일찍 기숙사 문을 열어준 경비 아저씨에게 꾸벅 감사 인사를 하곤 기숙사 엘리베이터를 탔다. 남자 기숙사가 있는 5층에서 엘리베이터가 멈추자, 지안이 먼저 내렸다.

"잘 자." 바나가 예쁜 미소를 보이며 말했다.

"그래……. 잘 자라." 지안은 엘리베이터 문이 닫힐 때까지 그녀를 쳐다보다가 문이 닫힌 후 엘리베이터가 6층에 멈추는 것을 확인한 뒤 자신의 방으로 향했다.

다음 날, 지안은 새벽 5시 넘어 잠든 사람치곤 꽤 이른 시각인 오전 11시에 기상을 했다. 역시 숙취 같은 건 없었다.

―일어나면 전화.

지안은 바나에게 카톡을 보낸 뒤, 간단하게 나갈 준비를 하고 기숙사 지하에 있는 공용 헬스장으로 향했다. 가는 중에 놀이공원에서 찍은 사진을 보다가 바나가 찍어준 자신의 사진을 프로필 사진으로 지정했다. 바나는 아마 점심이 지나서야 일어날 테니, 운동을 마치고 샤워를 한 뒤 딸기 스무디를 사놓고 1층으로 부르면 시간이 딱 맞을 것이다.

술 같은 지지바. 숙취는 없었지만, 다른 숙취가 있었다. 어제의 그 질문에 스스로도 대답을 명쾌하게 내지 못해 답답했던 지안은 운동을 하다 잠시 멈춰 땀을 닦으며 생각에 빠졌다. 술 같은 바나는 숙취가 심해서, 자꾸 떠오르는 바람에 일상생활에 방해가 될 정도였다. 결국 지안은 운동을 일찍 끝내고 다시 기숙사로 올라가 샤워를 마친 뒤 머리를 만지고 1층에서 그녀를 기다렸다. 하지만 일어났다는 연락이 올 때까지 기다리지 못하고 먼저 전화를 걸었다.

"여보세요?" 바나가 깊이 잠긴 목소리로 전화를 받았다.

"딸기 스무디 사줄게. 내려온나." 지안이 말했다.

"으응……." 바나가 졸린 목소리로 대답했다.

"빨리 와라." 지안은 그녀를 재촉했다. 재촉하면 안 되는데…….

그는 이제 바나가 6층에서 1층으로 내려오는 시간도 기다리지 못하는 처지가 되었다. 이래서는 그녀가 그 불결한 남자친구와 헤어지는 것을 기다리는 데 상당한 어려움이 있을 게 뻔했다. 아르바이트라도 구해야겠네. 몸이 바쁘면, 기다림의 미덕을 실천할 수 있을지도 모르니까.

초코 아이스크림은 저쪽 신사분께서

바나는 홍대의 유명한 파스타집 앞에 위풍당당하게 서 있었다. 하루 종일 아무것도 먹지 못해 배가 상당히 고팠고, 식당에 들어가기도 전에 벌써 입에 침이 고였다.

"빨리 들어가라, 춥다." 바나 뒤에 서 있던 건수가 말했다. 그녀 뒤에는 지안의 가장 친한 친구이자 룸메이트인 정우도 있었다. 두 사람은 위풍당당한 바나와 달리, 차디찬 겨울바람을 맞으며 덜덜 떨고 있었다. 특히 정우는 휴대폰으로 카톡을 하느라 새빨개진 손에 입김을 불어넣고 있었다.

"누구랑 그렇게 카톡을 하나?" 바나가 새빨개진 정우의 손을 안쓰럽게 쳐다보며 물었다.

"니 친구, 이하린." 정우가 눈을 휴대폰 화면에 고정한 채로 대답했다.

내 친구가 맞긴 하지. 빠른 년생이면서 민증도 안 구해 와서 친구들에게 민폐를 끼치고, 정우와 진득한 썸을 타고 있다면서 매일 남자 이야기를 하기에 바쁜 그녀는, 바나의 친구들이 좀 짜증 나 하긴 해도 여전히 함께 다니는 친구였다.

"빨리 들어가라고. 춥다고." 건수가 툴툴거렸다.

"알았다고." 바나가 가게 안으로 성큼성큼 걸어갔다.

"어서오세요—!" 익숙한 목소리가 들렸다. 지안이었다. "어?"

"세 명이요!" 바나가 지안을 모르는 척하며 그에게 인원수를 말해주었다. 그들이 도착한 파스타집은 지안이 아르바이트를 시작한 곳이었다. 지안은 살짝 놀란 표정으로 세 사람을 물끄러미 쳐다보더니 빈 테이블로 자리를 안내하곤 다시 바쁘게 사라졌다.

"쟤, 살을 너무 많이 빼는 것 같아." 바나가 걱정스러운 말투로 말했다. 지안이 극단적인 식단과 운동 스케줄로 다이어트를 시작한 지 2주가 지났고, 2주 내내 바나는 지안의 몸을 훑어보며 고개를 절레절레 젓곤 했다.

"빨리 메뉴나 골라라." 건수가 쓸데없는 말 하지 말라는 듯이 바나 앞으로 메뉴판을 내밀었다.

"응." 바나는 그렇게 대답하곤 여전히 휴대폰을 붙잡고 있는 정우에게 말을 걸었다. "넌 안 골라? 아직도 이하린이랑 카톡 중이야?"

"나 아무거나. 세트메뉴 있으면 시켜줘." 정우가 대충 대답했다.

"야! 너 하린이랑 사귀냐?" 바나가 짜증 난다는 듯 물었다.

"아니?" 정우 역시 짜증 난다는 듯 대답했다. "대체 왜 요즘 애들이 나한테 자꾸 이하린이랑 사귀냐고 물어보냐?"

"잉?" 바나가 의아함을 크게 내비치며 인상을 찌푸렸다. "너 하루 종일 이하린이랑 카톡하고, 주말마다 데이트 가고 그러잖아!"

"뭐래, 그건 니가 쟈니랑 하는 거겠지." 정우가 콧방귀를 뀌었다. '쟈니'는 정우가 지안을 부르는 애칭이었다.

"남자끼리 자기가 뭐고?" 건수가 인상을 찌푸리면서 말했다.

"자기가 아니고 '쟈— 니'. '지안이'를 빨리 말한 거라고." 바나가 설명하자 건수는 '아—' 하는 표정으로 끄덕이더니 곰곰히 생각에 잠겼다.

"너 주말마다 개랑 데이트 안 해? 아까도 이하린하고 카톡한다고 손 새빨개졌잖아."

"뭔 소릴 하는 거야? 아까는 그냥 이하린한테 카톡 와서 답장한 거고, 내가 주말마다 개랑 데이트를 왜 하냐? 여친이랑 해야지." 정우가 대답했다. 그러자 건수와 바나가 입을 쩍— 벌리며 서로를 쳐다봤다.

"너 여친 있어?"라는 바나의 말과 "니 여친 있나?"라는 건수의 말이 동시에 식당에 울려 퍼졌다.

"조용히 좀 해주실래요, 손님들아." 지안이 스윽 나타나서 말했다. "메뉴 아직도 안 골랐나? 고르면 말해라." 그리고 지안은 바로 사라졌다.

"난 여친 있으면 안 돼?" 정우가 어이없다는 듯 되물었다. "나 이거." 그리고 메뉴판을 가리키며 메뉴 하나를 골랐다. "다 정했지? 쟈니—! 우리 주문!"

지안은 곧바로 세 사람의 테이블로 와서 메뉴를 받아 적곤 능숙하게 메뉴판을 수거해 갔다. 그리고 잠시 뒤 그들의 테이블로 돌아와서 음료와 식전 빵을 테이블 위에 올려두었다. 동작이 굉장히 재빨랐고 정확했다. 문득, 그와의 첫 만남에서 새 숟가락을 수저통에서 꺼내주던 일이 떠오른 바나였다. 아주 절도 있고 빠른 동작이었다.

또 잠시 뒤, 지안은 세 사람이 잔뜩 시킨 음식들을 가져왔다. 그것도 팔에 접시를 여러 개 세팅해서 가져오는 묘기에 가까운 기술을 선보이며……. 바나는 "우와" 하며 서빙하는 지안의 모습을 물끄러미 바라보았다. 살이 빠져서 원래도 날카로웠던 턱선과 콧대가 더 매끈하게 도드라져 있었다. 유니폼으로 흰색 셔츠에 검정 앞치마를 허리에 두른 모습이 꽤 멋있었다. 또 또 또 심장이. 바나는 지안의 모습을 뚫어져라 바라봤는데, 지금 함께 있는 친구들이 건수와 정우가 아니라 여자 동기들이었다면 바로 바나의 시선과 감정을 눈치챘을 것이다. 하지만 이 둔하디둔한 남자 둘은 지안을 쳐다보는 바나의 시선보다는 그가 테이블 위에 세팅하고 있는 음식에 정신이 팔려 있었다. 바나는 가방에서 묵직한 DSLR을 하나 꺼냈다. 연말연시 시즌에 집에 갔다가 아빠에게서 훔쳐 온 고급 카메라였다. 그녀는 음식을 세팅하는 지안과 음식에 정신이 팔린 정우와 건수를 찍고 음식 사진도 찍었다.

"포즈, 포즈." 바나가 자신의 옆에 앉은 정우에게 카메라를 돌리며 말했다. 정우는 한쪽 눈썹을 장난스럽게 치켜올리며 훈훈한 미소를 지었다. 그다음, 바나는 건수에게도 "포오— 즈"라고 말했다. 건수는 귀찮다는 표정을 지었지만 내심 자신의 차례를 기다린 듯 그윽하게 바나의 카메라 렌즈를 바라보며 셔터 소리를 기다려주었다. "먹자, 이제!"

지안이 일하는 식당에서 맛있는 음식을 먹으며 지안이 아닌 그의 친구들과 함께 즐거운 시간을 보내는 것도 꽤 괜찮았다. 그래도 바나는 지안에 대한 갈증을 해소할 수 없었다. 지안은 요즘 운동과 아르바이트를 시작해서 아주 바빴고, 그 때문에 바나는 그를 자주 볼 수 없게 되었다. 그는 아침엔 수영장에 가고 점심엔 맛없는 닭가슴살을 먹고 오후엔 아르바이트를 다녀온 뒤 저녁엔 헬스장에 갔다. 각자 자신의 기숙사 방에서 쉴 때 빼곤 늘 붙어 다니던 지안과 바나였는데, 그의 바빠진 스케줄 때문에 바나는 요즘 심심함과 허전함을 느끼고 있었다. 그래서 그녀가 선택한 방법은 지안이 바빠져서 마찬가지로 심심해진 정우과 건수를 자주 불러내는 것이었다.

"현우 형은 언제 휴가 나온대?" 정우가 바나에게 물었다. 아, 백현우. 그래, 백현우. 지안이 헤어지라고 확고하게 명령을 한 지도 벌써 2주가 지났다. 물론 그는 그 말을 마지막으로 고개를 푹 숙이며 장렬히 전사했지만. 명령은 명령이니까⋯⋯.

"뭐, 나올 때 되면 알려주겠지." 현우 선배에게 생각을 정리할 시간을 준 지도 2주가 지난 셈이었다.

"사귀는 거 맞냐?" 정우가 방정맞게 물어보았다.

"국가가 우릴 갈라놓을 뿐." 바나는 장난스럽게 대답했다. 하지만 속으로는 지안의 '백현우 대 한지안'이라는 질문을 곱씹고 있었다. 그녀는 그날 '한지안'을 선택했다. 그럼 백현우랑 헤어지면 한지안이 내 남자친구? 그건 아니잖아. 애꿎은 파스타를 휘저으며 꼬리에 꼬리를 무는 생각을 하다가 그가 자신의 이름을 불러주었던 놀이공원에까지 도착해 버렸다. 자신이 찍어준 사진을 프로필 사진으로 지정해 둔 지안이 꽤 마음에 들어서, 하루에도 몇 번이고 그의 프로필 사진을 구경했다. 그는 프로필 사진을 거의 바꾸지 않는 아날로그틱한 사람인데, 자신이 찍어준 사진이 프로필 사진으로 선택된 것이 뿌듯하기도 했다.

이런저런 생각을 하며 식사를 하다 보니 어느새 그릇이 거의 다 비워졌다. 그러자 지안은 디저트 주문을 받기 위해 다시 그들이 앉아 있는 테이블에 모습을 드러냈다.

"나 초코 아이스크림!" 바나가 말했다. 정우도 딸기 맛을 금방 골랐지만 건수는 골똘히 생각에 잠겨 있었다. 망고 맛과 딸기 맛 중에 엄청난 고민을 하고 있는 듯했다.

"망고를 시켜. 그리고 얘랑 나눠 먹으면 되잖아." 바나가 정우를 가리키며 말했다.

"아, 싫어. 나 망고 싫어." 하지만 정우가 나눠 먹는 선택 지를 거절했다.

"어휴, 그럼 내가 망고 시킬게. 너 딸기 먹어. 나랑 나눠 먹자." 바나가 건수를 설득했다. 건수는 그제야 만족스럽다는 듯 고개를 끄덕였다. 초코 맛을 좋아하는 바나지만, 바쁜 지안을 겨우 '딸기 대 망고' 때문에 세워둘 수는 없었다. 뭐, 오늘 같은 날은 특별히 딸기 좀 먹고 그러는 거지.

"그럼 망고 하나, 딸기 두 개로 부탁할게…… 쟈니." 건수가 어색하게, 하지만 최대한 어색해 보이지 않으려 애쓰며 지안을 '쟈니'라고 불렀다. 건수의 돌발 행동에 바나와 정우는 웃음을 참으며 서로를 쳐다보았다.

하지만 아이스크림 디저트는 총 네 개가 도착했다. 망고 맛 하나, 딸기 맛 두 개, 그리고 초코 맛 하나. 지안은 네 개의 아이스크림을 테이블 위에 올려놓았고, 그중 초코 맛 아이스크림은 바나와 가깝게 두었다.

○×

지안의 기억으로, 바나는 망고를 좋아하지 않았다. 자몽이나 레몬, 오렌지 같은 과일도 좋아하지 않았다. 신맛과 쓴맛이 동시에 나는 새콤달콤한 맛을 좋아하지 않는 거군, 지안은 생각했다. 그리고 또 지안의 기억으로는, 바나는 초코 맛을 좋아했다. 케이크도 초코 케이크를 좋아하고 아이스크림도 초코 아이스크림을 주로 먹었다.

그래서 그는 주방에 초코 아이스크림을 하나 더 부탁했다. 워낙 친화력이 좋은 지안이라 이미 식당 사람들과 많이 친해진 덕분에 어렵지 않았다. 하지만 그가 바나의 앞으로 초코 맛 아이스크림을 내밀었을 때…….

"우리 초코 안 시켰는데요?!" 바나가 지안을 쳐다보며 장난을 쳤다. "알바 처음 하시나 봐용—!"

"먹지 마, 그럼." 지안이 무표정하게 초코 맛 아이스크림을 향해 손을 뻗자, 바나가 다급하게 그의 손을 잡고 밀어냈다. 또 손을 잡네.

"생각해 보니까 시킨 것 같네요!" 바나가 얼른 초코 아이스크림을 자신의 앞쪽으로 가져오며 말했다. 그리고 건수에게 "너 딸기랑 망고 다 먹어라—!"라고 했다. 건수는 슬며시 피어오르는 만족의 미소를 애써 숨기려고 했다.

디저트까지 제대로 즐긴 세 사람은 자리에서 일어났다. 물론 바나는 매우 아쉬운 표정으로 뭉그적거리며 가방을 챙겼다. 지안은 바쁘게 일하면서도 슬쩍슬쩍 바나를 보고 있었기 때문에 그녀가 평소와 다름없이 느린 동작으로 가방을 챙기는 모습 역시 포착했다. 느려라. 그렇게 생각하며 카운터로 향했다.

"또 봐……." 바나가 슬픈 목소리로 말했다. "맛있게 잘 먹었어……."

지안은 웃음이 흘러나왔다. 다시는 안 볼 것처럼 인사하며 미련이 가득 남은 듯 천천히 떠나는 그녀가 나무늘보 같았기 때문이다. 하지만 지안 역시 아쉽기는 마찬가지였다. 운동과 아르바이트 때문에 그녀와 함께 우식을 입에 욱여넣거나 술에 취해 노래방에서 목청껏 노래를 부르는 재미있는 일상을 보내지 못한 지 벌써 2주가 지났으니 말이다.

그는 조심히 가라는 뜻을 담아 바나의 등을 두 번 토닥거려 주었다.

지안은 세 사람이 앉았던 창가 쪽 테이블을 치우며, 창밖으로 바나가 건수와 정우를 터덜터덜 따라가는 것을 지켜보았다. 걸음이 저렇게 느려서야. 건수도 정우도 키가 큰 편이어서 걸음이 빨랐다. 바나는 도대체 무슨 생각을 하는지, 인파가 저렇게도 많은 홍대 거리를 흐리멍덩한 눈빛으로 천천히 걷고 있었다. 놓치겠네. 그녀와 낙원상가에 갔던 날이 떠올랐다. 그날 지안은 하루 종일 걸음이 느린 그녀를 잃어버릴까 봐 걱정하며 그녀의 팔꿈치를 잡아끌고 다녔다. 바나는 정신을 퍼뜩 차리고 훨씬 앞서가 있는 두 사람을 후다닥 따라갔다. 너무 태평해. 지안은 바나가 걱정되어 또다시 조바심을 느끼는 자신에게 조금 짜증이 났다. 그리고 세 사람이 시야에서 사라졌다. 기다림의 미덕이라는 건 이렇게 짜증 나는 거구나.

○×

"빨리 좀 걸어라." 건수가 담배를 피우며 바나를 타박했다. 정우와 건수는 식후땡을 하기 위해 흡연 골목으로 들어간 상태였다. 바나는 지안의 걱정과 달리 두 사람을 잃어버리지 않고 무사히 따라잡았다.

"지안이는 나 기다려주던데." 바나가 툴툴거렸다.

"걔는 기다려주겠지." 정우가 킬킬거리며 말했다.

"그래서 너 여친 누군데?" 바나가 정우에게 물었다. "우리 학교야?"

"아니? 우리 학교 아닌데." 정우가 대답했다. 골 때리네. 바나는 생각에 잠겼다. 하린과 정우, 둘 중 하나는 거짓말을 하고 있는 셈이었다. 하지만 바나는 이하린 쪽이 거짓말을 하고 있을 확률이 높다는 점도 잘 알고 있었다. 근데 대체 왜? 이 질문의 답도 알고 있었다. 아주 예전부터 바나가 느껴온 하린에 대한 촉이 사실이었음이 증명되는 순간이었다. 바로, 하린은 허언을 많이 한다는 것.

"머리를 깐 게 낫나, 내린 게 낫나?" 건수가 바나에게 진지하게 물어보았다. 그는 기숙사 휴게실에서 바나에게 햄버거를 빼앗길 때나 함께 더블유 공연 연습을 할 때는 머리를 내리고 다녔지만, 오늘같이 외출을 하는 날이나 특별한 일이 있을 때는 이마를 시원하게 드러낸 헤어스타일을 고수했다. 바나는 건수의 말에 그의 얼굴을 찬찬히 살펴보았다. 건수는 확실히 '기생오라비같이 생겼다'는 말을 들을 만한 얼굴은 아니었다. 요즘은 '기생오라비같이 생겼다'라는 말이 '예쁘게 잘생겼다'라는 칭찬으로도 종종 쓰였고, 지안은 확실히 '기생오라비같이 예쁘게 잘생겼다'는 말에 어울리는 외모였다. 그런 면에서 건수의 얼굴은 지안과는 완전 정반대의 취향을 타는 얼굴이었다. 넓게 떡 벌어진 어깨와 남자답게 자리 잡고 있는 이목구비는…….

"내린 게 더 잘 어울려." 바나가 단호하게 대답했다.

"왜?"

"넌 애가 좀 남자답잖아." 이 말을 할 때, 건수의 입꼬리가 또 씰룩거렸다. "근데 여자들은 너— 어— 무 남자답고 마초스러운 거는 또 부담스러워할 수 있거든. 이미 넌 남성성이 충분하기 때문에 머리를 내린 게 나아. 남자다움에 부드러움이 추가된달까?" 그녀의 헤어스타일 피드백은 아주 자세했다.

"어어." 건수가 낮은 목소리로 끄덕였다. "여자들은 다 내린 게 낫다 그라드라."

"그럼 내리고 다니면 되지, 뭐가 문젠데?"

"근데 또 남자들은 깐 게 낫다 그라고." 구수한 부산 사투리로 그가 대답했다.

"너 남자 꼬실 거 아니잖아. 여자랑 사귈 거잖아. 그럼 여자들이 추천하는 걸 하고 다니는 편이 연애 시장에서 유리하지 않겠어?" 바나가 명쾌하게 결론을 내리자 건수가 세상의 이치나 수학 공식의 비밀 따위를 알아낸 듯한 표정을 지었다. 그는 거의 다 피운 담배를 벽에 지져서 끈 후 골목에 있는 재떨이에 버리곤 크게 박수를 쳤다.

"니 진짜 똑똑하네. 쟈니가 맨날 니 똑똑하다 그라드만." 바나는 건수의 말을 듣고 골목이 울리도록 크게 하하하 웃었다. 작년 3월 건수를 처음 만난 이후로 처음 들어보는 칭찬이었으니 말이다. 물론 바나는 지극히 개인적인 자신의 취향이 '깐머리'보단 '덮머리'라는 사실은 건수에겐 비밀로 했다. "니 근데 망고 아이스크림 못 무서 우짜노."

"괜찮아. 나 사실 망고 안 좋아해. 초코 좋아해." 바나가 대답했다.

문제 6

관계에서 우선순위를 차지하는
방법은 무엇인가?

_____

_____

_____

_____

과일 향 샴푸

바나는 주린 배를 부여잡고 급하게 우식으로 돌진했다. "안녕하세요—!"라고 밝게 인사를 하며 들어간 우식에는 지안이 아닌 바나의 친구들이 있었다. 인하와 미연, 수아가 바나에게 인사를 건넸다.

"하린이는?" 인하가 물었다.

"몰라?" 바나가 대충 대답하며 이미 테이블에 차려진 제육볶음을 급하게 입에 쑤셔 넣었다.

"한정우랑 놀고 있겠지, 뭐." 수아가 인상을 찌푸리며 말했다. 아닐 텐데. 바나는 속으로만 생각했다.

"그런데 우리 OT지원팀은 안 모이는 건가?" 인하가 물었다.

바나와 그녀의 친구들이 소속된 자유전공학과는 1학년들만 소속되어 있는 학과다. 2학년이 되면 자유전공학과

학생들은 다른 과를 선택해서 다른 학부와 학과에 소속되기 때문이다. 지안은 사학과 진학을 선택했다. 별로 놀랍지 않은 선택이었고 당연한 결과였다. 인하와 수아는 경영학과를 선택했고 미연이는 심리학과를 선택했다. 바나는 미디어학과를 선택했다. 경영학과는 관심이 없었고, 사학과와 국어국문학과는 한자를 너무 많이 알아야 했으며 경제학과는 수학을 다뤄야 했고……. 아무튼 다양한 조건을 비교한 끝에 바나는 만만해 보이는 미디어학과를 선택했다. 놀랍게도, 하린은 경제학과를 선택했다. 1학년 1학기에 지안과 같은 학과를 지망한다고 했던 말은 거짓이었던 걸로 판명이 났다. 어디까지가 거짓말이고 어디까지가 진짜려나? 아니면, 그냥 진로를 바꾸고 싶었을 수도 있지. 바나는 혼자 조용히 끄덕이며 제육볶음을 씹었다.

"OT지원팀에 우리가 뽑힌 게 맞긴 해?" 수아가 인상을 찌푸리며 물었다.

자유전공학과는 2학년이 새로 들어오는 1학년 학생들을 위해 자신들이 자유전공학과를 떠났음에도 OT와 개강총회를 주최해 진행하는 전통이 있었다. 그래서 바나가 현우 선배를 OT에서 만나게 된 것이었다. 걔도 OT지원팀이었겠지? 학생회 할 성격은 아닌 것 같고.

"맞아. 저번에 하린이가 나한테 명단 보여줬어." 바나가 말했다. "우리랑, 한지안 친구들이랑, 다른 애들 몇 명이랑."

아무래도 자유전공학과는 다른 학과와 달리 학생회의 기본 인원이 적을 수밖에 없었다. 선배들이 없기 때문이다. 소규모의 학생회가 OT 같은 큰 행사를 진행하기엔 인원이 부족했고, 그래서 매년 1월에 'OT지원팀'을 선발했으며, OT지원팀은 소규모의 학생회와 힘을 합쳐 신입생들이 참여하는 OT를 함께 꾸려나갔던 것이다.

"이하린 개는 점심도 안 먹는대?" 수아가 다시 투덜거렸다. 본가에 굉장히 오래 머무르다 돌아온 수아와 인하가 컴백한 기념으로 우식에서 점심 식사를 한다는 소식을 단톡방에 올렸는데, 답장도 인사도 없던 하린에게 조금은 서운했던 모양이다. "어떻게 인사 한마디가 없어?"

수아의 말에 바나는 사실 조금 찔리는 구석이 있었다. 물론 미연은 본가에 가지 않고 바나, 하린과 함께 있었기 때문에 전말을 알고 있었다. 그러나 미연은 못 들은 척하며 순두부찌개를 한 입 떠먹었다.

며칠 전 바나는 한때 자신을 괴롭히던 소문의 출처를 알게 되었다. '남자친구도 있으면서 여자친구 있는 남자애랑 어울려 다니고, 그 남자의 친구랑도 어울려 다니는 남자에 미친 애'라는 소문이었다. 현우 선배와 사귀며 지안과 어울려 다니고, 건수에게도 햄버거를 뺏어 먹는 바나에 대해 안 좋은 소문을 낸 사람은 다름 아닌 하린이었다. 물론 전부터 살짝 의심하긴 했지만⋯⋯ 자신의 촉이 틀렸을 것이라 생각하며 애써 묻고 지나갔던 일이었다. 하지만 4층 휴게실에 옹기종기 앉아 햄버거를 뜯을 때 정우가 무심코 "근데 이하린은 널 왜 그렇게 싫어하냐?"라며 말을 꺼냈다. 그래서 시작된 바나의 끈질긴 추궁과 난감해하는 건수의 표정 덕에 그녀는 진실을 알게 된 것이다.

그럴 수 있지. 바나는 최대한 현자처럼 대처하려고 노력했다. 이미 지난 일이고, 하린이 고의로 그런 식의 말들을 하진 않았을 거라는 일말의 가능성을 고려했다. 물론 그럴 리는 없겠지만. 그래도 하린은 바나의 친구였다. 수아를 짜증 나게 하고 인하를 머리 아프게 하고 미연이 흐흐 웃으며 돌직구를 날리게 만드는 친구이긴 해도⋯⋯ 그래도 친구니까. 그리고 어차피 2학년이 되면 안 볼 사이가 될 테니까.

하지만 하린은 계속해서 스스로 무덤을 파는 행위를 했다. 하린과 정우 관계의 진실을 정우의 입으로 직접 듣게 된 후부터 하린이 기숙사 방으로 돌아와 오늘은 정우와 뭘했고, 오늘은 정우가 어떤 말을 했고, 오늘은 정우가 무슨 밥을 사 줬고, 하는 이야기를 듣는 게 바나에게는 고역이었다. 적당히 좀 하지. 그래도 바나는 꾸역꾸역 애써 넘어가려고 했다.

"야, 우리 수아 생일에 어디 갈 거야? 이제 슬슬 정해야 하지 않아?" 바나가 하린이 기숙사로 돌아오자마자 수아의 생일 이야기를 꺼냈을 때, 사건은 발생했다. 바로 어제였다.

"어어— 어디 가지? 난 다 좋은데." 미연이 흐흐 웃으며 대답했지만, 하린은 곤란하다는 표정을 지으며 두 사람을 쳐다봤다.

"아…… 나 그날 정우랑 놀러 가기로 했는데! 어떡하지?" 하린이 입을 삐쭉 내밀었다. "우린 다 생일에 만날 남자가 있는데, 그치? 수아도 누구 소개시켜 줘야 되는 거 아니야? 너무 여러 명 만나고 다니니까 남친이 없잖아." 그러곤 이런 농담을 던지며 히히 웃었다.

그건 선 넘었지. 바나가 무표정으로 갸우뚱하며 하린을 쳐다보았다. 바나가 수아에게 요일별로 남친이 있다고 놀릴 수 있는 이유는, 첫째로 그게 진실이 아님을 알고 있기 때문이고, 둘째로 수아와 바나가 서로에게 '남자관계가 복잡하다'며 장난스럽게 디스를 하는 관계이기 때문이다. 근데 그걸 니가 왜? 하린은 바나의 표정이 심상치 않게 군자 약간 떨떠름한 표정을 지었다. 그 떨떠름한 표정이 보기 싫었던 바나였다.

"근데, 정우 여친 있던데?" 그래서 일이 터져버린 것이다.

물을 마시던 미연이 물을 푸읍— 하고 뿜어버렸다. 하린은 최대한 침착한 표정을 지으려 애쓰고 있었지만 눈동자에 흔들림이 역력했다. 아, 말해버렸다. 바나는 아차 싶었다. 물론 친구가 없는 자리에서 고의적으로 친구의 이성 관계를 비꼬는 행위가 바나를 열받게 하지 않을 리 없었지만…… 좀…… 너무 그랬나?

"아, 그래?" 하린이 고개를 갸우뚱— 하며 말했다. "누가 그래?"

"정우가." 바나가 대답했다. 이왕 이렇게 된 거……. "우리 학교 아니래."

잠시 정적이 흘렀다. 한동안은 미연이 느적느적 수건을 들고 와 뿜은 물을 스윽스윽 닦는 소리만 들렸다. 그래도 진실을 말한 게 후회가 되진 않았다. 언젠가 자신의 입으로 직접 말하게 될 날이 올 것임을 알고 있었기에. 다만, 좀 더 돌려서, 좀 더 부드러운 상황에서 말할 수 있었는데— 하는 아쉬움은 잠시 있었다.

하지만 하린은 곧 하하 웃으며 "뭐, 그럴 수 있지. 나랑 정우는 그냥 친한 거니까. 너랑 지안이처럼. 지안이도 도연이랑 사귀면서 너랑 맨날 놀러 다녔잖아"라고 말했다. 뒤에 붙은 말이 바나의 신경을 완전히 건드려버렸다. 한지안을 끌어들여?

"뭐래." 바나가 비웃음을 한껏 섞은 목소리로 말했다. "우린 친구지만 너넨 친구도 아니잖아."

이후 하린이 다음 행동을 어떻게 취했는지 바나는 몰랐다. 그 길로 휴대폰과 지갑을 챙겨 방을 나와버렸으니까. 하린과 한 공간에 있기가 불편했다. 바나는 학교 앞 PC방에서 지안이 알려준 대로 스타크래프트를 연습하다가 기숙사 문이 닫히기 직전인 12시 30분에 방으로 들어갔다. 하린은 이불을 머리끝까지 뒤집어쓰고 자고 있었고, 아침에 일어나 보니 아예 방에 없었다. 아마도 학생회 회의를 갔을 것이다. 오늘 OT지원팀 일정 어떻게 할지 회의한댔는데……. 바나는 복잡한 머리를 식히기 위해 샤워를 하려다가, '누구한테 잘 보일 일 있다고' 하는 마음에 샤워를 미루고 양치와 세수만 간단하게 했다. 새해에 본가에서 가져온 과일 향이 나는 새 샴푸를 뜯어 화장실 선반에 올려두기도 했다. 이따 써야지. 머리를 잘 감지 않는 바나였지만, 하린이 자꾸만 자신의 샴푸를 훔쳐 써서 샴푸를 바꾸는 주기가 짧아졌기 때문에 본가에서 공짜 샴푸를 챙겨 온 것이었다. 못 쓰게 높이 올려놔야겠다. 향이 좋아서, 이 샴푸만은 뺏기고 싶지 않은 심정이었다.

"근데 내 생일에 어디 갈 거야?" 수아가 들뜬 목소리로 물었다. 미연은 여전히 순두부찌개를 떠먹고 있었다.

"내가 딱 두 가지만 말해줄게." 바나가 결심한 듯 입을 열었다. 수아와 인하도 언젠가는 알게 될 일이었다. "나 어제 이하린이랑 싸웠고, 한정우 여친 있대."

"뭐어?!" 수아의 큰 목소리가 우식에 울려 퍼졌다. "한정우 여친…… 아, 아니, 그것보다, 우리 OT지원팀 괜찮은 거야?"

하린은 자유전공학과의 과대표였다. 설마, OT에서 제외하겠어? 바나의 촉이 시끄럽게 울렸다. OT까지 2주 밖에 안 남았잖아…….

네 사람은 우식에서 식사를 마친 후에 새로 생긴 버블티 가게에서 버블티를 마시기도 했고(수아는 "완전히 또라이네"라며 분노했다) 노래방에 가서 노래를 한참 부르다가("암만 생각해도 또라이야. 완전 허언증 아니야?"라는 수아의 목소리가 마이크를 뚫고 전달되었다) 스티커 사진 기계에 옹기종기 앉아 스티커 사진도 찍었다("야야, 됐어. 어차피 처음부터 마음에 안 들었어, 걔." 그녀는 험담을 멈출 생각이 없어 보였다). 스티커 사진을 꾸미는 건 손재주가 좋은 바나 담당이었다.

"뭐? 욕쟁이 수아? 미쳤어?" 수아가 기분 나쁘지만 웃기다는 목소리로 바나에게 말했다. 바나가 스티커 사진 속 수아의 머리 위에 '욕쟁이 수아'라고 적었기 때문이다.

네 사람은 각자의 SNS에 오늘 놀면서 찍은 사진들과 스티커 사진을 업로드했다. 게시물 네 개가 연달아 올라왔다. 아마 오늘 자유전공학과 동기들은 같은 사진을 네 번이나 봐야 할 것이다. 바나는 기숙사에 들어와서(하린은 방에 없었다) 오늘 찍은 스티커 사진을 서랍에 잘 보관해 두었다. 문득, 지안이랑 스티커 사진을 안 찍어봤구나— 하고 깨달았다. 언젠가 꼭 데리고 가서 같이 찍어야겠다고 다짐하며, 그녀는 지안에게 연락을 했다.

—헬스 끝?

그러곤 침대에 벌러덩 누워 지안의 답장을 기다리는 동안, 친구들이 있는 단톡방에 들어가 카톡으로 즐겁게 수다를 떨었다. 인하는 2인실 방에 있을 테고, 미연은 오늘 남자친구와 외박을 한다며 기숙사에 들어오지 않을 예정이라고 했다. 수아와 바나는 각자 침대에 누워 휴대폰을 만지고 있었다.

— ㅋㅋㅋㅋㅋ김바나 얼굴ㅋㅋㅋㅋㅋㅋㅋㅋ

— 아니 바나 엽사 왤케 잘 찌겅?ㅋㅋㅋㅋㅋㅋㅋㅋ

바나는 자신의 엽사를 보며 뿌듯한 미소를 지었다. 물론 이 엽사는 다들 개인 소장을 하기로 한 사진이었다. SNS에서는 절대 볼 수 없는……

─○○ 끝. 왜?

지안에게 답장이 왔다. 바나는 재빨리 지안과의 채팅창을 열었다.

─우리 스티커 사진 찍으러 가자! 나중에.

─○○ 페북 봄. 재밌게 놀았나?

─○○ 재밌었음. 스티커 사진 찍자니깐.

─○○ 나중에 할 거 없으면.

할 거 없으면? 참 내. 지안과 카톡을 주고받는 사이, 단톡방에 메시지가 잔뜩 쌓여갔다. 바나는 지안과의 채팅방을 나와 다시 단톡방으로 들어갔다. 오늘 뭐가 어땠고, 뭐가 웃겼으며, 어떤 버블티가 맛있었고, 수아가 너무 음치라는 등 다양한 대화가 오가고 있었다.

─최수아가 욕을 그렇게 잘하나?

지안에게서 온 메시지였다. 바나는 다시 지안과의 채팅방으로 들어갔다.

─○○ 욕 잘해.

"야! 왜 단톡방 눈팅만 하냐?" 수아가 이층 침대에서 고개를 빼꼼 내밀고 1층에 있는 바나를 불만스러운 표정으로 쳐다봤다. 치렁치렁한 긴 머리가 스르르 내려와 있었다.

"어우, 처녀귀신 같으니까 돌아가." 바나가 장난스럽게

132

말했다. 그러자 수아는 다시 침대에 풀썩 누웠다.

바나는 오늘 있었던 일을 지안과 신나게 주고받았다. 요즘 바나에게 중요하게 자리 잡은 일과였다. 바쁜 지안이 모든 일정을 끝내고 바나에게 연락을 하면, 오늘은 무슨 일이 있었고 무슨 감정을 느꼈으며 내일은 무엇을 할 것 같다는 식의 근황 전달을 하는 것이었다. 그리고 바나는 지안에게 오늘 찍은 사진들을 잔뜩 보냈다. SNS에 올라가지 않은 B컷 사진들이었는데, 안타깝게도 그 사이에는 바나와 친구들이 찍은 엽사가 끼어 있었다. 아, 씨발.

—?

지안에게 온 아주 간결한 답장이었다.

—아…… 잘못 보냄 ㅠㅠ 내 엽사 ㅠㅠ

—ㅋㅋㅋㅋㅋㅋㅋㅋ 웃기게 생겼네.

지안의 답장은 약간 충격적이었다. 아무리 웃겨도 'ㅋ'을 다섯 개 이상 쓰지 않는 그가 'ㅋ'을 일곱 개나 쓴 것은 이례적인 일이었기 때문이다.

—아 쪽팔려 ㅋㅋㅋ

바나는 지안에게 답장을 하곤 다시 단톡방에 들어갔다. 그리고 이번엔 속마음이 아니라 정말 육성으로 욕설을 내뱉었다.

"아, 씨발."

—'이하린 님이 채팅방을 나갔습니다. 채팅방으로 초대하기.'

—'최수아 님이 이하린 님을 초대했습니다.'

—왜 나가?

수아는 역시나 거침이 없었다. 하지만 하린 역시, 거침이 없었다.

—'이하린 님이 채팅방을 나갔습니다. 채팅방으로 초대하기.'

수아가 다시 치렁치렁한 머리를 늘어뜨리며 2층에서 고개를 내밀고 바나를 쳐다보았다. 이번에 바나는 농담을 던지지 않았다. 바나는 그제야 슬며시 자신의 침대 반대편에 있는 하린의 침대를 보았다. 이불이고 짐이고 아무것도 없었다. 책상 위도 말끔히 정리되어 있었다.

그녀는 약간의 죄책감과 미안함을 느꼈다. 하린에게 느끼는 것이 아니라, 자신의 친구들에게. 하린이 공식적으로 친구들을 등지겠다는 액션을 취한 이상, OT지원팀으로 OT에 참여해도 껄끄럽고 서먹한 관계를 유지해야 할 게 뻔했고, 그러면 친구들에게도 피해가 갈 것이었다. 친구들은 OT지원팀에 뽑혀서 굉장히 기뻐했고 OT를 가게 될 날에도 엄청난 기대를 품고 있었다. 근데 이게 내 잘못이야? 잘못은 아니지만, 그래도 원인 제공을 한 건 나잖아……. 단톡방 분위기와 친구들 사이가 어색해져 버렸으니, 어떤 식으로든 바나가 민폐를 끼친 건 틀림없는 사실이었다. 그나

마 다행인 것은, 이제 이들은 더 이상 같은 과가 아니라는 점과 그 기숙사방에서의 생활이 한 달 정도밖에 남지 않았다는 점이었다. 심지어 하린은 짐을 챙겨 기숙사를 떠나버렸으니…… 과일 향이 나는 샴푸는 이제 바나 혼자 쓸 수 있게 되었다.

○×

"니 껀?" 바나가 4층 휴게실에 들어오면서 지안에게 물었다.

"다이어트 중이잖아." 지안이 컵라면 비닐을 뜯고 스프를 꺼내며 말했다.

"줘, 내가 할게." 바나는 지안의 손에 들려 있는 컵라면을 달라는 듯 손을 내밀었다.

지안은 아직 물이 뚝뚝 흐르는 그녀의 머리카락과 머리 위에 얹은 축축한 수건을 물끄러미 쳐다봤다. 샤워를 해서 화장을 전혀 하지 않은 상태로 나타난 그녀의 피부는 굉장히 깨끗했다. 뽀얗거나 새하얀 백설공주의 느낌은 아니었지만, 피부가 굉장히 투명하다는 인상을 받았다. 그는 바나에게 긴급 SOS 메시지를 받고 라면을 사 들고 와 이미 휴게실 테이블에 앉아 있었다. 최근엔 4층 휴게실에 온 적이

별로 없었는데, 지안이 다이어트를 시작했고 바나와 마주 앉으면 라면과 치킨이 먹고 싶어질 것 같단 예감에 그녀와의 만남을 피해왔기 때문이다. 하지만 '큰일 났다'라는 메시지를 받은 지안은 그녀에게 무슨 일이 생겼는지 궁금하고 걱정이 되어서 라면 냄새를 꾹 참아보자는 마음으로 4층에 내려왔다. 그녀가 보고 싶기도 했고. 하지만 바나는 지안이 늦게 도착할 거라 생각했는지 느긋하게 샤워까지 마치고 내려왔다.

"앉아서 무슨 일인지 이야기나 시작해." 지안이 일어나 바나를 자신의 맞은편 자리에 앉혔다. 그러는 동안 바나에게서 달콤한 샴푸 향이 순간적으로 확 풍겼다. 멈칫하긴 했지만, 빨리 컵라면을 들고 뜨거운 물이 나오는 정수기로 걸어갔다. 평소엔 빨래 덜 말린 냄새나 나더니. 그는 그렇게 생각하며 조심스럽게 컵라면에 뜨거운 물을 담았다. 과일 향인가?

"내가 해도 되는데." 바나가 지안이 뜯어놓은 라면 스프를 만지작거리며 말했다.

"니가 하면 시간이 오래 걸려. 물 뚝뚝 흘리지 말고 수건으로 머리 좀 감싸라."

"머리숱이 많아서, 아무리 감싸도 물이 흘러." 바나가 변명했다.

"변명하지 마." 그리고 지안 역시 그게 변명이라 생각했다. "수건으로 감싸서 머리카락을 짜. 빨래 짜듯이." 컵라면에 물을 다 담은 뒤에 다시 자리로 돌아오면서도 바나에게 잔소리를 멈추지 않는 지안이었다.

바나는 그의 잔소리가 귀찮은 듯 머리 위에 얹어놓은 수건으로 머리끝을 감싸 물을 대충 짜내기 시작했다. 축축한 수건이 더 축축해지자 인상을 찌푸렸다. 지안은 그녀의 느릿느릿한 행동이 마음에 안 든다는 듯 팔짱을 끼고 그녀를 바라보다가 바나 뒤에 섰다. 그리고 수건을 만지작거리는 그녀의 손을 치우고 수건을 뺏었다.

"뭘 해도 그렇게 하냐." 지안은 퉁명스러운 말투와 달리 부드러운 손길로 곱슬곱슬하고 숱 많은 파마머리를 부드럽게 감쌌다. 두피가 아프지 않게 머리카락 끝에만 힘을 주며 꼼꼼하게 그녀의 머리를 말려주기 시작했다. 아까 잠깐 맡았던 샴푸 향이 더 진하게 올라왔다. 과일 향이네. 향이 너무 진해서 바나가 실수로 샴푸가 아니라 향수를 머리에 뿌린 건 아닌지 의심스러웠지만 그가 준 향수는 과일 향이 아닌 데다 바나가 그렇게까지 덜렁거리는 사람은 아닐 거라고 결론을 내렸다. 바나가 맨날 투덜대던 대로, 그녀의 머리숱은 어마어마했다. 말리기 귀찮기도 하겠다.

늦은 시간이고, 아직 방학이라 휴게실에는 아무도 없었

다. 작게 위잉거리는 히터 소리와 지안이 바나의 머리를 닦는 소리를 제외하면 아무 소리도 나지 않았다. 그저 진한 샴푸 향과 조금씩 새어 나오는 아주 희미한 컵라면 냄새가 이상하게 섞여 두 사람의 후각을 자극하고 있었다. 이 오묘한 분위기 속에서 지안은 계속해서 바나의 샴푸 향이 무슨 과일 향인지 추측하고 있었다.

물기를 꽤 많이 닦아냈을 때, 지안은 젖은 수건을 잠시 옆 의자에 빨래 널듯 고르게 펴서 걸어놓았다.

"이따 까먹지 말고 들고 가." 그렇게 말하며 지안은 다시 바나의 맞은편 자리에 앉아 컵라면 뚜껑을 열어 젓가락으로 휘휘 젓곤 바나 쪽으로 컵라면을 쓰윽 밀었다. "이야기나 시작해봐."

바나는 컵라면을 먹으며 이야기를 시작했다. 하린의 잦은 거짓말과 친구를 향한 선 넘은 발언 그리고 지안을 끌어들인 헛소리⋯⋯ 그래서 하린이 단톡방과 기숙사를 탈주했다는 일까지. 지안은 바나가 그를 지키기 위한 본능으로 하린에게 그런 날카로운 말을 내뱉었다는 사실이 기분 좋은 한편 걱정되기도 했다. 그래도 바나의 이야기를 끝까지 경청하며 상황 판단을 했다.

"탈주닌자야? 머리띠에 줄이라도 그었냐고." 바나가 투덜거리며 냉소적인 농담을 던졌다.

"열심히 봤노." 지안은 자신이 추천해 준 애니메이션을 바나가 열심히 보고 있다는 사실이 웃기고 귀여웠다. "어옐 참인데." 진한 사투리를 쓰며 '어떻게 할 것인지' 물어보는 지안의 눈빛에는 걱정과 냉정이 동시에 담겨 있었다.

"일단은…… 대화를 해봐야지." 바나가 대답했다. "대화할 기회를 준다면야."

두 사람은 잠시 정적 속에 앉아 있었다. 바나는 일대일로 하린과 대화를 해봐야겠다고 결심해서 그런지 어떻게 하면 일대일 대화 자리를 만들 수 있을지 고민하는 중이었다. 지안은 그런 바나를 물끄러미 보고 있었다. 바나가 물가에 내놓은 아이처럼 느껴지자 기분이 이상했고, 짜증이 났다. 잘할 수 있으려나. 바나는 똑똑하고 현명하지만, 하린은 그렇지 않았다. 그러니 바나의 논리적인 말들이 하린에게는 통하지 않을 것이다. 그걸 바나도 알고 있을지 긴가민가했고, 그녀가 안쓰러웠다.

"맛있게 먹었나?" 지안이 빈 컵라면을 보며 물었다.

"응. 어떡해, 넌 못 먹어서?" 바나가 오히려 안쓰럽다는 듯 물었다. 그러곤 그를 빤히 쳐다보며 "너 이제 뼈밖에 없어"라고 진지하게 그를 진단했다.

"잘생겨졌제?" 지안이 씩 웃으며 말했다.

"응. 짜증 나." 바나가 툴툴거렸다. 그리고 잊지 않고 지안이 가지런히 널어둔 자신의 수건을 챙겼다.

지안은 다시 바쁜 일상을 시작했다. 자신이 추천해 준 애니메이션을 잘 챙겨 보고 있으려나 궁금해하면서 열심히 보고 있을 바나를 상상해 보기도 하고 그때 맡았던 샴푸 향을 떠올리기도 하며 수영을 하고 열심히 테이블을 닦고 헬스를 하고 기숙사방으로 돌아왔다. 다이어트 중이어서 배고플 때마다 열심히 집어 먹던 방울토마토가 질릴 때쯤, 그는 근처 마트에 가서 딸기와 바나나를 사왔다. 바나의 과일 향 샴푸를 떠올리다 보니 과일이 먹고 싶어져서였다. 이런 과일도 안 좋아하려나? 이건 신맛 안 날 텐데. 몸에 나쁜 음식만 골라 먹는 바나가 걱정되어서 깨끗한 반찬통에 과일을 담아 바나에게 줘야겠다는 다짐도 했다. 전에 귤을 줬더니, 까먹는 게 귀찮다며 거절하던 그녀의 입에 직접 귤을 까서 먹여준 적도 있었다. 딸기와 바나나는 먹는 게 귀찮지 않으니 먹을 수도 있다는 생각으로 통에 과일을 담아 기숙사 방에 있는 작은 냉장고에 잘 넣어두었다.

다음 날, 지안은 헬스를 하루 쉬기로 결심하고 기숙사로 향했다. 오랜만에 바나와 맛있는 저녁을 먹을 계획이었다. 오늘 바나가 하린과 일대일 대화 자리를 만들었다고 했고 지금쯤이면 대화가 끝났을 테니 많이 지친 상태일 게 분명

했다. 그리고 그는 기숙사 앞에서 바나가 키가 큰 어떤 남자에게 파묻혀서 대성통곡을 하고 있는 것을 발견했다. 속이 뒤틀리는 느낌이었다. 남자는 건수였다. 저렇게 아무한테나 과일 향을 풍기면서 안겨 있어서야……. 지안은 곧장 그쪽으로 발걸음을 옮겼다.

○×

—시간 되면 밥이나 먹자.

바나가 하린에게 보낸 메시지였다. 하지만 바나는 하린으로부터 충격적인 말을 들어야 했다. 어쩌면…… 예상한 말일지도 몰랐다.

—미안한데, 내가 결정한 건 아니고 이번에 학생회에서 OT지원팀 인원을 대폭 줄이기로 했어.

바나는 결국 하린과 만났다. 식사 자리나 커피를 한잔하는 자리는 아니었다. 두 사람은 과방에서 만나 일대일로 대화를 나누었다. 바나는 논리적으로 하린에게 OT지원팀의 인원 축소에 대해 반박했지만 하린은 이런 말이 통할 애가 아니었다.

"바나야…… 정말 미안해. 근데 너 때문은 아니야. 알고 있지?" 하린이 미간을 찌푸리며 미소 지었다. 아, 이 개 같은 년. "그때 그 일 때문이라고 의심하고 있는 거면 나 좀 서운한데. 나 그런 사람 아냐."

바나는 결국 하린에게 바나와 바나의 친구들을 OT지원팀 명단에서 제외한다는 말을 들은 채로 과방을 나와야 했다. 바나와 지안이 수없이 들락거리며 노래를 하고, 떠들고, 공부를 했던 그 공간이었다.

과방을 나와 기숙사로 향하는 길에 바나는 처음엔 화가 나서 씩씩거렸다. 그러다 점점 눈물이 차오르는 것을 느꼈다. 무기력하게 쫓겨났다는 사실과 친구들에게 "미안. 나 때문에 너네 OT 못 갈 수도 있어"라고 말해야 한다는 사실이 바나를 분노하게 했다. 이 모든 상황을 만들어낸 하린이 너무 짜증 나고 미웠다. 바나는 지안에게 전화를 하기 위해 주머니를 뒤졌지만, 휴대폰이 없었다. 아, 과방에 두고 왔네. 이대로 다시 과방에 들어가 하린에게 "아, 폰 놔두고 가서"라며 머쓱한 표정을 짓기는 죽기보다 싫었다. 지안에게도 전화할 수 없다는 사실을 마주하자, 바나는 서러움에 눈물이 폭발했다. 그래서 기숙사 앞에 도착하기 직전 발걸음을 멈추고 서럽게 흐느끼며 서 있었다.

"니 뭐 하노?" 익숙한 굵은 목소리에 놀라 바나는 눈물범벅인 얼굴로 고개를 번쩍 들었다. 건수가 햄버거를 사 들고 기숙사로 돌아가는 길이었다. "우나?"

'울고 있냐'는 말은 바나가 결국 대성통곡을 하게 만들었다. 건수는 당황한 표정으로 바나를 보고 있다가 괜찮냐는 듯 바나의 등을 어색하게 토닥거렸지만, 바나는 그대로 건수의 가슴팍에 이마를 팍! 부딪히며(건수는 허업— 하며 놀랐다) 계속해서 울기만 했다. 바나도 자신이 이렇게까지 우는 이유를 잘 몰랐다. 그냥 속에서 분노가 끓어올랐을 뿐이다.

"어? 쟈니." 건수의 목소리에 바나가 울음을 뚝 그쳤다. 뒤쪽으로 발걸음 소리가 들렸다. 아씨, 쪽팔려. 바나는 눈물이 쏙 들어가 버렸다. 방금까진 분노와 억울함에 사로잡혀 눈물이 펑펑 났는데, 지안이 자초지종을 듣곤 '그런 걸로 우는 어리한 지지바'라고 할 것 같다는 생각이 들자마자 냉정을 되찾은 것이다. 그때 바나의 한쪽 어깨를 감싸 건수에게서 이마를 떼어내는 손길이 느껴졌다. 바나는 급하게 눈물을 닦고 옆을 슬쩍 바라보았다. 지안이 속을 알 수 없는 표정으로 바나를 한 번 쳐다보더니, 건수를 보았다.

"햄버거 먹을라고?" 덤덤한 말투였다.

"어. 니는?" 건수 역시 덤덤하게 물었다.

"난 야랑 밥 먹어야지." 지안이 턱으로 바나를 가리키며 말했다. 나랑? 약속이 있었어? "대체 전화는 왜 안 받고, 울기는 왜 울었는데?"

"그래, 니 왜 울었노?" 건수가 진짜 궁금하다는 듯 물었다. 건수는 이제 햄버거 포장지를 뜯고 있었다.

"몰라." 바나가 솔직하게 대답했다. "햄버거 몇 개냐?" 그러곤 건수의 햄버거 봉지를 보며 물었다.

"한 개." 건수가 이미 한 입 베어 먹은 햄버거를 바나로부터 살짝 멀리하며 쩝쩝거렸다. "쟈니랑 밥 무라. 울지 말고." 그러곤 햄버거를 한 입 더 베어 물었다. 해는 이제 완전히 저버려서 주변이 깜깜했다. 건수는 가볍게 지안과 바나에게 인사를 한 뒤 기숙사로 들어갔고, 바나는 자신에게 여전히 어깨동무를 하고 있는 지안을 빤히 보았다.

"왜 울었는데." 지안이 나지막이 물었다. 그러자 바나는 다시 고개를 홱 돌려 바닥만 쳐다보았다. 왜 자꾸 이러는지 모르겠지만 지안이 왜 울었냐고 물으니 또 눈물이 나올 것만 같았다. "왜 울었냐고." 지안이 한 번 더 물었다. 하지만 바나는 대답 없이 가만히 있었다. "이하린이 때리드나?"

지안의 마지막 질문에 바나는 크흡— 하는 소리를 내더니 푸하하하 웃기 시작했다. 지안은 어안이 벙벙한 표정으로 웃겨 죽겠다는 듯 땅에 주저앉기까지 하는 바나를 물끄러미 바라보았다. 그는 바나가 쪼그려 앉아 숨이 넘어갈 듯 웃는 바람에, 그녀에게 어깨동무를 하고 있던 팔을 다시 내리고 가만히 서 있을 수밖에 없었다.

"왜 웃는데?" 지안이 영문을 모르겠다는 표정으로 물었다. 바나는 겨우 웃음을 잠재우고 살짝 고인 눈물(이번엔 웃음 때문인)을 닦으며 심호흡을 했다.

"내가 때릴 걸 그랬어." 바나가 이번에도 웃으며 이야기했지만 웃음에는 냉기가 서려 있었다. "배고프다. 밥 먹으면서 이야기하자." 바나가 발걸음을 옮겼다. 하지만 지안은 따라오지 않았다. 바나는 멈칫하며 뒤돌아 그를 쳐다보았다. '안 가?' 하는 표정으로.

"건수한테는 왜 안겨 있었는데?"

"왜, 질투 나?" 바나가 킥킥거리며 물었다.

"어." 지안이 대답했다.

지안의 뻔뻔하면서도 단호한 대답에 바나는 잠시 멈칫했다. 그리고 그때, 아랫배에서 통증이 느껴지기 시작했다. 아, 씨.

"부탁 하나 해도 돼?" 바나가 말했다.

과방에서 바나의 휴대폰을 가져온 지안은 과방에 하린이 몇몇 학생회 멤버와 앉아서 즐겁게 수다를 떨고 있다는 소식을 휴대폰과 함께 전해주었다. 그러시겠지. 바나는 바로 휴대폰을 켜 캘린더를 확인했고, 생리가 이틀 정도밖에 남지 않았다는 것을 깨달았다. 하 씨, 그래서 울었네. 허탈하기도 하고, 어이없기도 하고, 이번 달도 호르몬에 패배했다는 사실이 웃겨서 그녀는 쓴웃음을 지으며 혼자 킥킥거렸다.

"뭐가 웃긴데?" 영문 모르는 지안이 물었다.

"니가 질투하는 거." 바나가 장난스럽게 대답했다. "뭐 좀 달달한 거 먹고 싶다. 물론 우식 먹고 나서."

역시 만만한 건 우식이었다. 그리고 바나가 제일 좋아하는 것도 우식이었고, 그 우식을 함께 가주는 사람은 지안이었다.

○×

"니 어떡할 건데? 이대로 OT지원팀 안 할 거라?" 지안이 진한 사투리를 풍기며 약간 화가 서린 말투로 물었다.

"뭐 어째, 그럼. 꺼지라는데." 바나가 한숨을 쉬었다. "내일 애들한테 얘기 전해주고, 집에나 가려고—."

"내일?" 갑작스러운 바나의 스케줄 변경에 지안이 놀라며 물었다.

"응. 어차피 넌 다이어트랑 알바한다고 바쁘고, 나는 이제 할 것도 없고. 개강 전까지 집에 틀어박혀서 요양이나 하다 오게."

"진짜 포기하는 거라?" 지안이 다시 물었다.

"어쩌겠어……." 바나는 쩝— 하며 이미 체념한 표정을 지었다. "너라도 재밌게 다녀와. 난 이하린이 OT '금지' 시켜서 못 가니까." 바나가 '금지'라는 단어를 강조해 빈정거렸다. 하린을 향한 빈정거림이었다.

"씨발, 지들이 뭔데 니를 가라 마라 하노." 지안이 욕설을 뱉었다. 바나는 깜짝 놀라 잠시 눈을 동그랗게 떴지만 곧 킥킥거렸다. "왜 웃는데?"

"그니까 지들이 뭔데 나한테…… 아오." 하지만 바나의 입은 여전히 웃고 있었다. 뭐가 웃긴 거지.

지안은 뭔가 조치를 취할 생각이었다. 바나와 함께 OT를 꼭 가고 싶었다. 1년 전 OT에서는 바나의 그림자조차 찾을 수 없었으니까. 이번에도 그녀가 없어서는 안 됐다.

"다음에 울 땐 내한테 안겨서 울어라." 지안의 말에 이번에도 바나가 눈을 동그랗게 뜨고 지안을 쳐다봤다. "그 무뚝뚝한 건수한테 안겨서 뭐 할라고……."

"너도 한 무뚝뚝 하거든?" 바나가 장난스럽게 말했다.

"과일 뭐 좋아하노?"

"갑자기?" 바나는 그렇게 대답하면서도 잠시 음— 하고 고민했다. "딸기랑 바나나."

잘 골랐군. 지안은 밥을 다 먹고 바나가 먹고 싶다던 달달한 음료를 사준 뒤 기숙사로 돌아가면 그녀를 다시 OT 지원팀으로 불러들일 계획을 세워야겠다고 다짐하고 있었다. 과일도 줘야지. 딸기랑 바나나.

"니 친구들한테는 내가 얘기할게. 내 친구들한테도 얘기해야 되니까." 지안이 말했다. "집에 가서 요양이나 잘하고 있어라."

사면초가 소시지

"어, 집은 지낼 만하고?" 지안이 휴대폰 너머로 바나에게 물었다. 그는 기숙사 침대에 다리를 쭉 뻗고 누워서 바나에게 전화를 걸었다. 지안의 말에 바나는 푸하하 웃었다.

"당연히 지낼 만하지. 뭘, 여행 가서 '숙소는 지낼 만하고?' 같은 질문을 하냐." 그녀가 웃으며 대답했다.

"2월 말에 시간 비워놓고." 지안이 덤덤하게 말했다.

"왜 비워놔? OT는 가지도 못하는데." 바나가 삐쭉거리는 말투로 대답했다.

"비워놓으라면 비워놓는 게 어때?" 그가 친절하면서도 단호한 어투로 말했다.

지안은 바나를 OT에 꼭 데려갈 생각이었다. 그는 과에서 OT에 관심이 많은 사람을 모아 학생회에 정식으로 건의를 할 계획을 세웠다. 'OT지원팀 선발 과정에 문제가 있다'는 안건으로. 지금까지는 아무도 학생회에 관심이 없고, 그보다는 현실에서 벌어지고 있는 연애나 친구관계, 동아리, 술자리 등의 화제에만 열을 올리느라 무슨 일이 벌어지든 나서지 않았지만, 신입생과 만날 수 있는 아주 중요하고 유일한 자리인 OT를 이렇게 비합리적으로 진행한다는 사실을 알리면 다들 지안과 뜻을 같이할 것이라고 확신했다. 특히 자유전공학과는 OT 시즌이 지나고 나면 사실상 신입생과 마주할 기회가 거의 없는 특이한 학과였다. 그래서 이들에게 신입생들을 만날 수 있는 OT라는 시스템은 매우 의미가 컸다.

바나가 학교를 떠난 지 일주일이 지나 지안은 계획을 실행에 옮겼다. 바나의 상황을 전달받은 그녀의 친구들이 당연히 함께해 주었다(수아는 "그걸 왜 우리한테 말을 안 했대?"라며 역정을 냈다). OT까지는 일주일 정도가 남아서 이제 시간이 없었다. 하지만 지안의 계획이 뜻대로 흘러가지만은 않았다. 그가 공식적인 건의를 하기 위해 섭외한 학생 중 한 명이, '한지안이 학생회에 정식으로 건의하려고 한다'는 이야기를 학생회에 몰래 전했기 때문이다. 결국 하린은 지안을 직접 불러 이야기를 나누기로 결정한 모양이었다.

"불만이 있으면, 개인적으로 이야기해서 풀어나가면 되

지…… 같이 건의할 학생들을 모으는 건 패싸움을 유도하는 것으로밖에 안 보이는데." 하린이 정겨운 미소를 지으며 말했다. 그 미소는 지안이 작년에 기숙사 행정실에서 봤던 통통 튀는 웃음과는 확연히 달랐다.

"패싸움을 유도한다는 발언은 너무 섣부른 것 같은데. 이게 나 혼자만의 의견이라면 굳이 건의를 할 필요도 없는 거 아닌가? 나 혼자 해결하면 되는 문제니까." 지안은 어이없어 하는 건 뒤로 미루기로 하고 차분히 대화를 이어갔다. "나는 단지 나랑 의견이 같은 사람이 있는지 물어보고 다녔던 것뿐이야." 지안은 평소보다 더 논리적이고 차분하게 말했다.

"너 지금 되게 감정적이고 사적으로 일을 처리하려고 하는 거 알지?" 하린이 웃으며 말했다. 바나가 OT지원팀 명단에서 제외되자마자 이런 일을 벌이는 건 감정적이고 사적이라는 뜻이었다. 지안은 하린의 말에 어느 정도는 일리가 있다고 생각했다. 바나가 거의 쫓겨나듯 명단에서 제외되어 매우 화가 난 것도 사실이고, 바나를 OT에 데려가기 위해 이런 계획을 세운 것도 사실이니. 하지만 하린이 바나와 그녀의 친구들을 명단에서 제외시킨 것도 사적이고 감정적인 처사임을 지안은 알고 있었다. 지금 그 이야기를 꺼내봤자 아무짝에도 소용이 없지. 대신 지안은 이 독단적인 과대표에게 현재 상황의 민낯을 좀 더 생생하게 짚어주기로 했다.

"니 진짜 바나 없이 괜찮겠나?" 지안이 묻자, 하린의 눈썹이 미세하게 움직였다. "바나가 OT에 안 가면…… 누가 또 갈지 모르겠네."

"너 가잖아. 너 가면 건수나 정우나, 남자애들도 다 갈 거고……. 이미 OT지원팀 명단에 있기도 하고." 하린의 말은 지안이 원하는 대답이었다.

"너, 내가 이런 행동들을 하는 이유가 사적인 감정이 섞여서라고 했지."

지안이 묻자, 하린은 말의 의도를 전혀 파악하지 못한 눈빛으로 "……상황이 그렇잖아?"라는 대답을 했다.

"그럼 니가 판단한 나는…… 바나가 안 가는 OT를 갈 거라고 생각해?" 지안의 말에, 하린은 잠시 얼빠진 표정을 지었다. 그래, 이런 애는 이런 식으로 몰아붙일 수밖에 없지. 지안의 모습은 마치 언제나 필승 전략을 짜 오는 지략가 같았다. 하린은 이제 지안에게 감정적이라고도 할 수 없었고, 감정적이지 않다고도 할 수 없었다. 사면초가의 상태에 놓인 것이다. 그가 감정적인 사람이라면, 바나도 가지 않는 OT를 갈 리가 없었고, 그가 감정적이지 않다면 OT지원팀에 대해 건의하는 것이 정당한 일이 되니까.

"니 판단에 맡길게." 지안의 말에 하린의 표정이 굳었다.

그리고 하루 뒤, 바나에게서 전화가 왔다. 그녀는 흥분한 목소리로 "이게 어떻게 된 일이야!"라는 말만 반복했다.

"명단에 다시 올라갔제?" 지안이 차분한 목소리로 물었다. 하지만 그의 목소리에는 홀가분함이 진하게 묻어 있었다. "빨리 올라와." 보고 싶다.

또 하루 뒤, 그는 버스 정류장 유리에 비치는 자신의 머리를 가볍게 슥슥 만지고 있었다. 농담조로 '여자 꼬시려고 다이어트한다'는 말을 했지만, 정말 바나의 눈에도 살이 빠지고 몸이 탄탄해진 그의 모습이 괜찮아 보일지 궁금했다.

"어우, 마른 거 봐……. 적당히 좀 빼!" 바나는 그의 궁금증에 대답이라도 하듯 인상을 잔뜩 찌푸리며 말했다. 그녀는 지안의 훌륭한 작전 덕에 OT에 다시 참여할 수 있게 되어 학기 전 마지막 본가 생활을 마무리하고 이제 막 학교 앞 버스 정류장에 내린 참이었다.

"짐은 없나?" 지안이 바나의 말을 무시하고 그녀의 양손을 쳐다보았다.

"응. 짐이 있어야 해?"

무슨 저런 질문을. 짐이 없냐는 질문에 짐이 없다고 대답하는 것이 아니라, 짐을 꼭 들어야 하냐고 묻는 그녀가 지안에겐 엉뚱하고 기발하다 느껴졌다.

"갈 때는 들고 가더만. 그것도 종이 가방에." 그는 그녀가 종이 가방을 잔뜩 들고 본가로 향하던 모습을 떠올렸다. 그때도 "무슨 종이 가방에 짐을 싸 가냐"라고 잔소리를 하려 했지만, 바나는 버스 시간이 급했고 그는 아르바이트 시간에 맞춰 떠나야 해서 차마 하지 못했던 말이었다.

"아, 그거 그냥 안 입는 옷 집에 두려고 가져간 거야."

"그럼 아무 짐 없이 그 먼 거리를 왔다 갔다 한다고?" 지안이 갸우뚱거렸다.

"응. 그러면 안 돼?" 바나가 또 이상한 질문을 했다. 그러자 지안은 마음속에서 뭔가 이상한 것이 부글부글 끓어올라 뜨겁게 한가득 채우는 느낌이 들었다. 아리기도 하고 따뜻하기도 한 이상한 느낌이. 그래서 대답 없이 몸을 돌려 걷기 시작했다. 바나는 그런 그를 뒤에서 쫄래쫄래 쫓아갔다.

그들이 도착한 곳은 기숙사 뒷문 근처, 자그맣고 푸른 화단이 있는 어느 정원이었다. 겨울이어서 분위기가 삭막하긴 했어도, 기숙사 앞문에 더 삭막하게 우뚝 솟아 있는 거대한 벚나무보다는 이야기하기 좋아 보였다. 기숙사방의 화장실이 아니면, 지안은 이 근처에서 담배를 자주 피우곤 했다.

"여긴 왜 왔어?" 바나가 화단 길 사이에 있는 아주 작은 벤치에 풀썩 앉으며 물었다. 폭이 좁아 두 사람 정도만 나란히 앉을 수 있는 벤치였다. 지안은 이번에도 대답 없이 그녀의 옆에 앉았다. 그러자 그녀가 지안에게 좀 더 공간을 내어주기 위해 옆으로 이동했다. 둘 외엔 아무도 없었고, 공기는 차가워서 상쾌했다. 바나도 옆에서 코로 숨을 깊게 들이마시고 있었다. 바나는 원래도 몸에 열이 많아서 차가운 공기를 좋아했다. 호— 호— 하고 숨을 불어 입김이 나오는 모양을 구경하기 시작한 바나를 지안이 물끄러미 쳐다봤다. 또 속에서 뭔가 피어올라 솟구치듯이 울렁거렸다.

"그걸 왜 그렇게 좋아하노." 지안이 물었다. 입김을 만들어내는 걸 좋아하는 이유가 궁금했다.

"원래 못 보는 건데, 겨울에만 볼 수 있잖아." 바나가 호오— 하고 다시 입김을 만들어낸 뒤 지안에게 '짜잔' 하는 손 모양을 취했다. "봐, 내 숨이야." 그러자 또 한 번 마음 한쪽이 지잉— 울렸다.

지안은 사면초가의 입장에 놓였다. 자신의 마음이 대체 왜 이러는지 바나에게 의견을 물어보고 싶었지만, 바나가 이 마음의 원인이어서 쉽게 말을 꺼낼 수 없었다.

"대체 아까부터 무슨 생각을 그렇게 하십니까?" 바나가 진심으로 궁금한 표정을 지으며 물었다.

"생각 중이잖아. 기다려봐." 지안이 그녀의 질문을 막았다. 그러자 그녀의 눈이 또 한 번 배찌처럼 축 늘어졌다.

"그러니까 그 생각이 뭐냐고."

"내가 니를 좋아해."

자꾸 물어보니까, 어쩔 수 없지. 바나의 얼굴에 아주 큰 물음표가 드리웠다. 아니, 사실은 느낌표도 있었다. 그러니까 얼굴에 '?!' 같은 것이 떠오른 듯한 표정이었다. "그래서 이걸 니한테 말도 하고, 이 마음에 대해 물어도 보고 싶은데, 어떻게 해야 할지 고민되는 상황에서 니가 자꾸 배찌 같은 표정으로 말을 거니까 집중이 안 돼."

두 사람은 침묵 속에서 서로를 쳐다보고만 있었다.

"그래서?" 바나가 오랜 침묵 후에 지안에게 되물었다.

"뭐가 '그래서'야."

"그래서 니가 원하는 게 뭔데?" 그녀의 질문에 지안은 또 잠시 생각에 빠졌다. 뭘 꼭 원해야 이런 말을 하는 건가? 좋아한다는 게 사실로 밝혀졌고, 또 그에 대해 논의를 하고 싶었지만, 논의할 만한 상대와 좋아하는 상대가 일치했다. 그래서 그 사실을 간단하게 정리해서 말한 것이다.

"몰라. 내가 정확히 뭘 원하는지 모르겠다." 가장 정확하면서도 정말 애매한 그의 말에, 바나는 살짝 인상을 찌푸렸다.

○×

어쩌라는 거야, 나한테? 바나는 뭘 원하는지 모르겠다는 지안의 발언을 듣고 지었던 멍한 표정을 며칠째 짓고 있었다. 그래도 중간중간에 환기할 만한 사건들이 있긴 했다. 대부분 OT 회의에서 일어난 사건이었다.

바나와 친구들이 다시 OT지원팀 명단에 올라간 뒤, 일주일 동안 학생회는 OT지원팀과 함께 어색하고도 숨 막히는 준비 회의를 진행해야 했다. 그 중심엔 표정이 명백히 굳은 하린이 있었다. 자잘한 사건이 몇 차례 발생했지만…… 또 한 번의 마찰을 빚기에는 OT까지 시간이 얼마 남지 않았기 때문에, 하린은 더 이상 바나와 친구들에게 태클을 걸지 않았다. 대신 학생회는 OT지원팀 멤버들이 맡을 조를 배정하는 과정에서 바나를 향한 적개심을 표출했다.

"진짜 유치하게 군다. 나는 OT지원팀 담당자라고? 참내." 하린은 끝내 바나에게는 조 배정을 해주지 않았다.

"내랑 같이 다니면 되지." 1조를 담당하게 된 지안이 바나를 달랬다. 맞아. 같이 다니면 되지. 같이……. 문득 또 한 번 그의 고백 같지 않은 고백이 떠올랐다. 그래서 그녀는 또 멍해졌다.

운동장에 바글거리는 신입생들을 보고 있자니, 바나는 작년 이맘때쯤 현우 선배를 처음으로 마주쳤던 일이 떠올랐다. 그녀는 이제 군대에 있는 남자친구를 정리해야 했다. 하지만 아직 그에게서 '생각이 정리된 후 연락'이 오지 않았다. 최대한 깔끔하게 헤어지길 원하는데, 먼저 연락을 하는 게 좋을지 아니면 기다리는 게 좋을지 결정해야 할 차례였다. 문제는, 이 일을 논의할 가장 친하고 똑똑한 친구가 없다는 것이었다. 정확히는 그런 친구가 '없어졌다'고 하는 게 맞을 것이다. 그 친구가 고백(이라고 불러도 되는지 의문이 드는 고백)을 해버렸기 때문이다. 그래서일까, 바나는 지안에게 툴툴거리며 짜증을 내는 순간이 많아졌다.

"작년에도 1조, 올해도 1조네." 바나가 버스에 올라타며 지안에게 말했다. 동시에 바나는 1조 여학생 중 괜찮은 애가 있나, 열심히 눈으로 물색을 하기도 했다. 하지만 그녀는 자신 역시 신입 여학생들에게 물색당하고 있다는 사실을 몰랐다. 여학생들은 지안과 바나가 뿜어대는 묘한 분위기에 압도당해 지안에게 접근조차 못 하고 있었다. 조금 용기 있는 신입생들은 지안에게 "김바나 선배랑 사귀어요?"라든지, "진짜 둘이 친구 맞아요?" 하는 농담을 슬쩍 던지기도 했지만 그게 다였다. 두 사람에게는 그 어떤 누구도 끼어들 수 없는 강력한 장막 같은 것이 있는 듯했다.

하린은 바나에게 조를 배정해 주지 않는 유치한 보복을 했는데도 마음속에 앙금이 아직 남아 있는 듯했다. 바나는 하린의 행동이 어딘가 뒤틀려 있다는 점을 금세 눈치챌 수 있었다. OT가 진행되는 동안 하린은 바나에게 회의 장소를 알려주지 않거나, 행사 시작 시간을 다르게 전해주었으니까. 유치해라. 유치뽕짝이다. 그래도 바나는 신경 쓰지 않았다. 이번엔 혼자가 아니었기 때문이다. 수아와 인하가 눈에 불을 켜고 바나의 옆에 있었고, 특히 지안은 그녀의 호위무사 같다고 해도 과언이 아닐 정도로 바나와 붙어 다녔다. 특히 미연은 하린에게 흐흐흐— 웃으며 "너 회의 시간 왜 자꾸 착각해?"라는 칼날 같은 농담을 던졌다.

○×

2박 3일 동안 진행되는 OT의 두 번째 날 밤, 학생회와 기획단은 신입생들에게 자유시간을 주고 잠깐 회의를 진행하기 위해 모였다. 이번에도 바나는 회의가 열리는 방 호수를 잘못 알고 있었지만 지안이 그녀에게 '203호'라고 정확히 메시지를 보내준 덕분에 늦지 않고 무사히 도착할 수 있었다.

회의가 끝날 때쯤, 바나는 꾸벅꾸벅 졸고 있었다. 회의가 아니라 '잔소리'였기 때문이다. 그중에는 바나를 겨냥하는 말들도 포함되어 있었다. 저 말이 하고 싶어서 회의를 연 거군. 하지만 지안이 바나를 보았을 때, 그녀는 정신없이 고개를 휘두르며 졸고 있었다. 회의가 소용이 없네. 그리고 회의가 끝나자마자 구석에 있는 1인용 소파에 벌러덩 누웠다.

"소파를 이렇게 쓰는 게 맞나?" 지안이 누워 있는 바나를 보고 의아해하며 물었다. 그녀는 사실 소파에 누워 있다기보다는 구겨져 있었다. 목을 한쪽 팔걸이에 걸쳐 입을 헤— 벌리고 있었고 다리는 다른 쪽 팔걸이에 기댄 채로 무릎이 기역자로 예쁘게 접혀 있었다. 그리고 팔짱을 껴서 안정감 있게 소파 안쪽으로 몸을 구겨 넣은 상태였다. 구불거리는 긴 파마머리가 축 늘어져 있기까지 해서, 정면에서 보면 영락없는 알파벳 'M' 모양이었다.

"나 30분 뒤에 좀 깨워줘." 바나가 눈을 감으며 지안에게 말했다.

"10분 뒤에 저녁 시간이야. 밥 안 먹나?" 지안이 물었다.

"아, 그러면 10분 뒤에 깨워줘." 바나는 이렇게 말하곤 정말 5초 만에 잠이 들었다. 뭔가 포근한 것이 몸 위로 얹히는 것도 모른 채로.

"야, 일어나." 지안이 정확히 10분 뒤에 바나를 흔들어

깨웠다. 다들 저녁을 먹으러 식당으로 이동하는 중이었다. 하지만 그녀는 완전히 꿈나라에 있었다. "일어나라니까?" 그는 벌어진 그녀의 입을 닫아줘야 하나 고민했다. "난 말했다? 일어나라고 했다?"

지안은 몇 번이나 깨워도 절대 일어나지 않는 그녀를 가만히 쳐다보다가, 아까 잠들기 직전 덮어주었던 그녀의 후드집업을 좀 더 끌어당겨 주었다. 그리고 턱을 살짝 올려 입을 닫았다. 그러자 바나는 입을 오물거렸다. 꿈속에서 뭘 이미 먹고 있는가 보네.

"쟈니―! 얼른 온나." 건수의 부름에 지안은 잠든 바나에게서 시선을 거두고 발걸음을 옮겼다.

저녁을 먹고 돌아와도, 그 장소에서 여러 신입생과 동기들이 술 게임을 한다고 왁자지껄해도, 바나는 절대 깨지 않았다. 여전히 그 1인용 소파에 구겨져 잠이 들어 있을 뿐이었다. 진짜 아무 데서나 잘 잔다……. 나중에 불면증 같은 건 걱정할 필요도 없겠네. 피곤할 법도 했다. OT를 준비한다고 학생회와 부대껴야 했고 밤을 거의 꼬박 새운 채 OT에 왔으며 어제도 오늘 마지막 프로그램을 준비한다고 잠을 거의 못 잤으니 말이다.

"으으…… 시끄러워……." 드디어 바나가 부스스하게 일어났다. 방금 막 옆에서 신입생들이 "술이 들어간다, 쭉―

쭉쭉쭉!"을 외친 참이었다. 지안은 바나 쪽에서 인기척이 느껴지자 바로 그쪽을 쳐다보았다. 그래서 둘의 눈이 마주쳤다.

"좀 잤나?" 그가 술자리에서 벗어나 뚜벅뚜벅 그녀에게 다가왔다. 그리고 곧, 바나가 1인용 소파에서 너무 이상한 자세로 한참을 잔 탓에 다리가 저려 못 일어나고 있다는 것을 알아챘다. 지안은 재빨리 바나의 손을 잡고 그녀가 일어나는 것을 도와주었다. 겉으론 티를 내지 않았지만 손을 잡았다는 사실은 이번에도 확실히 지안의 머릿속에 각인되었다. 순식간에 그녀와 손을 잡았던 놀이공원에서의 몇 장면이 떠오르기도 했다.

"흐어어어—!" 바나는 이상한 소리를 기합처럼 내며 겨우 일어났다. "몇 시야? 나 배고파."

"고프겠지. 저녁도 안 먹고 실컷 잠만 잤는데." 지안이 대답했다.

"아! 너 왜 나 안 깨웠냐?" 바나가 버럭 화를 냈다.

"뭘 안 깨워?" 지안은 어이없다는 듯 웃으며 말했다. "난 분명히 깨웠어."

"언제? 난 기억 안 나는데?"

"안 나겠지, 안 일어났으니까."

"깨운 거 맞아?"

"아— 거, 깨웠다니까 그러네."

"……왜 짜증 내냐?" 바나가 지안을 살짝 노려보았다.

"진짜 짜증 내 줘?" 지안이 덤덤하게 물었다. 그러자 바나는 '헐' 하는 표정으로 지안을 잠시 쳐다보더니 콧방귀를 흥— 뀌고는 돌아서서 부엌으로 향했다. 그러곤 안주로 준비해 둔 컵라면 하나를 꺼내 뜯기 시작했다. "어휴……."

깨울 수도 없고 밥 먹일 수도 없고. 사면초가다, 사면초가야. 이런 생각을 하며 지안 역시 바나가 있는 부엌으로 향했다. 그리고 바나의 손에서 컵라면을 뺏어 들었다. 바나가 눈썹을 찌푸리며 지안을 쳐다봤지만, 그는 말없이 냉장고를 열어 마찬가지로 안주용 소시지 한 개를 꺼냈다.

지글거리는 소리와 함께 소시지가 구워지기 시작했다. 바나는 아까 잠결에 짜증을 낸 것이 민망한 듯 멀찍이서 침을 꿀꺽 삼키며 지안이 요리하는 모습을 구경했다.

"물 넣어라." 지안이 말하자, 바나는 커피포트를 들어 올렸다. 컵라면에는 이미 지안이 스프를 모두 털어 넣어두었다. 조심스럽게 선에 맞춰 물을 넣고 다시 커피포트를 제자리에 둔 뒤 컵라면 뚜껑을 닫았다.

마침내 바나의 앞에는 일회용 은박 접시 위에 케첩과 머스터드소스가 맛깔나게 뿌려진 소시지와 따끈한 컵라면이 놓이게 되었다. 바나는 민망하고 머쓱한 미소를 씨익 지으며 "고마워"라고 말했다.

라면 한 입과 소시지 한 조각을 맛본 뒤 바나는 지안에게 엄지를 치켜올리며 "소시지 짱 잘 굽는다"라고 칭찬했다.

"소시지도 못 굽는 새끼가 있나?" 지안이 툴툴거렸다. 아까 바나가 갑자기 짜증 낸 일이 떠올라서였는지는 몰라도, 그의 말에는 약간의 서운함이 담겨 있었다. 그는 이런 자신의 감정에 적응이 되지 않았다.

"그것은…… 바로 나." 바나가 너스레 농담을 던졌다. 그느린 행동으로는 절대 못 구울 것 같긴 하다.

"안녕하세요―." 그때, 어떤 여학생의 목소리가 들렸다. 키가 적당히 크고 길게 찢어진 눈에 파마머리를 길게 늘어뜨린 여학생이었다.

"류, 해영입니다." 해영은 자신의 성씨가 '유'가 아닌 '류'임을 강조하려는 듯 이름의 첫 글자에 힘을 주어 말했다. "지안 오빠랑 같은 조예요."

"아― 오빠?" 바나가 킥킥거리며 대답했다. "난 김바―나― 야. 바나나 아님." 썰렁한 농담을 던지며, 그녀가 해영에게 코를 찡긋거렸다.

"안녕하세요, 바나 선배님." 해영 역시 바나와 똑같이 코를 찡긋거리며 능글맞게 인사했다.

"야― 선배라고 부르지 말고, 언니라고 불러." 바나가 진지한 톤으로 장난스럽게 말했다. "너 근데 나랑 아이라인 같은 거 쓰나 보다?"

둘은 금세 친해졌다. 쓰는 화장품 브랜드와 꼬불거리는 곱슬머리에 쓰는 헤어 에센스 브랜드를 공유하더니 SNS 친구를 맺고, 번호를 교환했다. 바나가 해영에게 지안이 구워준 소시지를 한 조각 나눠주기도 했다. 그걸 나눠주네.

해영이 바나에게 말을 걸고 둘 사이에 껴서 대화를 시작하자, 몇몇 남학생도 용기 내어 바나에게 말을 걸어왔다. 지안은 그들이 휴대폰 액정에 내려앉은 먼지 같다 생각했다. 그렇게 큰 문제는 아니지만 거슬려서 닦아버리고 싶은, 그런 기분.

○×

바나는 자신의 휴대폰 액정 위로 입김을 호— 호— 불어넣곤 옷깃으로 액정을 박박 닦았다. 어젯밤 해영과 대화한 뒤 본격적으로 술자리에 합류했고 적당히 취해서 잠이 들었다. 물론 숙소는 미쳐 날뛰는 신입생들의 술자리로 초토화되었으므로, 바나의 휴대폰이 이리저리 굴러다니다가 소스나 음식이 묻는 건 이상한 일이 아니었다. 그래서 바나는 액정을 박박 닦고 있었던 것이다. OT의 마지막 날은 이렇게 찾아왔고, 모든 일정이 마무리된 후 다들 학교로 출발할 준비를 하고 있었다. 출발까지는 어느 정도 시간이 남았기에 바나는 지안을 데리고 편의점으로 향했다.

"야, 너 인기 많더라?" 바나가 편의점 냉장고에서 콜라를 꺼내며 말했다. 어제 지안은 해영을 제외한 여러 여자 후배 사이에 둘러싸여 있었다. OT 첫날과 달리 그들은 지안에게 번호를 묻거나, 여자친구의 유무를 물어보았다. 아마도 해영이 바나에게 말을 건 순간 두 사람을 둘러싸고 있던 장막이 스르르 없어진 듯했다.

"그래도 니를 제일 좋아해." 지안이 툭 던지듯 담담하게 대답했다. 바나는 지안의 대답이 너무 직설적이어서 말문이 막혔다. 자신이 인기가 많다는 사실을 자연스럽게 인정하는 동시에 일주일 정도 묵혀두었던 고백을 아무렇지 않게 수면 위로 끌어 올리는 태도가 바나를 당황하게 했다.

"쉽게 말하네." 바나가 콜라를 들고 편의점 이곳저곳을 기웃거리며 말했다.

"쉽게 말했다고? 전혀 아닌데." 지안이 다시 담담하게 대답했다. "사실을 말하는 것뿐이야."

두 사람은 바나가 콜라 외에도 충동적으로 집은 감자칩을 함께 계산하고, 편의점을 나오는 동안 침묵 속에 있었다. 결국 먼저 말을 건 쪽은, 다시 숙소로 향하는 발걸음을 빠르게 재촉하는 바나를 붙잡아 세운 지안이었다.

"왜?" 바나가 자신의 손목을 붙잡은 지안을 바라보며 물었다. 설마 사귀자고⋯⋯? 바나는 다양한 망상을 하기 시작했다. 아니면, 자기가 한 말 취소라고? 아니면 너는 무슨 마음이냐고⋯⋯? 그러나 지안의 입에서는 온갖 추측과는 전혀 다른 말이 튀어나왔다.

"헤어질 거라?" 그는 아주 단호하고 진지했다.

"헤어져야지." 바나 역시 아주 단호하고 진지하게 대답했다. 그러자 지안은 길게 심호흡을 하며 고개를 끄덕이더니 바나의 손목을 스르르 놓았다. 그녀는 그게 살짝 아쉬웠다. 그래서 곧 밤에 이불을 마구 걷어찰 것 같은 말을 뱉어 버렸다.

"나도 너를 제일 좋아해."

잠깐 정적이 흘렀다. 그들이 있는 곳은 바다와는 거리가 아주 먼 곳이었지만서도, 두 사람 사이에는 쓰나미에 가까운 큰 파도가 치기 시작했다. 그 파도에 마음이 이리저리 휩쓸리는 듯한 표정으로 두 사람은 서로를 쳐다보았다. 적어도 바나는 그랬다. 바나는 말없이 자신을 물끄러미 바라보는 지안의 눈빛이 점점 무서워졌다. 고백은 얘가 했는데, 왜 내가 쫄려? 억울하기도 했다. 무슨 말이라도 하라고 재촉하려는 찰나⋯⋯.

"진짜로 헤어지고 와. 최대한 빨리." 그는 뒤에 '기다릴게'라는 말을 생략한 듯했다. 나만 그렇게 느낀 건가?

"응." 바나가 고개를 끄덕였다. 지안이 만족스러운 듯, 하지만 조금의 긴장을 담아 옅은 미소를 지었다. "근데……." 하지만 바나는 곧 심각한 표정으로 입을 열었다. "우리가 사귀게 되면, 친구로는 끝인 거 알지? 영원히 돌아갈 수 없는 거야." 걱정스럽고 두려운 감정이 고스란히 녹아 있었다. 그러자 조금 전 지안의 미소는 온데간데없이 사라졌다. 인상을 팍 찌푸리기도 했다.

"왜 말을 그렇게 하노." 사투리가 진하게 박힌 억양이 그의 격앙된 감정을 설명해 주는 듯했다.

"맞잖아. 사귀면 헤어질 수도 있는데……." 바나는 자신의 말을 끝마치지 못했다. 지안이 그녀의 말을 끊었기 때문이다.

"왜 벌써 헤어지는 걸 생각하는데? 우린 아직 사귀지도 않았는데. 니랑 사귈 수 있을지도 내 입장에서는 아직 미지수인데." 화도 화지만, 서운함이 잔뜩 담긴 문장이었다. 감정을 억누를 수 없는지 지안은 바나를 향해 "사람이 왜 그렇게 부정적이고?"라는 비난까지 해버렸다.

"내 말이 틀려?" 그냥 넘어갈 바나가 아니었다. "사람이 앞일을 어떻게 알아. 너 작년에 나 처음 봤을 때, 나 좋아하게 될 거라고 생각했어? 한 치 앞을 모르는 게 사람 일이야. 그리고 우리 주변에 얽혀 있는 관계들을 봐. 우리가 사귀면, 그 관계들이 과연 예전이랑 똑같을까? 니 친구들이 나를 '김바나'로 볼까, '한지안 여자친구'로 볼까?" 바나가 쉴 새 없이 따박따박 이야기하자, 지안은 짜증과 서러움이 담긴 한숨을 푸욱 쉬었다.

"난 너랑 헤어질 일 없어. 만약 우리가 진짜로 사귀게 된다면." 그의 목소리에는 약간의 분노가 서려 있었다. 그러자 바나는 오히려 마음이 사르르 녹았다.

"그걸 니가 어떻게 알아." 하지만 바나의 입에선 마음과는 다른 말이 튀어나왔다.

"그래서, 뭐 어떡하라고. 좋아하지 말라고? 원하는 게 뭔데?"

원하는 거? 그건 나도 모르겠는데. 이제야 바나는 지난번에 지안이 했던 대답이 이해가 갔다. 뭘 원하는지 본인도 모르겠다는 그 말이. 바나는 입을 꾹 닫고 지안이 아닌 다른 곳을 바라보며 말을 아꼈다. 하지만 지안은 바나를 계속해서 보고 있었다. 그러면 바나가 대답이라도 할 것처럼.

"원하는 거 없어. 그냥 내 의견이 그렇다는 거야." 바나가 드디어 입을 연 건, 그녀의 휴대폰에 수아의 메시지가 떴을 때였다. "이제 가자. 곧 출발한대."

"나도 그럼 생각을 좀 해볼게." 뭘 생각한다는 거지? 바나가 궁금해할 새도 없이 그는 "그래도 헤어지는 건 헤어져"라는 말을 하곤 바나에게 어깨동무를 한 채로 발걸음을 옮겼다.

"응." 바나가 작게 대답했다.

"소시지까지 구워줬잖아, 내가." 지안이 힘없는 농담을 던졌다. 그렇지…… 소시지도 구워줬지. 바나는 소시지 하나 때문에 이러지도 저러지도 못하는 상황에 놓였다는 생각이 들었다. 사실은, 아까 바나가 그런 말을 해서 이러지도 저러지도 못하는 상황에 놓인 거였지만.

○×

2학년 1학기가 시작되기 전, 지안은 학교 근처에 동생과 같이 살 수 있는 자취방을 계약했다. 그는 바나에게 연년생인 동생이 서울 최고의 대학에 합격했다는 소식을 자랑스럽게 전하며 이제 기숙사에서 나와 자취를 시작한다고 말했다. 바나는 "와! 축하한다고 전해줘"라고 말했지만, 그들만의 4층 휴게실 역사가 사라지는 듯한 기분이 들었는지 어깨가 조금 처졌다.

"내일 뭐 하노." 새벽 2시, 어쩌면 마지막 4층 휴게실 대화가 될 수도 있는 순간에 지안이 불쑥 물었다.

"왜?"

"내일 자취방 계약한 데 놀러 가볼래?" 그가 약간은 들뜬 표정으로 제안했다.

"나 못 가. 담에 갈게."

지안의 찝찝한 표정을 뒤로하고, 그녀는 현우 선배를 만나러 갔다. 휴가를 나왔다는 소식을 듣자마자 바나는 속이 뒤틀렸다. 생각할 시간이 필요하다는 남자친구와 자신을 좋아한다는 남사친 사이에서 고민하는 건 아니었다. 이 이별을 어떻게 깔끔하게 마무리 지을지, 또 지안과는 앞으로 어떻게 해야 할지 고민하느라 아까 먹은 점심이 소화가 안 되는 것 같았다.

지안의 찝찝한 표정을 뒤로하고 현우 선배를 만나러 간 탓일까, 지안은 평소답지 않게 전화와 카톡으로 쓸데없는 질문을 해댔다. "우리 앰프를 어디다 놔뒀지?"라든지 '몇 시쯤 대화 끝나노'라든지 "니 저번에 내가 빌려준 수건 어쨌노"라든지…….

"지안이야?" 테이블 위에서 진동이 울리자, 현우 선배가 바나에게 물었다.

"응." 바나는 짧게 대답하곤 자리에서 일어났다. "뭐 좀 시키자." 그들은 카페 카운터로 이동했다.

"뭐 마실래?" 현우 선배의 질문에 그가 자신이 무슨 음료를 즐겨 먹는지도 모른다는 생각이 들자 바나는 허탈한 마음에 코로 짧은 한숨을 뱉었다. 현우 선배는 그 한숨에 주눅이 든 듯했다. 전날 과음했다면 딸기 스무디를, 그렇지 않다면 아이스 아메리카노를 시켜주었을 지안이 떠올랐다.

"아메리카노." 바나는 대답을 해놓고, 겨울이라고 따뜻한 것을 시킬까 봐 급하게 "아이스"라는 말을 덧붙였다. "내가 계산할게."

몇 분 뒤, 바나는 음료를 들고 자리로 돌아왔다. 그리고 정적이 흘렀다. 지안과 함께할 때 같은 바삭하고 따뜻한 정적은 전혀 아니었다. 바나는 괜히 아이스 아메리카노를 몇 모금 마셨고 현우 선배는 거품이 잔뜩 올라간 카푸치노를 빤히 바라보기만 했다.

"지안이가 나 없는 동안 잘 챙겨준 것 같아서 마음이 놓이네." 먼저 정적을 깬 쪽은 현우 선배였다.

"무슨 소리야, 그게?"

"둘이 엄청 친하잖아. 마음이 놓인다고." 먼저 선을 넘은 쪽도 현우 선배였다. "난 둘이 밤새 같이 있어도 아무 일 안 생긴다는 걸 알거든."

이별은 그리 어렵지 않았다. 헤어지자고 했고 이유가 뭐냐는 질문을 받았으며 이제 좋아하지 않는다고 답했다. 그리고 서로 고마웠고, 미안했다고 하는 전형적인 이별 대사들을 몇 마디 주고받았다. 괜찮다는 바나의 거절에도 현우 선배는 그녀를 버스 정류장까지 데려다주었다.

　—그래도 좋은 오빠 동생 사이로 지내자.

　또 한 번의 전형적인 이별 멘트가 카톡으로 날아온 걸 마지막으로, 그들의 연애는 싱겁게 끝나버렸다. 1년을 채우지도 못한 채 연애를 끝내는 과정은 그리 힘들지도 아프지도 않았다. 아마 칵테일바에서 다른 여자와 키스하는 그의 모습을 본 순간부터 조금씩 힘들고 조금씩 아팠어서 무뎌진 걸 거라고 바나는 생각했다. 이별도 할부가 되나 봐. 아직 신용카드도 없는 바나가 허탈하게 혼자 쓴웃음을 지었다. 해가 떠 있을 때 이별을 했는데, 이제 밖은 어둑어둑해져 있었다.

　바나의 이별 소식을 가장 기다리고 있는 사람은 지안이라는 생각이 들었을 때, 깨달은 사실이 하나 있었다. 그토록 전화와 카톡을 해대던 지안이 어느 순간부턴가 연락을 하지 않았던 것이다. 현우 선배와의 깔끔한 이별에 집중하느라 놓쳤던 부분이었다. 더 놀라운 점은 그가 전화를 받지도, 카톡을 읽지도 않고 있다는 점이었다. 바나는 학교에 도착하자마자 지안을 불러낼 계획이었다. 어제 말했던 '자취방' 구경을 시켜달라고 할 수도 있었고, 너무 늦은 시간이라 안 된다면 PC방에 가서 뿌글이를 먹으며 스타크래프트를 강의를 해달라고 할 수도 있었다. 만약 그것도 안 된다면 술이나 한잔하면 될 테니까. 뭐든 상관없었다. 지금은 지안이 필요했다. 그가 자신을 좋아하는 남사친이든, 절대 잃고 싶지 않은 소울 메이트든 간에 말이다. 늘 가던 토바코에서 김우전을 친구 삼아 이야기를 나누기 딱 좋은 날이기도 했다. 이제는 그녀에게 맛대가리 없는 오징어를 사줄 사람은 없으니.

지안에게 답장이 온 것은 그녀가 학교 앞에 도착했을 때였다.

─나 술 마시는 중. 왜?

─어딘데?

'왜'라니. 하루 종일 전화와 카톡을 해댄 사람이 저런 질문을 하니 바나는 어이가 없었지만, 다음 답장에는 입이 쩍 벌어졌다.

─술집이지.

"와썹맨─." 지안의 카톡에 인상을 찌푸리고 있는데, 익숙하고 밝은 남자의 목소리가 들려왔다.

"맨이 아닌데요." 바나는 정우에게 냉소적으로 대답했다. "한지안 어딨는지 아는 사람?" 그리고 정우와 그 옆에 서 있는 건수를 번갈아 보며 물었다.

"토바코에 술 먹으러 간다던데?" 정우가 밝게 대답했다.

"넌 어디 가는데?"

"데이트." 정우를 향한 질문에 건수가 대신 대답했다. "그리고 난 편의점." 대단히 심기가 뒤틀린 듯한 목소리였다.

1학년 초에 바나를 탐탁지 않아했던 건수는 이제 바나의 "야, 한지안 보러 토바코 가자"라는 말에 웃으며 고개를 끄덕이는 순둥이가 되어 있었다. 건수는 고작 편의점만 들른 후 쓸쓸히 기숙사로 돌아가지 않아도 된다는 생각에 기분이 좋아진 듯했고 여전히 웃음을 숨기기 위해 입꼬리를 씰룩거리더니 그 큰 덩치로 누구보다 밝게 발걸음을 옮기며 토바코로 향했다.

"근데 우리 막 이래 가도 되겠나?" 건수가 물었다.

물론 바나도 지안을 방해할 마음은 없었지만, 지안이 술 마시는 대상은 대부분 자신이 아는 사람일 테니 99퍼센트의 확률로 합석이 가능할 것이라 예상했다. 아니면…… 아! 혹시 수안이가 서울에 왔나? 지안의 동생을 처음으로 만나게 될지도 몰랐다. 이별한 날이어도 하루의 마무리는 좋게 할 수 있지. 그렇게 걷다 보니 토바코 문 앞에 서서 담배를 피우고 있는 지안이 보였다. 순간 바나는 좋지 않은 촉이 섰다. 옷을 예쁜 걸 입었네?

"한지안!" 바나는 우렁차게 그의 이름을 외쳤다. 담배를 입에 문 채로 지안이 고개를 들었고, 조금 놀란 듯한 표정으로 담배의 재를 털었다. "왜 이렇게 전화를 안 받아?"

"현우 형은 잘 만나고 왔나?" 지안은 바나의 질문엔 대답하지 않고 물었다.

"아, 니 현우 형님 만나고 왔나?" 건수가 말했다.

"너 전화 왜 안 받냐고." 바나 역시 지안의 질문에 대답하지 않았다.

"바빠서."

바나는 문을 열어 익숙한 김치우동전골 냄새가 풍기는 토바코 안으로 들어갔고, 그가 왜 바빴는지, 왜 전화를 안 받았는지를 알게 되었다.

"언니!" 해영이 자리에 앉아 밝게 손을 흔들고 있었다. 바나가 지안이 구워준 소시지를 한 조각 나눠주었던 그 신입생이었다.

두 번째로 좋아하는 오돌뼈

지안이 바나에게 그만 연락해야겠다고 결심했을 때, 해영에게 전화가 왔다. 개강하기 전에 학교에 한번 놀러 왔는데, 투어를 시켜달라는 부탁이었다. 휴가 나온 군인 남자친구를 만나러 간 뭉그적거리고 느적거리는 바나 생각에 시달리는 것보단, 혼자 캠퍼스를 헤매고 있을 신입생에게 투어를 시켜주는 쪽이 훨씬 생산적으로 느껴졌다. 이렇게 하면 적어도 그녀를 재촉하진 않을 테니까.

해영이 있다는 학교 정문에 도착했을 때, 지안은 순간 바나가 서 있는 줄 알고 놀랐다. 구불구불한 긴 파마머리가 비슷하다고 OT 때 이미 생각하긴 했지만 그녀가 이렇게나 바나와 닮은 줄은 몰랐기 때문이다. 쭉 찢어진 눈과 곡선을 그리며 올라가 있는 코가 특히나 비슷했다. 조금 다른 점은, 바나처럼 살짝 들린 윗입술 때문에 아주 약간 보이는 가지런한 치열은 없었다. 그렇다고 해영의 입이 못난 것은 아니었다. 아주 도톰하고 오밀조밀한 입 모양이었다. 남자들이 귀엽다는 마음을 품을 만했다. 바나는 스스로도 자신의 치열이 예쁜 것을 알고 있는지 일부러 크게 하하 웃는 듯한 인상을 줬는데, 해영은 웃을 때 손으로 입을 가리고 웃는 버릇이 있었다.

"다행이다. 저 혼자 돌아다닐 뻔했어요, 오빠 없었으면."
해영의 말에, 지안은 작년 여름 바나의 기분을 풀어주기 위해 농담처럼 던진 '오라버니'라는 단어를 떠올렸다. 그때 바나는 웩— 웩— 하며 토하는 시늉을 했다. 그날을 떠올리니 자신도 모르게 웃음을 흘려버린 지안이었다.

"왜 제 얼굴 보고 웃어요?" 해영이 킥킥거리며 물었다.

"니 얼굴 보면서 웃은 거 아닌데."

"그럼 왜 웃었어요?" 해영의 질문에 그는 말을 아꼈다. 개가 떠올라서, 라고 대답해 버리면 안 되니까.

"가자. 학교 구경하러." 그는 질문에 답하는 대신, 학교 투어를 시작하고자 발걸음을 옮겼다. 해영은 그런 지안을 총총 따라갔다.

해영은 바나처럼 걸음이 느렸다. 그리고 옆에서 입을 다물지를 않았다. 바나만큼이나 한 가지 주제로 많은 이야기를 끊임없이 쏟아낼 수 있는 스타일이었다. 덕분에, 지안은 해영에 대해 아주 많은 것을 알게 되었다. 그녀가 게임을 즐겨 한다든지, 지안이 좋아하는 애니메이션을 좋아한다든지, 눈이 찢어지고 동굴입을 가진 연예인을 좋아한다든지 하는 사소한 것들이었다.

"아— 그럼 진짜 바나 언니랑 사귀는 건 아니구나?" 해영은 기숙사 앞의 큰 벚나무를 구경하며 혼잣말하듯 중얼거렸다. "이거 봄에 엄청 예쁘겠네요?"

"꽃을 좋아하나?" 지안이 물었다. 이제 곧 재채기 엄청 하겠네. 지안은 봄이 오면 바나가 풀 알레르기 때문에 고생할 것을 걱정했다.

"아뇨. 꽃 같은 건 별로……" 해영이 절레절레하더니, 다시 눈을 반짝이며 지안에게 물었다. "여기서 가장 유명한 맛집? 아니면 술집은 어딨어요?"

"종류가 많은데." 지안은 뒷짐을 진 채 벚나무를 물끄러미 쳐다보며 대답했다. "어떤 유를 원하는데?"

"그냥…… 바나 언니랑 어디를 제일 자주 갔는데요?"

결국 지안과 해영은 김우전을 사이에 두고 마주 앉게 되었다. 지안은 바나에게서 온 카톡에 답장을 하느라 해영이 하는 말을 대충 듣고 있었다.

—도대체 전화를 받지 않는 이유는 무엇인지?

─나 술 마시는 중. 왜?

"와─ 이거 진짜 맛있다." 해영이 김치우동전골을 먹더니 감탄을 쏟아내는 바람에 지안은 잠시 휴대폰을 놓고 해영에게 시선을 빼앗겼다. 정확히는 해영의 손에 시선을 빼앗긴 것이었다.

"니도 왼손잡이라?" OT 때는 미처 보지 못했던 부분이었다.

"누가 또 왼손잡인데요?"

"바나."

해영은 '그렇구나─' 하는 표정으로 고개를 몇 번 끄덕이고는 메뉴판을 다시 꺼내 뒤적였다. 그러더니, 다른 메뉴를 하나 더 시키자고 말했다.

"뭐 먹고 싶은데." 지안이 물었다.

"바나 언니랑 같이 안 먹었던 걸로!" 지안은 해영과 함께 메뉴판을 뒤적였다. 바나와는 솔직히 김치우동전골과 태양초치즈닭갈비만 먹었으니…… 안 먹었던 것을 고르기는 아주 쉬웠다. "이거 좋겠다. 오돌뼈!"

여기 오돌뼈도 파네.

"시켜놔라. 밖에 나갔다 올게."

만약 오돌뼈가 매콤함을 넘어선 맛이 난다면, 바나에게 알려줄 생각이었다. 헤어졌으려나? 이런 궁금증이 또 지안을 괴롭힐 때쯤, 바나의 우렁찬 목소리가 들렸다.

"한지안!" 목소리에 놀라기도 했지만, 그녀가 여기에 있다는 사실에 더 놀란 지안은 고개를 들어 그녀를 쳐다보았다.

"현우 형은 잘 만나고 왔나?"

"너 전화 왜 안 받냐고."

"바빠서." 현우 선배에 대해 똑바로 대답하지 않는 그녀가 탐탁지 않았지만, 그는 우선 바나의 질문에 대답해 주었다. 바쁘다는 그의 말에 바나가 살짝 인상을 찌푸리곤 고개를 갸우뚱했다.

"누구랑 술 마시고 있는데?" 바나가 쭉 찢어진 눈을 치켜뜨고 물었다. 삼백안인 눈동자가 눈꺼풀 밑으로 반이나 잠겼다.

"후배."

"후배?" 바나는 그렇게 말하곤 토바코의 문을 활짝 열었다. 지안은 담뱃불을 끄고 바나와 건수를 뒤따라 토바코로 들어갔다.

"언니!" 해영의 밝은 목소리가 들렸다. 두 여자는 아주 반갑게 하이파이브를 하며 인사를 했다. 바나는 해영 옆에 앉았고 건수와 지안이 나란히 앉았다. 그리고 얼마 뒤, 해영이 주문한 오돌뼈가 등장했다.

"와— 여기 오돌뼈도 파네?" 바나가 젓가락을 들어 올림과 동시에 해영도 젓가락을 들어 올렸다. 데칼코마니네. 둘 다 왼손잡이어서 이 좁은 토바코의 자리에서도 팔꿈치가 부딪히지 않았다.

해영은 지안과 어떻게 캠퍼스 투어를 했고 무슨 일이 있었는지 상세하면서도 재밌게 바나에게 설명하기 시작했다. 바나는 오돌뼈를 하나씩 집어 먹으며 그녀의 이야기를 경청했고, 적당한 리액션을 하면서 장단을 맞춰주었다.

"언닌 오늘 뭐 했어요?" 해영이 해맑게 물었다.

"나 뭐, 누구 좀 만나고 왔지." 바나는 대충 웃으며 대답했다.

"잘 만나고 왔나?" 지안이 똑같은 질문을 했다. 전혀 해맑지 않았다.

"응." 바나는 그렇게 대답하곤 오돌뼈를 하나 더 주워 먹었다. 이도 안 좋으면서. 우동이나 먹지.

○×

바나는 지안의 태도가 이해되지 않았다. 건수는 둘째 치고, 해영이 있는 곳에서 어떻게 개인적인 이야기들을 쏟아낸다는 말인가. 하루빨리 지안이 반가워할 소식을 전해주고 싶은데, 지금은 상황이 이러니 말할 수 없었다. 물론 이렇게 예쁘장한 후배와 단둘이 술을 마시고 있었으니 나중에 알려줘야겠다는 심술이 솟아오른 것도 사실이었다.

"난 그래도 여긴 김우전이 제일 맛있는 것 같다." 바나가 국물을 떠먹곤 말했다. "오돌뼈도 맛있긴 한데."

"아, 우전이. 우전이 너무 웃겨요." 해영이 킥킥거리며 대답했다.

"오돌뼈도 맛있네." 지안이 오돌뼈 하나를 입에 넣었다.

시간이 좀 더 지나고, 기숙사 3인방과 달리 해영은 막차 시간이 임박해서 술자리를 떠나야 했다.

"왼쪽으로 가면 되죠?" 해영의 말에 기숙사 3인방 모두가 얼빠진 표정을 지었다. 버스 정류장은 명백히 오른쪽에 있었다. 얘도 한 길치 하는구만.

"데려다줘라." 바나가 심드렁하게 지안에게 말했다. 지안은 귀를 의심하는 듯한 표정이었지만, "길 잃어서 막차 끊길라"라는 말에 자리에서 일어났다. 해영은 바나와 건수에게 밝은 목소리로 인사하곤 토바코를 떠났다.

"여기 오돌뼈도 팔았구나……. 지안이가 오돌뼈를 잘 먹네." 바나는 오돌뼈를 물끄러미 쳐다보며 말했다. 오돌뼈는 이제 딱 하나가 남아 있었다.

"니도 잘 먹드만." 건수가 덤덤하게 말했다.

"나는 걔가 김우전을 제일 좋아하는 줄 알았는데." 바나가 농담조로 말했다. 건수는 바나가 도대체 무슨 말을 하는지 이해가 안 된다는 얼굴이었다. "근데…… 제일 좋아하는 걸 유지하는 방법이 뭔지 아냐?"

"뭐라노." 건수는 혀를 끌끌 차며 바나의 소주잔을 그녀에게서 조금 멀리 떨어트렸다. 아마도 바나가 취했다고 생각하는 듯했다.

"두 번째로 좋아하는 걸, 없애는 거지." 그녀는 그렇게 말하며 건수가 멀찍이 치운 소주잔을 다시 끌고 와 자신의 입에 털어 넣었다. 그러곤 하나 남은 오돌뼈를 입에 넣고 씹었다. 쫄깃하고 오도독거리는 것이 식감은 좋았지만, 역시나 오래 씹어야 하는 음식을 싫어하는 바나의 취향에는 맞지 않았다. "그러면— 제일 좋아하는 걸 계속해서 제일 좋아할 수 있거든."

"와 이라노." 건수가 영문을 모르겠다는 표정으로 쳐다보았다.

너도 나도 팝콘을 싫어하잖아

바나는 학기가 본격적으로 시작하기 전에 지안의 자취방을 구경하러 갔다. 거기서 지안의 동생인 수안을 처음 만났다.

"이야기 많이 들었습니다, 누님!" 수안이 눈을 반달로 접으며 반갑게 인사했다.

수안은 지안과 분위기가 굉장히 비슷했지만, 생김새는 그리 닮지 않았다. 지안보다 키가 컸고, 눈이 찢어지긴 했지만서도 지안처럼 눈꼬리가 날카롭게 올라가 있지는 않아서 전체적으로는 서글서글하게 웃는 인상이었다. 그 서글서글한 미소로, 수안은 바나에게 이것저것 물어보며 친근하게 대해주었다.

"짜장면 두 개랑 짬뽕 하나요!" 이삿짐 정리를 도와주다가 바나가 중국집에 전화를 했다. "주소가 뭐랬지?" 이제 이 집 주소를 외워둬야겠다. 자주 놀러 올 수도 있으니 말이다. 이삿짐은 사실 그리 많지 않았다. 옵션으로 구비된 책상과 침대를 빼면 어머니가 챙겨준 식기 몇 가지, 그리고 수안의 캐리어 하나와 지안이 가져온 짐들뿐이었다. 지안은 요즘 옷에 관심이 많아졌는지, 옷을 하나씩 사서 모으기 시작한 듯했다. 벽걸이 행거에 옷을 하나씩 거는 지안을 대신해 바나는 그의 노트북과 책을 책상 위로 옮겨주었다. 그러다가, 책에서 사진 하나가 툭— 떨어졌다. 건수가 찍어준 폴라로이드 사진이었다.

"그대로 둬라."

"뒤통수에 눈 달렸어?" 바나는 툴툴거리며 사진을 다시 책 사이에 끼워두었다. "올해는 더블유 안 해서 엄청 심심하겠다……."

바나의 생각과 달리, 2학년 1학기는 매우 바쁘게 시작되었다. 지안은 바로 학교에서 가장 큰 밴드 동아리에 가입했고 바나는 근로장학생 동아리에 들어갔기 때문이다. 자유전공학과에서 각각 사학과와 미디어학과에 진학한 두 사람은 인맥을 넓히는 것이 이번 학기의 중요한 과제 중 하나라고 판단했다. 지안과 함께하는 밴드부가 재밌긴 했지만, 바나는 음악을 정말 취미로만 여겼다. 그리고 지안과는 이미 시간표를 꽤 맞춰두어서 자주 볼 수 있었기 때문에 지안과 다른 동아리를 선택했다. 자금이 부족한 탓도 있었다.

"얼마 버노, 그렇게 해서?" 지안이 궁금하다는 듯 물었다. 바나는 이제 막 근로장학생 일을 마치고 우식에 들어왔다.

"뭐, 식비 정도?" 바나가 젓가락을 들어 갓 나온 따끈따끈한 제육볶음을 가리키며 말했다. "이거 먹을 수 있을 정도!"

"좋네." 지안은 그렇게 말하며 바나의 컵에 물을 따라주었다.

두 사람에게는 숙제가 몇 가지 남아 있는 상태였다. 지안이 바나에게 좋아한다는 마음을 '설명'했고, 바나는 이걸 설명이라 봐야 할지 고백이라 봐야 할지 고민에 빠졌다. 게다가 현우 선배와 헤어졌지만 해영과 토바코에서 술을 마시는 그를 보고 심술이 나서 헤어졌다는 사실을 말할 타이밍을 놓쳐 버렸다. 뭐…… 더 이상 안 물어보기도 했고. 그리고…… 이제 자취방이 생긴 그를 더 이상 기숙사 4층 휴게실에서 만날 수는 없는 상황이었다. 해영…… 류해영……. 바나의 촉이 시끄러운 소리를 내며 마구 경보음을 울려댔다. 해영은 99.9퍼센트의 확률로 지안에게 관심이 있거나 그 이상의 마음을 가지고 있다는 것이 바나의 추측이었다. 물론 이 추측을 입 밖으로 내지는 않았다. 말을 꺼냈다가 자신의 감정에 닥칠 후폭풍이 꽤 두려웠기 때문이다. 만약에 지안이 '걔 괜찮더라'라는 말을 해버리기라도 하면…… 바나는 실의에 빠지고 말 것이다.

"노래방이나 가자." 지안이 말했다. "솔로곡 몇 개 연습해보고 동아리에 말해줘야 되거든." 바쁘시구만. 본인도 근로장학생 일로 이리저리 뛰어다니느라 바쁘면서 바나는 또 한 번 심술이 났다. 노래방은 좋지. "근데 류해영 걔, 괜찮더라. 애가 웃겨."

"그렇구만." 바나는 하고 싶은 말들을 속으로 꿀꺽 삼켰다. "솔로곡 뭐뭐 연습하게?" 그러곤 말을 돌렸다.

지안은 대답 대신 노래방에서 노래를 예약하는 것으로 자신의 연습 곡을 알려주었다. 유명한 여자 가수가 부르는 발라드곡이었다.

"아, 이거는 내가 불러야 돼." 그러자 바나가 지안에게 떼를 썼다. "너 남자잖아! 이거 내 거야."

"남자 키로 바꿔서 부르면 되지." 지안이 아랑곳하지 않고 곡명을 마저 검색했다. "부르는 거 들어나 봐." 씨익 웃으며 자신만만하게 쳐다보기도 했다. 바나는 재빨리 일어나 지안에게서 노래방 리모컨을 뺏으려고 시도했지만 그녀의 느린 동작으로는 어림도 없었다. 지안은 킥킥거리며 시작 버튼을 누르곤 리모컨을 등 뒤로 숨겼다. 하지만 바나는 동작은 느려도 머리는 빨리 돌아가는 편이었다. 그녀는 마이크 두 개를 들고 노래방 구석으로 도망쳐 버렸다.

"허." 지안이 어이없다는 듯 웃었다.

"내가 부를래." 바나가 장난스러운 미소를 가득 띠고 말했다.

"갖고 와. 좋은 말로 할 때." 지안은 도망친 바나에게서 멀찍이 서서 그녀를 잡으려고도, 마이크를 뺏으려고도 하지 않은 채 손을 까딱거리며 내놓으라는 제스처를 취했다.

"와서 가져가 보시든가." 바나가 마이크 하나를 잡고 장난스럽게 흔들며 말했다. "잡아봐, 잡아봐—!"

"니 내한테 잡히면 큰일 난다." 지안은 여전히 한 손을 내밀고 있었다. "아, 노래 간주 끝나가잖아. 빨리 내놔."

하지만 지안의 '큰일 난다'는 도발 섞인 농담이 바나를 더 긁은 듯했다. 바나는 신발을 벗고 노래방 소파 위로 펄쩍 뛰어 올라가 마이크를 높이 들었다. "잡아봐—!"

친구 사이였다면 꽤 열이 받았을 것 같은 이 상황에서도 지안은 그녀를 웃으며 쳐다보고 있었다. 물론 약간 콧방귀를 뀌긴 했지만. 그러다가 노래가 시작되고 가사 자막이 흘러가는 노래방 화면을 잠시 물끄러미 바라보았다. 애달픈 사랑을 호소하는 가사였다. 뭐야, 왜 저래? 더 이상 대답하지도 않고 마이크를 달라는 손마저 내린 지안이 이상해 바나가 안색을 유심히 살폈다. 화난 거야? 바나가 슬그머니 마이크를 들었던 팔을 내리곤 소파에 쪼그리고 앉는데…… 지안의 다음 말은 화난 것 같지도 않고 조금의 웃음기도 없는 미묘한 말이었다.

"내가 니를 잡을 수 있기는 해?" 지안이 진지한 투로 물었다.

"응." 바나가 끄덕였다. "너 빠르잖아. 나 느리고. 그럼 충분히 잡을 수 있겠지." 바나는 이제 마이크를 테이블 위에 툭 올려놓았다. 지안이 그 마이크를 쳐다보았다.

○×

지안은 바나가 현우 선배와 헤어지는 데 또 실패했다고 짐작했다. 현우 선배와 어찌 됐냐는 말에는 대답을 피했고, 잘 만나고 왔냐는 말에는 그렇다 했으니. 지안은 한 번 더 그녀를 기다리기로 했다. 이제는 기다림의 미덕 같은 게 지긋지긋하긴 했어도 별다른 방법이 없었다. 강제로 헤어지게 할 수도 없을뿐더러, 그렇게 한다 해도 그게 진실된 행동은 아닐 것이라는 생각이었다. 그리고…… 지안은 스스로가 현우 선배를 넘어서는 날이 아직 오지 않았음에 슬프기도 했다.

우선 지안은 바나와 함께 다니는 일상을 유지하면서 자신의 일을 열심히 할 계획이었다. 그중에는 밴드 동아리 활동과 장학금을 받기 위한 학점 관리, 그리고 첫 대학 생활을 시작하는 동생 수안을 도와주는 것 등이 있었다. 근로장학생으로 일하는 바나에게 찾아가 수업 자료를 건네주는 등의 일을 처리하고 나면 건수나 정우, 혹은 동아리 사람들과 어울렸고 종종 해영과도 어울리기 시작했다. 해영은 바나와 매우 닮아서 함께 있는 시간이 꽤 즐거웠다.

바나가 마이크를 높게 들고 소파 위로 올라섰을 때는 이 모든 일이 갑자기 부질없게 느껴졌다. 기다림은 애초에 왜 미덕이 되었는가? 가만히 서서 기다리면…… 쟤가 저 마이크를 건네줄까?

"너 빠르잖아. 나 느리고. 그럼 충분히 잡을 수 있겠지."
바나가 마이크를 턱— 하고 테이블 위에 올려두었을 때, 지안이 뚜벅뚜벅 걸어가 마이크를 집었다. 바나는 노래를 취소하고 다시 예약을 한 뒤에 그의 노래를 기다리고 있다는 듯 눈을 반짝 빛내며 소파에 다소곳이 앉았다.

"잡히면 진짜 큰일 날 줄 알아라." 지안은 가벼운 경고를 했다. 바나가 미소 지으며 끄덕였고, 그는 노래를 시작했다.

노래방에서 나왔을 때, 두 사람은 후배들을 잔뜩 마주쳤다. 지안과 바나가 작년에 그랬던 것처럼, 그들은 정신없이 친목을 다지는 중이었다. 술에 취한 사람도 꽤 있었지만 그들은 노래방을 2차로 즐기고 3차 술자리를 가려는 모양이었다.

"누나! 누나도 가시죠!" 남자 후배 한 명이 바나에게 말을 걸었다.

"아, 싫어. 너랑 안 먹어." 바나가 질색하며 말했다. 몇몇 후배가 지안에게 말을 걸었지만 지안은 곧장 대답을 해주면서도 바나와 그 남자 후배의 대화에 집중하고 있었다.

바나는 결국 지안과 단둘이 가볍게 맥주를 마시기로 했다. 마른안주를 집어 먹으며 바나는 아주 크게 콧방귀를 뀌었다.

"지는."

지안은 바나에게 후배1과 후배2 그리고 후배3 정도가 바나에게 관심이 있는 것 같다고 이야기한 참이었고, 바나는 아까 노래방에서 여자 후배들이 우르르 지안에게 말을 거는 걸 자신의 두 눈으로 똑똑히 봤다고 툴툴거리는 중이었다. 검지와 중지로 길게 찢어진 자신의 두 눈을 찌를 듯이 가리키면서.

"봐봐. 이제는 전화도 와." 바나가 테이블 위에서 지잉― 울리는 지안의 휴대폰 화면을 보더니 한 번 더 투덜거렸다.

어떤 여자 후배의 이름이 떠 있었다. 바나는 덥석 휴대폰을 낚아채 전화를 받곤 스피커폰으로 전환한 뒤 반갑게 인사를 했다. "하이!"

여자 후배는 살짝 당황한 목소리로 바나의 전화를 받았다. 두 사람은 가벼운 대화("지안이 나랑 술 먹는 중. 너도 올래?"라는 바나의 질문과 "아, 아니에요. 재밌게 노세요!"라는 대답이 오갔다) 후 전화를 끊었고 바나는 지안을 향해 눈썹을 치켜올리며 요상한 표정을 지어 보였다.

"들어나 보자. 얘랑 또 누가 있는데?" 지안이 같잖다는 듯 물었다. 지안을 좋아한다고 바나가 주장하는 학생들의 리스트를 들어볼 참이었다. 바나는 손가락을 네 개 정도 펼치며 이름을 줄줄 읊었다. 그중에 해영은 없었다.

"맞다, 해영이랑 아이라인 사러 가기로 했는데. 나 파란색 아이라인 사려고." 바나가 언제 툴툴거렸냐는 듯 다시 해맑게 수다를 떨기 시작했다.

"파란색?"

"응. 요즘 유행이야. 하지만 나만 소화할 수 있는 유행이랄까?" 바나가 코를 찡긋거리며 자랑하는 투로 말했다.

"해영이도 파란색 산다냐?" 지안이 덤덤하게 물었다.

"걔는 갈색 사겠지." 바나 역시 덤덤하게 대답했다. 하지만 이어지는 말에는 날카로움이 묻어났다. "파란색은 나만

쓸 수 있다니까."

"사면 보여주나?" 지안이 물었다.

"야, 그거 알아둬라. 나 질투하면 크으으으은일 난다. 알
았지?" 하지만 바나는 동문서답을 했다. 그래도 둘은 늘 그
렇듯, 모르겠으면서도 알 것 같은 분위기를 풍기고 있었다.
지안은 바나의 말뜻을 어느 정도 이해한 표정으로 끄덕거
렸다.

"잡아도 큰일 나고, 질투해도 큰일 나고. 이제 우리는 큰일
날 일밖에 안 남았다, 그자?" 지안이 웃으며 농담을 던졌다.

○×

그렇게 매섭던 겨울바람이 그저 쌀쌀하다고만 느껴질
무렵, 바나는 지안을 만나기가 더욱 어려워졌단 생각이 들
었다. 기분 탓인가? 그럴 리는 없었다. 확실히 지안은 바나
를 만날 수 있는 시간에 다른 약속을 많이 잡고 있었다.

"이번 학기에도 4.0 넘게 받으시려고." 바나가 툴툴거리
며 말했다. "나랑 놀지도 않고."

"니 근로하느라 바쁘잖아. 그리고 이번에는 4.5 받아야지."

"4.5를 받을 수가 있어? 그게 실존하긴 해?"

지안은 약속이 따로 없는 날에는 도서관에서 공부를 했

다. 아직 시험 기간도 아닌데 말이다. 그는 과제 때문에 읽어야 할 책이 많다며, 바나에게 옆에서 할 일 없이 앉아 있을 거면 한자를 찾아달라는 부탁을 했다.

"할 일 많거든?" 실제로 바나는 최근에 블로그를 시작해서 할 일이 많았다. 지안과 함께 다닌 학교 근처 맛집이나 노래방, 술집 등의 리뷰를 올리기도 했지만 궁극적으로는 자신의 글을 연재하고 싶어서였다. 꾸준히 블로그를 관리하다 보면 돈을 벌 수도 있다고 기대하기도 했다. "블로그 포스팅 해야 되거든?" 그래도 바나는 노트북에서 블로그창을 닫고 사전을 열어 지안이 부탁하는 한자와 단어들을 찾아주었다. 바나는 보기만 해도 머리가 어지러운 글자들이었다. 이런 걸 해야 하다니. 바나가 전공하게 된 미디어학과는 영상과 마케팅에 관한 실무이론을 배우는 신설학과였다. 거기서 바나는 블로그의 수익 창출 구조에 대해 알게되었고 무언가에 대해 떠드는 일만큼은 자신이 있어서, 우선은 글로 떠드는 일을 해보자고 결심했다.

"오늘도 바쁜가?" 공부를 끝내고 도서관을 나오며 바나가 물었다.

"응. 약속." 지안이 대답했다.

"몇 시에, 어디서, 누구랑?"

"취조하나?" 지안이 농담하듯 말했다. "영화 보러 간다,

저녁에."

"누구랑?" 바나는 그가 대답하지 않은 질문을 한 번 더 던졌다.

"친구랑."

친구? 바나는 지안의 친구를 대부분 알고 있었다. 그의 친구는 크게 두 부류로 나뉘는데, 대학교에서 만난 친구와 고향 친구였다. 대학교에서 만난 친구는 바나가 웬만하면 알았고, 최근엔 두 사람이 다른 학과로 찢어지게 되면서 모르는 사람이 좀 늘어났지만 지안에게 이름과 성별 정도는 들은 적이 있었다.

"친구 누구?"

"뭘 자꾸 물어보노. 니 내 친구 다 아나?" 지안의 대답에 바나는 입을 앙다물었다. 아, 말하기 싫으시다?

"그래, 내일 보자." 바나가 가볍게 손을 들어 인사했다. 지안은 자취방으로, 바나는 다른 약속이 있어 학교 정문 쪽으로 가야 했다.

"어. 니 뭐 하게?" 지안이 물었다.

"나 약속." 바나가 대답했다. "'친구'랑." 바나의 잦은 비아냥거림에 이제 익숙해진 듯, 지안은 이번에도 콧방귀를 뀌듯 웃음을 짓고는 발걸음을 옮겼다.

바나는 1순위를 지키기 위해 2순위 이하의 것들을 잘 제거해 나가고 있었다. 지난번에 밤늦게 전화 온 여자 후배는 더 이상 지안에게 전화를 하지 않았고, 그 외에도 여러 여자 후배가 바나의 거센 장막과 실드에 튕겨 나갔다. 심지어 어떤 여자 후배는 동기인 다른 남자 후배와 연애를 시작했다는 소식이 들려왔다. 하지만 문제는…… 해영이었다. 해영은 학교 맞은편 뷰티 편집숍 앞에서 바나를 향해 활짝 웃고 있었다. 바나가 말한 '친구'는 해영이었다. 두 사람은 편집숍 안으로 들어갔다.

　　"와 — 언니 파란색 진짜 잘 어울린다." 해영이 아이라인을 그려보는 바나에게 말했다.

　　"그니까. 나 왜 잘 어울리냐?" 지안에게 큰소리를 뻥뻥 치긴 했어도, TV와 인터넷에서 아이돌이 그린 파란색 아이라인을 보고 당장에 따라해 봐야겠단 생각을 하긴 했어도, 이게 정말 잘 어울릴지는 의문이었던 바나가 놀란 투로 말했다. "괜찮네, 생각보다."

　　"저도 그려볼까요?" 해영이 다른 테스트용 아이라이너를 집어 들었다. 바나는 딱히 대답은 하지 않고 아이라이너를 그리는 해영을 쳐다보았다.

　　"잘 어울리네." 바나가 티 나지 않게, 속에 없는 말을 던졌다.

"에이— 저는 아닌 것 같아요." 해영은 아이라이너를 내려놓고 직원이 건네준 리무버를 화장솜에 적셔 조심스럽게 눈을 닦았다. 바나는 다시 갈색 아이라이너 테스트 제품을 건넸다. 해영이 원래 그려둔 아이라이너 자리가 살짝 지워졌기 때문이었다. "고맙습니당. 오늘 화장 지워지면 안 되거든요." 해영이 발랄하게 말했다.

"아이라이너 중요하지." 바나가 싱긋 미소를 지었다.

역시 개는 파란색 아이라이너는 안 어울려. 그렇게 생각하며 바나는 오늘 구매한 파란색 아이라이너를 기숙사 책상 위에 올려두고 열심히 사진을 찍었다. 블로그에 올릴 리뷰 포스팅을 위해서였다. 물론 운 좋게 한 번 더 룸메이트가 된 수아가 옆에서 쉴 새 없이 말을 걸어서 쉽게 집중을 할 순 없었지만.

"안 사귄다고!" 바나는 짜증이 나서 툭 던졌다.

"진짜 안 사귀어?" 수아가 다시 물었다. 수아는 지안과 바나가 사귀고 있다고 확신하고 있었다.

"아니라니까. 말 좀 걸지 말아줄래? 나 집중해야 하거든?" 바나가 새침하게 말했다.

"왜? 한지안이랑 카톡해야 돼서?" 수아가 킬킬거렸다.

바나 역시 수아의 끈질김에 결국 웃음이 터져서 같이 킬킬거리다 생각난 김에 지안의 카톡 프로필을 열었다. 그리고 웃음이 순식간에 사그라들었다. 지안의 프로필 사진이 바뀌어 있었기 때문이다. 바나가 놀이공원에서 찍어준 사진에서, 영화관에서 팝콘을 들고 찍은 사진으로. 사진 속의 지안은 말끔하게 차려입은 채로 영화관 티켓부스 근처에 서 있었다. 기본 카메라가 아닌 필터 어플로 색 보정을 씌워 찍은 사진이었다. 바나는 지안의 휴대폰에 필터 어플이 없다는 사실을 알고 있었다. 누구냐? 그리고 순간적으로 아이라인을 다시 그리던 해영이 떠올랐다.

○×

다음 날, 지안은 팔을 들어 멀리서 다가오는 바나에게 자신의 위치를 표시해 주었다. 늘 그랬듯, 두 사람은 공강 시간을 이용해 점심을 먹으러 가려던 참이었다. 바나는 성큼성큼 지안에게 다가왔다.

"걸음이 빨라졌노."

"너, 류해영이랑 영화 봤지?" 그녀가 지안의 코앞에 멈춰 서서 눈을 날카롭게 뜨며 물었다.

바나는 이미 답을 이미 알고 있는 듯했다. 표정에 질투나 분노 같은 게 전혀 없었기 때문이다. 자신의 촉이 맞다

고 확신하지만 그래도 본인 귀로 직접 대답을 듣고 싶은 심
정만이 남아 있는 표정이었다.

"어떻게 알았는데?" 지안은 시인 대신 그녀의 추리에 놀
라는 쪽을 선택했다.

"넌 프로필 사진을 잘 바꾸지 않으니까. 넌 필터 어플이
없으니까. 누구랑 보러 가는지 나한테 얘기하기 싫어했으
니까."

"그걸로 알았다고?" 지안이 아직은 이해가 되지 않는 표
정이었다.

"우리 둘 다 팝콘이 싫다고 했으니까. 근데 넌 팝콘을 들
고 있었지."

두 사람은 마치 연인처럼 말싸움을 시작했다. 바나는 지
안이 자신에게 거짓말을 했다고 주장했다. 지안은 거짓말
을 하진 않았다고 반박했다. 한국에서는 동갑끼리를 '친구'
라고 칭하는 문화가 있다지만, 지안은 해영과 많이 친해졌
다고 생각했고 딱히 다른 무슨 말로 표현해야 할지 몰라
'친구'라 지칭했을 뿐이니까.

"그럼 그냥 류해영이랑 보러 간다고 하면 되잖아?" 바나
의 말에 지안은 대답할 거리를 찾지 못했다. 스스로도 콕
집어 해영과 영화를 보러 간다고 말하지 않은 이유가 잘 납
득이 되지 않았다.

"니는 그럼 왜 안 헤어지는데?" 지안은 본인의 입에서 이런 질문이 나오게 된 과정 역시 정확히 이해하지 못했다. 그저 억울하고 답답한 마음이 들 뿐이었고 자신이 작아지는 듯한 느낌이 들어 불쾌했다.

"그 얘기가 지금 왜 나와?" 바나가 이해할 수 없다는 듯 되물었다.

지안이 그토록 바나에게 자신의 마음을 표현했음에도 바나는 현우 선배와의 관계를 끝내지 못했다. 게다가 바나는 '우리가 사귀게 된다면'이라는 가정에 '헤어짐'이라든지 '영원히 돌아갈 수 없음' 같은 부정적인 예언을 잔뜩 갖다 붙이기도 했다. 이 상황에서 지안이 할 수 있는 건 기다림의 미덕을 쌓는 일뿐이었다. 해영과 영화를 보러 가는 일에 이렇게 예민하게 반응할 거였으면, 바나는 기다리고 있는 지안에게 먼저 의사 표시를 했어야 했다. 잡을 수나 있게 해주든가. 그녀는 지안에게 마이크조차 뺏어가 놓고 노래를 불러주길 기다리는 것과 같은 태도를 취하고 있었다.

"니는 헤어지지도 않는데, 나는 다른 사람이랑 영화도 같이 못 보나?" 지안의 말은 전혀 지안답지 않게 점점 유치해지고 있었다.

"아, 그러니까 내가 안 헤어져서 니가 다른 애랑 영화 보러 갔다고, 내 탓이라고 몰아가는 거야?" 바나 역시 유치해지기는 마찬가지였다.

"몰아가는 게 아니라, 내 입장을 생각해 달라는 거라고. 나는 말했어, 니가 좋다고. 니는 뭘 했는데? 나한테 뭘 말했는데? 아무것도 말 안 했잖아."

"왜 하필 류해영인데? 건수도 있고 정우도 있고, 친구 많잖아. 왜 류해영인데?" 지안은 바나의 질문을 이해할 수가 없었다. 바나가 손수 꼽은 '지안에게 관심 있는 여자 후배 리스트'에는 해영의 이름이 없었으니까. 그러나 바나는 '류해영'이라는 인물에 매우 집착하고 있었다. "이 이야기에서 '나'는 빼고, 솔직히 말해. 왜 류해영이냐고."

지안은 그제야 바나가 늘 말하던 '촉'이 뭔지 뼈저리게 느꼈다. 아, 그랬군. 바나의 통찰력은 날카로웠다.

"니랑 비슷해서." 지안에게 말을 쏟아내느라 상체가 약간 앞으로 쏠려 있던 바나가 몸에 힘이 풀린 것처럼 조금 뒤로 움직였다. 결국엔 대답을 확인하고야 만 그녀는 허탈해 보이기도, 속이 시원해 보이기도 했다. 지안은 자신의 생각과 대답을 마무리 짓기로 했다. "니랑 비슷해서, 니랑 사귀면 어떨까 싶어서, 니를 계속 좋아할 수는 있을까 싶어서, 니가 내한테 안 잡히면 얘라도 잡아볼까 싶어서 그랬나 보다."

두 사람은 잠시 정적 속에 있었다. 점심시간에 딱 맞춰

공강을 잡으면 식당에 사람이 붐빌까 봐 한적한 오후로 공강을 맞춰둬서 다행이었다. 두 사람이 연인처럼 말싸움을 하는 모습을 본 사람은 없었다. 적어도 그들이 아는 사람 중에서는.

"앞으로도…… 니를 어떻게 기다려야 할지 막막해." 긴 정적 속에서 지안이 다시 말을 꺼냈다.

"나 헤어졌어." 바나가 지안에게 이제 기다림은 끝내도 된다는 걸 알렸다. 지안의 얼굴이 살짝 일그러졌다가, 허무하면서도 안심하는 듯한 오묘한 표정을 지었다. "니가 류해영이랑 술 마셔서 말할 타이밍을 놓쳤어."

"타이밍?" 지안이 되물었다.

"아니, 사실 심술 나서 말 안 했지." 바나가 실토했다. "내 계획을 니가 망쳤어."

"니 계획이 뭔데."

"영원히 너랑 같이 있는 거. 그러다가 나중에 결혼할 때쯤 되면, 그때 사귀어보는 거."

지안의 마음엔 또 한 번 거대한 쓰나미가 일었다. 바나는 정말 바다 같은 여자였다. 변덕스럽고 매혹적이고 위험하고 무한한.

연인처럼 말싸움을 하던 두 사람은 서로가 자신의 감정을 실토하는 것으로 싸움을 마무리 지었다. 그리고 지난번에 커플 할인을 받았던 라멘집으로 향했다. 지안은 라멘을 보니 문득 사촌 형과 이번 주 주말에 일본 여행을 가기로 한 일이 떠올랐다.

"아, 맞다. 그게 이번 주였구나." 바나는 멍한 표정으로 중얼거렸다. 금요일 밤에 출발해서, 공강일인 월요일 오후에 도착하는 일정이었으니……

"월요일에 마중 나가줄까?"

"어." 지안이 대답했다. 평소였으면 오다가 길 잃어버리지 말고 그냥 학교에서 기다리라고 했을 터였다. 아니면 '여행 다녀와서 피곤하니까 그냥 다음 날에 만나자'고 하든지……. 하지만 이번엔 "갔다 와서 놀자. 어디 신촌이나 홍대 같은 데라도 가든가"라며 대뜸 데이트 신청을 해버렸다. 미덕을 잘 쌓아 올렸으니, 이 정도는 괜찮겠지.

바나는 지안이 의외의 대답과 제안을 하자 살짝 떨떠름해 보였지만 고개를 끄덕이며 알겠다고 했다. 아마도 지안이 다녀올 때쯤엔 바나가 재채기를 시작했을 것이다. 겨울이 끝나가고 있었다.

"나 파란색 아이라인 그렸어. 볼래?" 바나가 눈을 가늘게 떠 아주 얇게 그린 아이라인을 보여주었다. 과하지 않게 포인트로 기존의 아이라인에 겹쳐 그린 모양이었다. 두 사람은 라멘집에서 나와 터덜터덜 학교로 돌아가는 중이었는데, 눈을 가늘게 뜨고 있어서 그런지 바나가 잠시 휘청거렸다.

"예쁘다." 지안이 휘청거리는 바나의 팔을 잡아 지탱해 주며 말했다. 그의 말과 행동에 바나가 미소 지었다.

길에는 정말 봄이 슬슬 찾아오고 있는 듯 푸릇푸릇한 잎사귀가 고개를 내밀고 있었다. 바나는 푸릇푸릇한 것만 봐도 코가 간지러운지 코를 찡긋거리며 주변을 두리번거렸다.

"혹시 내가 다음 주에 너한테 뽀뽀라도 하면, 안 피할 거야?" 바나가 물었다. 순간 지안은 심장이 쿵 내려앉는 듯했다. 표정에 동요가 드러나지는 않아서 바나는 지안의 심정이 어떤지 전혀 모르는 눈치였다. '밥은 먹었냐'라든지 '오늘 날씨는 어때?' 같은 질문을 하는 것처럼 직구를 날려버린 바나 때문에 지안은 당황했지만, 바나는 언제나 지안의 예상대로 움직이는 듯하면서도 지안이 예상치 못한 행동을 했으니 최대한 침착하게 행동할 수 있었다.

"모르겠는데." 솔직한 심정이었다.

"안 된다고는 안 하네." 바나가 씩 웃으면서 말했다. "우리 월요일에 영화나 볼까? 나초는 내가 살게. 팝콘은 먹지 말자."

지안은 고개를 끄덕였다.

"그러자." 그는 나초와 바나를 좋아하니까.

산낙지 논쟁

: 스물여덟 :

바나는 전남자친구인 지안에게 4년 만에 연락한 뒤로 또 다른 겨울을 맞이했다. 이제 두 사람은 스물여덟이 되었다. 스물일곱, 스물여덟……. 지안이 5년 전, 헤어질 무렵에 말했던 그 나이였다.

두 사람이 키스를 했다고 해서 크게 달라지는 것은 없었다. 여전히 두 사람은 맛있는 음식을 먹고 즐겁게 게임을 하고 재미있는 데이트 시간을 보냈다. 달라진 점이 몇 가지 있다면, 바나가 지안에게 팔짱을 더 자주 끼게 되었다는 것과 지안의 잔소리가 늘었다는 것, 그리고 바나가 감정적으로 돌변할 때가 많아졌다는 것이다.

"웃기시네." 바나가 콧방귀를 뀌었다. 지안은 점심 약속에 나갈 준비를 하는 중이었다. 상대는 지안과 예전에 스터디를 함께한 친구였다. 문제는 그 친구가 '여자'라는 것이다.

"남녀 사이에 친구가 어딨어."

"축의금 받아야지." 지안은 너스레 농담을 던졌다. "인맥을 잘 유지해 놔야 축의금을 많이 받을 거 아니야." 하지만 바나는 입을 삐쭉 내밀곤 휴대폰으로 SNS를 둘러보며 딴청을 피웠다. 축의금은 무슨. 여자랑 단둘이 밥이나 먹는 주제에. 준비를 마친 지안이 현관으로 걸음을 옮기자 그제야 바나는 일어나서 지안을 배웅했다.

"이따 봐." 바나가 슬픈 척 눈썹을 축 늘어뜨리며 시무룩한 목소리로 인사했다. 지안은 점심 약속이 끝나면 사촌 형에게 빌려준 기타와 앰프를 받으러 가야 해서 저녁쯤 돌아온다고 했다. 심술 나.

"내 백팩 열어봐라." 지안이 바나의 가방걸이에 걸린 검정색 백팩을 가리키며 말했다. 바나는 지안이 신발을 신는 동안 백팩의 지퍼를 열었다. 안에는 무드등을 겸해 쓸 수 있는 미니 가습기가 들어 있었다.

"이게 뭐야?" 바나가 가습기 박스를 이리저리 살피며 물었다.

"켜고 자. 재채기 좀 덜 하게." 지안이 현관문을 열며 말했다. 아직 날씨는 추웠지만 곧 있으면 언제 그랬냐는 듯 봄이 확 다가올 것이었다. 이미 일기예보에서는 다음 주 수요일쯤에 최고 기온이 15도까지 올라간다 했으니.

"츤츤거리긴." 그녀의 중얼거림에서 기분 좋음이 여실히 느껴졌다.

"갔다 올게." 지안은 손가락을 가지런히 모아 손바닥을 보이며 인사하곤 현관문을 꼼꼼히 닫은 뒤 약속 장소로 출발했다.

지안이 없으면 하루 종일 주인을 기다리는 반려견처럼 현관에 앉아 있을 것 같았던 바나는 그가 나가자마자 컴퓨터를 켜서 혼자만의 시간을 즐기기 시작했다. 게임도 하고 일도 하고 출판사에 메일도 보내면서. 지안이 돌아오는 저녁까지는 꽤 시간이 남아 있었고 두 사람은 저녁에 횟집을 가기로 했으니 외출 준비를 하려면 5시부터는 샤워를 시작해야 했다. 아직 2시 밖에 안 됐군. 느긋하게 준비할 요량으로 바나는 좋아하는 프로 게임팀의 유튜브 콘텐츠를 보다가 평소에는 미뤄두기 바빴던 설거지를 하고 빨래를 돌리기까지 했다. 아직도 3시군.

"어, 20분 뒤에 나온나." 지안의 전화였다. 사촌 형에게 급한 일이 생겨 약속이 취소되는 바람에 집에 일찍 돌아온다는 것이었다.

"헐, 안 돼. 나 머리 안 감았어."

"언제는 감았나. 그냥 나와, 누구한테 잘 보일라고."

"너한테." 바나는 전화를 하면서도 갈아입을 속옷과 수건을 꺼냈다.

"나 머리 더러운 여자 좋아해. 알잖아."

오늘은 중요한 날이었다. 바나가 오늘 저녁을 '회'라는 거창한 메뉴로 선정한 이유가 따로 있었다. 바나는 두 사람의 관계에 결론 짓고 싶었다. 키스를 했고, 또 이후에 키스를 자주 했고, 서로를 챙기고, 함께 동거 비스무리한 것을 하고 있는 그들의 관계를 한 단어로 정의 내리고 싶었다. 바로 '연인'이었다.

소설 쓰는 것을 도와주기로 한 지안이었지만 바나는 여름 이후로는 그에게 인터뷰를 요청한 적이 없었다. 그 때문에 집필 속도가 매우 느려졌지만……. 오늘 물어봐야지. 오늘부터 다시 해보는 거야. 오늘 일로 관계를 결정 짓고 나면, 두 사람의 끝을 다시 마주할 수 있을까 싶어서였다. 하지만 지안은 예상보다 너무 일찍 돌아온다고 했다.

결국 바나는 드라이 샴푸로 유분기를 대충 없앤 뒤 간단한 화장만 하고 집을 나설 수밖에 없었다. 시간이 20분밖에 없기도 했고, 지안이 더러운 여자를 좋아한다는 요상한 거짓말로 바나의 귀차니즘을 자극해 버렸기 때문이다. 저녁을 먹기에는 이른 시간이라 두 사람은 집 근처에 있는 노래방으로 향했다. 바나는 예전처럼 지안의 마이크를 뺏어

들었다. 이번에도 지안이 바나가 부르고 싶었던 여자 가수의 발라드곡을 예약해서였다.

"내놔라." 지안이 같잖다는 듯 웃으며 말했다.

"내가 부를래."

"나 부르고 니도 불러." 지안의 단호한 말에 바나는 입을 삐죽 내밀며 마이크를 넘겨주었다. 이 노래는 쟤가 잘 부르긴 해…….

어둑어둑해졌을 때, 두 사람은 노래방을 나왔다. 그래도 오후엔 제법 햇살이 비쳐 따뜻했는데 저녁에 되니 몸을 웅크려야 할 정도로 쌀쌀함이 느껴졌다. 건널목에서 신호를 기다리고 있을 때, 바나는 지안의 뒤에 숨어 그를 바람막이로 썼다.

"장난치나." 지안이 나지막이 말했다.

"추워." 바나는 킥킥 웃으며 지안의 등에 얼굴을 기댔다. "어? 야, 우리 인생네컷 찍자!" 바나는 건너편의 한 건물을 가리키며 말했다. 평소 사진을 함께 찍자고 할 때마다 비협조적으로 구는 지안과 합법적으로 예쁜 사진을 남길 절호의 찬스였다. 그들이 가기로 한 횟집 옆에 인생네컷 가게가 있었던 것이다.

"다음에 찍자." 지안의 대답에 바나는 한쪽 눈썹을 치켜올리며 지안을 바라보았다. 짜증 나. 사진 하나 찍는 게 그렇게 어려운가?

"왜 나중에?" 바나가 지안의 뒤에서 나와 그를 똑바로 쳐다보며 물었다.

"다음에 또 이렇게 나와서 놀 핑계를 만들어야지. 난 니랑 계속 이렇게 놀고 싶거든." 지안은 씩 웃으며 바나에게 말했다. 그러나 이 말은 바나의 귀에 뒤틀린 채로 들어왔다. 우리가 놀러나 다니는 사이야?

"우리 핑계 있어야 만나는 사이야?" 그녀의 비뚤어진 말에 지안의 미간이 좁아졌다. 지안은 대답 없이 초록불로 바뀐 신호등을 가리키며 바나의 어깨를 살짝 밀어 횡단보도를 건넜다.

"스티커 사진 같은 걸 왜 찍는 거냐."

"저거 스티커 사진 아니거든?" 바나가 횡단보도를 건너며 날카롭게 받아쳤다.

"깻잎 논쟁 알아?" 바나가 자신의 깻잎 위에 회를 한 점 올리며 말했다. 그녀의 볼은 벌써 발갛게 상기되어 있었다. 테이블 위의 소주 두 병은 이미 비워진 상태였다. 지금쯤 얘기를 꺼낼까⋯⋯. 바나는 내뱉기로 결심한 말과 준비한 질문들을 머릿속으로 정리해야 했다. 술기운이 도와주지

는 않았지만 분위기가 도와줄 거라 희망을 걸어보는 그녀
였다.

그들이 주문한 회는 모둠세트였다. 갖가지 종류의 회와
더불어 산낙지와 멍게, 해삼 같은 것들도 테이블 위에 세팅
되어 있었다. 참기름에 버무려진 산낙지는 아직도 젓가락
으로 쿡 찌르면 팍! 꿈틀거릴 정도로 싱싱했다.

"난 상관없어. 애초에 그게 왜 논쟁이 되는지도 모르겠
고." 지안이 대답했다. 바나가 '다른 남자가 깻잎을 못 떼고
있을 때 내가 떼주면 어떡할 거야?'라는 질문을 하기도 전이
었다. 바나는 지안의 대답에 입을 쩍— 벌리고 이해할 수 없
다는 표정을 지었다. 그럼 다른 여자 깻잎 떼주겠다는 거구
만? 이런 생각이 들자, 바나는 입꼬리가 약간 내려가며 탐탁
지 않은 표정을 지었다. 지안이 소주를 한 병 더 가지러 갔
는데 그사이 바나는 번들거리는 산낙지를 집어 올렸다. 취
했는지, 젓가락질을 잘 못해서인지, 아니면 산낙지가 너무
싱싱해서인지 몰라도 산낙지는 회 밑에 잔뜩 깔려 있는 천
사채 사이로 쏘옥 빠져버렸다. 바나는 천사채를 휘적거리며
잃어버린 산낙지를 찾기 시작했다. 테이블로 돌아와 소주
뚜껑을 열던 지안이 그런 바나를 물끄러미 쳐다보았다.

"산낙지 잃어버렸나?" 지안의 물음에 바나는 젓가락질
을 멈추고 눈을 땡그랗게 뜬 채 지안을 바라보았다. 어떻게

알았지? 이걸 왜 휘적거리냐고 잔소리할 줄 알았는데.

"응." 바나가 대답하자, 지안은 능숙한 젓가락질로 바나가 찾던 곳을 몇 번 뒤지더니 산낙지를 쏘옥 꺼내 휴지에 싸서 구석에 두었다.

"많으니까 새 거 먹어." 지안이 또 한 번 유려한 젓가락질로 새로운 산낙지를 집어 바나의 숟가락 위에 놔주었다. 바나는 숟가락을 들어 입에 산낙지를 쏙 집어넣었다. 쫀득쫀득, 고소하고 짭쪼름한 맛이 느껴졌다.

"산낙지는 식감이 쫀득하면서도 부드러워서 좋아. 오징어랑 문어는 너무 질겅질겅이야." 바나가 만족스럽다는 듯 쩝쩝거렸다.

"깻잎 논쟁은 잘 모르겠지만…… 산낙지 논쟁은 있을 수 있다고 생각한다." 뜬금없이? 무슨 말인지 잘 이해가 가지 않는 표정으로 바나가 지안을 쳐다보자, 그가 말을 이었다. "난 다른 여자한테는 산낙지 안 집어줄 것 같아서."

"나한테는 왜 주는데?" 바나는 지금이 나이스 타이밍이라 느꼈다. "나는 다른 여자랑 뭐가 다르길래 산낙지 집어주는데?"

"결혼할 사람." 지안이 이번에는 자신이 먹을 산낙지를 집어 올리며 말했다. 꿈틀꿈틀……. 바나의 마음이 꿈틀거렸다. "니가 그랬잖아. 결혼할 때쯤 나랑 만나고 싶었다고."

내가? 내가 언제? 이번엔 바나의 머릿속이 꿈틀거렸다. 몸부림치는 것 같기도 했다. 하지만 지안은 아리송한 바나의 표정을 보더니 옅게 한숨을 쉬곤 말을 이어나갔다.

"기억도 못 하네. 니가 그랬잖아. 우리가 사귀면 헤어질 수도 있다고. 그래서 친구로 지내다가 결혼할 때쯤 나랑 사귀는 게 니 계획이었는데, 내가 다 망쳤다고 내 가슴에 대못을 박아놓고는……. 기억도 못 하네." 지안이 놀리듯 킥킥거리며 고개를 절레절레 저었다. 하지만 바나는 웃지 못했다.

내가 먼저였구나.

이별이 다가왔을 때, '지금 사귀어서는 안 됐다'는 뉘앙스로 말한 사람은 지안이었지만, 그에게 먼저 시한부를 내걸었던 사람은 바나였다. 이 이야기는 바나가 먼저 시작한 이야기였고, 그녀로 인해 끝난 이야기였다. 그래서 내가 소설을 쓰지 못했던 거야.

바나는 자신이 그런 말을 했다는 사실을 새까맣게 잊고 있었다. 그래서 그때 표정이 그랬던 거야. 헤어지던 순간, 그녀가 지안을 이해하지 못하는 표정으로 바라보자 그는 억장이 무너지는 듯한 얼굴을 했다. 이제야 그 얼굴이 이해가 되었다. 내가 먼저 시작한 거야.

데자뷔 같다고 생각했다. 인생네컷을 찍어주지 않는 것도, 바나가 부르고 싶었던 노래를 기어코 먼저 부르는 것도.

하지만 마이크를 뺏은 건 결국 바나였다. 지안은 바나가 마이크를 돌려주지 않으면 절대 노래를 부르지 못했을 테니까.

바나가 한참 동안을 생각에 잠겨 있자 지안이 주머니에서 휴대폰을 꺼내 몇 번 만지더니 바나에게 사진 하나를 보여주었다. 두 사람의 앳된 모습이 담긴 스티커 사진이었다.

"결국 찍었네. 그놈의 스티커 사진." 지안이 웃으며 말했다. 그래. 넌 결국 내가 하자는 대로 다 하는 사람이니까.

"예쁘다, 나." 20대 초반이어서인지, 아니면 지안과 함께 있어서인지…… 사진 속 바나의 모습은 눈이 부셨다. 비록 스티커 사진 특유의 촌스러운 장식이 있긴 해도, 그녀의 모습은 밝게 빛나고 있었다.

"지금도 예뻐." 지안이 무뚝뚝하면서도 다정한 말을 건넸다.

"미안해." 바나가 사과를 하며 젓가락이 아닌 숟가락으로 꿈틀거리는 산낙지를 양껏 퍼서 지안의 앞접시에 놔주었다. "그때 그런 말 해서 미안해."

"그래." 지안이 자신의 앞접시에 있는 산낙지 중 가장 큰 덩이를 입에 쏙 넣고 씹었다. "받아줄게." 그러곤 무뚝뚝하게 팔을 뻗어 그녀의 어깨를 다정하게 다독였다. 이번엔 바나의 심장이 꿈틀거렸다.

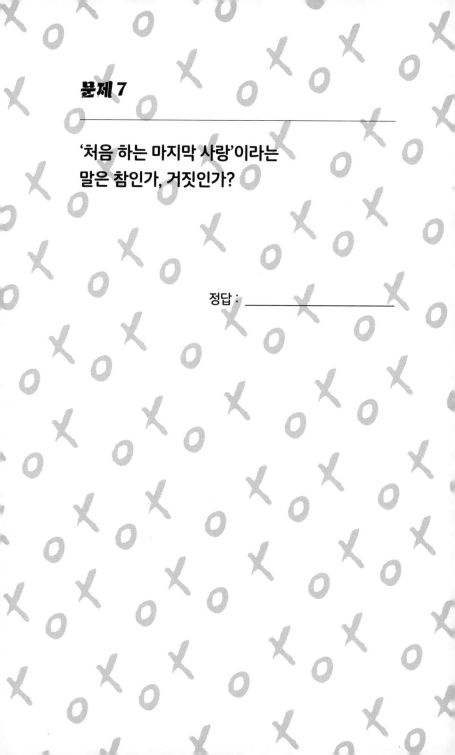

문제 7

'처음 하는 마지막 사랑'이라는
말은 참인가, 거짓인가?

정답 : _____

스키야키에 약을 탔나

: 스물하나 :

바나의 휴대폰이 기숙사 침대 위에서 세차게 진동했다. 기숙사 뒷문으로 나오라는 지안의 연락이었다. 푸릇푸릇하고 아기자기한 분위기의 기숙사 뒤편에 도착하자, 지안이 벤치에 앉아 있는 모습이 보였다. 처음으로 바나에게 '좋아한다'는 마음을 설명했을 때 앉았던 그 벤치였다. 바나는 그의 옆으로 가 털썩 앉았다. 벤치 옆에는 지안의 캐리어가 있었다. 그는 오늘 밤에 일본으로 떠날 예정이었다.

"왜 불러내고 난리?" 바나가 심술궂은 표정으로 물었다. 그녀는 이제 며칠간 지안을 보지 못해 심사가 뒤틀려 있었다. 지안은 말없이 뭔가를 내밀었다.

"웬 초코 우유?"

"배 아프다며. 그날이어서 그런 거 아니라?" 지안이 물었다. 아하. 그래서 짜증이 난 거군. 바나는 자신의 심사가 뒤틀린 것이 합당하다고 생각하면서도 조금 과하다는 느낌을 받았는데, 이제야 그 이유를 알아챈 게 웃겨 피식 웃었다. 지안은 이번엔 가방에서 프린트물을 잔뜩 꺼내 내밀었다. "열심히 베끼고." 상당한 양의 프린트물을 보며 입을 쩍— 벌리는 바나의 등을 무뚝뚝하게 토닥여 주기도 했다.

"이거 주려고 온 거야?"

"어." 지안이 가방을 챙겨 자리에서 일어났다. "이제 출발해야 된다."

"그래……. 조심히 다녀와." 바나도 지안을 따라 일어났다. 그리고 그때, 지안이 바나를 와락 안았다. 뭔데? 바나는 저항 없이 그에게 푹 안겨 있었다. 그녀의 볼이 지안의 목덜미에 착— 붙었다. 쿵쿵. 그의 목덜미에서는 기분 좋은 향수 향이 풍겼고 따뜻했다. 부드러운 피부가 맞닿은 느낌도 좋았지만 지안이 바나를 워낙 세게 안고 있어서 그녀의 한쪽 볼이 찌부러진 것도 마음에 들었다. 바나는 팔을 들어 그의 허리를 감쌌다. 두 사람은 꼬옥 껴안은 자세로 한동안 가만히 있었다.

"옹실옹실해." 바나가 뜬금없는 말을 뱉었다.

"그게 뭔데?"

"몰라. 옹실옹실, 그냥 말만 들어도 느낌 안 와?" 두근두근은 아니고, 콩닥콩닥도 아닌데. "지금, 옹실옹실하잖아."

"빨래 좀 제대로 해라." 지안은 바나의 말에 대답하지 않고 다른 말을 뱉었다. 하, 참 내.

○×

지안이 그녀의 머리와 어깨 사이에 고개를 파묻고 숨을 깊게 들이마시자 그녀의 체취가 느껴졌다. 과일 향의 샴푸 냄새도 아주 약간, 뭘 먹고 온 건지 라면 냄새도 약간, 콤콤한 습기 냄새와 섬유유연제의 향이 섞인 것도 약간…… 이게 이 냄새였군. 늘 멀리서 맡았던 이 오묘한 냄새의 정체를 알게 된 지안이었지만 그보다는 이렇게 가까이 얼굴을 파묻고 있는 게 처음이어서 심장이 거세게 두근거렸다. 내가 준 향수는 안 뿌리는 건가.

"빨래 좀 제대로 해라."

"나 빨래 제대로 하거든?" 바나가 그의 목덜미 쪽에서 투덜거렸다.

"빨래를 어떻게 말리길래 이런 꼬리꼬리한 냄새가 나냐."

그는 이렇게 말하면서도 그녀의 어깨에 얼굴을 파묻은 채 한 번 더 길게 숨을 들이마셨다. 하지만 바나는 지안을 팍— 떼어냈다.

"냄새나면 안지 말든가."

"내가 준 향수 안 뿌리나?" 지안이 물었다.

"그걸 왜 지금 뿌리니? 화장하고 나갈 때 뿌려야지." 바나가 대답했다. "왜 안는데, 갑자기?"

"이제 며칠 동안 못 맡잖아. 니 냄새, 빨래 덜 말린 냄새." 지안은 스스로도 말이 안 되는 소리인 걸 알면서 이런 핑계를 댔다. 이러면 좀 덜 보고 싶겠지.

하지만 지안의 예상은 아주 크게 어나갔다. 왠지는 모르겠지만 그는 공항에서 사촌 형과 만나 비행기를 기다리는 순간부터 바나가 미친 듯이 보고 싶어졌다. 감정의 경계가 공항에 도착하기 전과 후로 나뉜 듯했다. 울화가 조금 치밀기도 했다. 바나가 보고 싶은 마음이 고삐 풀린 망아지처럼 난동을 피우기 시작한 게 억울했다. 일본에 도착하고 나면 좀 나아질 거라 마음을 가다듬으며 비행기에 올랐다.

일본은 낯선 공간이었고 그곳에 바나는 없었다. 아기자기하고 한적한 곳을 거닐고 있자니 생각에 깊게 잠길 수밖에 없었다. 특히 그의 사촌 형은 차분하고 조용한 성격이라 카메라로 말없이 지안이나 풍경을 찍는 데 열중하고 있어서, 지안은 바나에 대한 생각을 떨칠 수가 없었다. 조바심이 나고, 한국에 빨리 돌아가고 싶다는 마음마저 들자 짜증이 났다. 그리고 이 감정을 오롯이 혼자 감당해야 할 순간이 왔다. 사촌 형의 직업은 포토그래퍼였는데, 사실 이 여행의 목적은 형에게 작업을 제안한 일본 쪽 회사와의 미팅이었다. 그 때문에 지안은 몇 시간 동안은 혼자 일본을 돌아다녀야 했다. 형이 미팅 겸 식사를 하러 떠나자 지안은 형이 직접 예약해 준 식당으로 향했다.

전철을 타고 15분 정도 걸려 도착한 식당은 자그만한 1인 스키야키 식당이었다. 멋드러진 그림 같은 분위기의 이 식당은 일본 영화 속 한 장면을 떠올리게 했다. 일본 특유의 고즈넉한 분위기가 고스란히 담긴 외관이었지만, 그와 어울리지 않게 엄청나게 많은 사람이 줄을 서서 기다리고 있었다. 다행히 지안은 형이 예약을 해주었기 때문에 바로 입장할 수 있었다. 바나였다면 "정말 다행이야. 이걸 기다릴 뻔했어!"라며 아이처럼 좋아했을 거란 생각이 들었다. 그럼 지안은 아마 방방 뛰는 바나를 말려야 했을 것이다. 식당은 정숙한 분위기였으니까.

미로처럼 되어 있는 식당 내부는 모두 1인석이었다. 직원의 안내에 따라 자리를 잡으니 예약한 코스로 음식을 준비해 주기 시작했다. 하나둘씩 나오는 음식을 보며 바나가 또 "맛있겠다……"라고 중얼거릴 것 같단 생각이 들었다. 셰프복과 비슷한 유니폼을 입고 머리에 두건을 두른 여직원이 친절히 안내하며 스키야키를 만들어주었다. 채소와

두부, 실 곤약 등의 재료를 간장 베이스의 국물에 졸여 먹는 스키야키가 맛있게 조리되어 갔다. 앞에 놓인 날계란을 보며 바나가 "이건 뭐야? 찍어 먹는 거야?"라고 물으면 "고기랑 야채를 적당량 집어서 찍어 먹어"라고 대답하는 장면을 상상하며 한 입 맛을 보았을 땐 황홀감이 온몸을 감쌌다. 이렇게 맛있는 걸 혼자 먹다니, 좀 미안하네. 일본어 실력은 미숙했지만, 열심히 설명해 주는 여직원의 말을 곱씹으며 귀담아들었다. 한국으로 돌아가면 바나에게 설명을 해줘야 하기 때문이다.

병맥주를 치익— 하고 따서 맥주컵에 따를 때는 "넌 참 술을 잘 따른다"라고 이상한 칭찬을 할 바나가 떠올랐다. 슬슬 지안은 이제 무슨 짓을 해도 바나가 떠오를 것을 인정하고 그냥 떠오르는 바나를 그리워하기로 결심하며 맥주를 꿀꺽꿀꺽 마셨다. 식도를 따라 흘러 들어가는 차가운 탄산이 바나를 그리워하는 마음처럼 따가웠다. 식도가 아니라 심장을 따갑게 때리는 기분이었다.

숙소로 돌아가는 길에 형과 만나 잠깐 형의 미팅 관련 이야기를 들을 때에는 잠시나마 바나 생각이 가셨다. 지안이 잘 모르는 세계의 이야기라 흥미로웠기 때문이다. 숙소에 도착했을 때도 내부를 구경하느라 잠시 바나 생각은 접어둘 수 있었다. 숙소는 평범한 일본 호텔이었고 안에는 일본식 가운이 있어 지안은 샤워 후 가운으로 갈아입고 침대에 풀썩 누웠다. 사촌 형과 대화를 계속 이어가는 동안에도 바나 생각은 잠시 미뤄둘 수 있었다. 그러나 호텔 와이파이에 휴대폰이 연결된 순간 지안의 마음은 거칠게 요동쳤다. 휴대폰에 쌓여 있는 바나의 메시지 때문이었다. 오늘 하루종일 느꼈던 적막하고 차분한 감정과는 완전히 상반된 감정이었다.

─재밌어? 재밌냐고.

─나도 나중에 꼭 데려가…….

─호텔 도착하면 사진 좀!

─니가 준 필기 베끼는 중이야…….

─근데 여기 왜 내 이름이?

마지막 메시지에는 사진이 함께 첨부되어 있었는데, 사진 속 지안이 준 필기 자료 끄트머리에 '김바나'라는 이름이 적혀 있었다. 내가 이런 걸 적었던가. 누가 봐도 지안의 정갈하고 선비스러운 글씨체였다.

─호텔 도착.

지안은 메시지와 함께 사촌 형과 찍은 사진을 잔뜩 보내주었다. 전형적인 여행 사진이었다. 풍경과 관광지 그리고 음식 사진.

─헐 쩐다.

별거 없는 카톡에도 지안의 머릿속은 세차게 소용돌이쳤다. 보고 싶다. 아까 먹은 스키야키는 맛있었지만 분명 뭔가 잘못됐을 것이라는 의심이 들 정도였다.

"그러니까, 걔가 있다 없으니까 소중함을 느낀다, 뭐 그런 말이야?"

사촌 형이 젖은 머리를 수건으로 털며 말했다. 형은 감정 기복이 크지 않아 다른 사람의 말을 차분히 잘 들어주는 타입이었다. 그래서 지안은 자신의 상태를 사촌 형에게 털어놓았다.

"음…… 있다가 없어서 소중하다는 느낌보다는, 내가 걔와 떨어져 지낼 수 없다는 사실을 깨달은 순간 걔가 옆에 없다는 게 지금 큰 문제인 거지." 지안은 자신도 이해하기 버거운 이 말이 잘 전달되었을지 모르겠어서 조금은 걱정스러운 표정으로 사촌 형을 바라보았다. "그러니까…… 우연이라면 우연이겠고, 필연이라면 필연이겠지만, 이 모든 과정이 우리가 떨어져 지낼 수 없다는 사실을 증명하기 위해 존재하는 것 같다는 말이야. 뭐…… '우리'라고 하기엔 아직 이르긴 하지. '나만' 걔랑 떨어져서 지낼 수 없는 것일 수도 있으니까."

지안은 마지막 말에 약간의 착잡함을 담았다. 그녀가 현우 선배와 헤어지면 다 해결될 줄 알았는데. 그날 이후로 현우 선배를 따로 언급한 적은 없었지만, 지안은 바나가 이별을 선택한 이유에 관한 생각의 끈을 놓을 수 없었다. 정말 현우 선배를 좋아하지 않아 헤어진 것인지, 자신이 좋아져서 헤어진 것인지, 둘 다인지, 아니면 최악으로는 '지안의 행동' 때문에 억지로 헤어진 것인지…… 확신할 수 없었기 때문이다.

"너네 상황을 되돌아볼 수 있게 된 이 과정 자체가 의미 있다고 생각해." 사촌 형이 미소를 머금으며 대답했다. "뭐, 넌 결과를 중시하는 사람이지만…… 이 과정이 네가 한국에 돌아가서 할 행동들을 결정해 주지 않을까?"

여행 둘째 날 일정은 관광지를 돌아보다가 온천에 가는 것이었다. 사촌 형의 미팅도 깔끔하게 끝났고 지안 역시 고민이 많은 상황이니 따뜻한 탕에 들어가 심신을 안정시키는 게 좋겠다는 판단이었다. 일본 영화나 애니메이션에서 보던 '노천탕' 같은 곳은 아니었고 일반적인 목욕탕이었지만 한국과 완전히 다른 분위기여서 또 한 번 일본만의 정서를 여실히 느낄 수 있었다. 따뜻한 증기가 올라오고 습한 공기가 콧속으로 들어오는 기분이…… 옹실옹실하다.

"형, 옹실옹실이라는 말 알아?" 지안이 묻자 형은 고개를 절레절레 저었다. 지안은 사촌 형에게 이 단어의 뜻을 알려주고 싶었지만 스스로도 잘 몰랐고, 심지어 이 단어를 만들어낸 사람조차도 정확한 뜻은 모른다고 대답했던 말이었기에 딱히 설명을 할 수가 없었다.

"무슨 뜻인데, 그게?"

"몰라, 나도. 그냥 지금…… 옹실옹실." 지안은 물속에서 의미 없이 손을 휘휘 저었다. 물이 찰랑거리는 소리가 들렸다. 보고 싶다. 지안은 여행을 잘 즐기고 있는 만큼이나 바나가 지금 뭘 하고 있을지 궁금했다.

둘째 날의 일정이 끝난 뒤, 두 사람은 택시를 타고 숙소로 돌아가기로 했다. 일본의 택시 기사는 장부로 고객의 명단과 택시비를 기록하는 아날로그 시스템을 고수하고 있었는데, 이런 부분들이 지안의 마음에 아주 쏙 들었다. 친절한 사람들, 정갈하고 정숙한 분위기, 아기자기한 동네와 맛있는 음식들. 언제 같이 올 수 있으려나. 이 고요하고 친절한 나라에, 죽도록 보고 싶은 그녀가 없다는 사실에 한이 맺히는 것도 같았다.

택시에서 내렸을 때 지안은 숙소로 돌아가는 걸음을 빨리 했다. 그러자 사촌 형이 뒤따라오다 하하 웃었다. 나이차가 많이 나는 사촌 형은 이런 지안의 모습이 귀엽고 생소한 모양이었다. 조급한 지안의 발걸음이 지금 그의 마음을 정확히 표현하고 있다고 생각하는지도 몰랐다. 이런. 부모님과 사촌 형이 친한 게 떠올랐다. 부모님한테까지 이 이야기가 들어갈 것 같단 걱정도 잠시 했지만, 입이 무거운 형이니 그러지 않을 거라 믿고 다시 발걸음을 재촉했다. 사촌 형은 고맙게도 지안의 발걸음 속도에 맞춰 걸어주었다. 바나였다면 분명 뒤처져서 "같이 가자고……!"라고 짜증을 냈을 것이다. 그렇게 걸음이 느려서야.

호텔 와이파이를 연결하자마자, 이번에도 바나의 메시지가 주르륵 쏟아졌다.

—오늘은 뭐 해?

—사진 좀!

—나 필기 다 베꼈어. 빠르지?

이번에도 마지막 메시지에 사진이 첨부되어 있었다. 필기 노트를 얼굴 왼쪽에 붙이고 찍은 바나의 셀카였다. 보고 싶다.

—니가 너무 보고 싶다, 바나야.

지안은 그렇게 메시지를 보냈다. 조금의 과장도 없었고 조금의 덜어냄도 없었다. 말 그대로였다. 지안은 바나가 너무 보고 싶었다.

—ㅋㅋㅋ 오늘 뭐 했냐니깐? 대답 좀.

—니가 너무너무 보고 싶어.

지안은 자신의 대답이 '오늘 뭐 했는지'에 대한 적절한 대답이라 생각했다. 사실은⋯⋯ 그는 어제도 바나를 보고 싶었고 오늘도 보고 싶었으며 내일도 보고 싶을 확률이 매우 높았다. 그래서 앞으로도 여행 내내 '바나를 보고 싶어 했다'는 대답을 하게 될 것 같았다. 옹실옹실 피어오르는 이 마음에 약간 짜증이 났다. 큰 바위 덩어리가 심장 한가운데 놓여 꿈쩍도 안 하는 듯한 이 답답함을 어떻게 해소해야 할지 몰랐다. 바나를 보면, 이 커다란 바위 덩어리가 가벼운 깃털로 변할 것 같았다.

지안이 씻고 나오는 동안에도, 옷을 갈아입고 침대에 길게 누워 사촌 형과 도란도란 대화를 나누는 동안에도 바나는 답이 없었다. 지안은 지안답지 않게 휴대폰을 손에 꼭 쥐고 그녀의 답장을 기다렸다. 가볍게 흩날리는 깃털까지는 아니더라도, 그녀가 이 바위 덩어리를 둥근 자갈 몇 알로 바꿔줄 수는 있을 것 같은데⋯⋯ 왜 답장이 없지? 그리고, 갑자기 전화가 울렸다. 로밍을 따로 신청하지 않았으니 전화가 울릴 리 없는데. 자세히 보니 벨소리도 다르고 평소와 화면도 달랐다. 그는 바나에게서 온 전화를 얼떨떨한 마음으로 받았다.

"오— 너 업데이트했구나?" 바나가 반가운 목소리로 말했다. 목소리를 들으니 바위가 큰 돌맹이 정도로는 쪼개진 듯했다.

"나 로밍 안 했는데."

"이거 와이파이로 통화하는 거야! 신기하지?" 바나가 말했다. 아날로그틱한 지안은 카톡에 이런 기능이 생긴 줄도 모르고 있었는데, 바나는 이 기능이 출시된다는 소식을 듣자마자 지안의 휴대폰을 잠시 빌려가 업데이트를 자동으로 설정해 놓았다고 했다. "이건 '보이스톡'이라고 하는 거란다. 하하하." 지안이 통화를 시작하자 사촌 형은 미소를 지으며 MP3에 이어폰을 꽂고 음악을 듣기 시작했다.

"보고 싶다." 지안이 말했다.

"왜?" 바나가 물었다. 왜라니. 보고 싶다고 하면 보통 '왜'라는 질문이 돌아오는 건지 잠시 고민에 빠졌을 때 바나는 한 번 더 지안에게 물었다. "왜 보고 싶어, 내가?"

"보고 싶으니까." 지안은 정말 솔직한 심정을 무덤덤하게 던졌다. 이젠 슬슬 짜증이 날 지경이었다. "보고 싶으면 안 되나?"

"돼." 바나가 딱 잘라 말했다. "많이 보고 싶어 해라." 보고 싶어서 짜증이 날 지경인데, 더 보고 싶어 하라니. 이 지지바가.

두 사람은 한동안 통화를 이어갔다. 사촌 형이 이어폰을 꽂은 채로 침대에 앉아 꾸벅꾸벅 졸기 시작할 때쯤, 지안은 아쉽지만 통화를 끊어야겠다고 생각했다.

"내일도 이걸로 통화하자." 바나 역시 아쉬운 목소리로 말했다.

"싫어."

"왜?" 바나가 서운함이 잔뜩 담긴 목소리로 물었다. 그 목소리가 바늘처럼 지안의 심장을 쿡쿡 찔렀다.

"더 보고 싶어지면 안 되니까." 지안의 대답에 바나가 깔깔 웃었다. 왜 웃지. 그는 진심으로 말했지만 바나는 가벼운 농담 정도로 받아들인 듯했다. 아무렴 상관없었다. 지안이 그녀를 보고 싶어 하는 것은 지구는 둥글고, 비가 오면 땅이 젖는 것과 마찬가지로 당연하게 정해져 있는 일이었으니까.

"나도 보고 싶다, 약간?" 바나가 민망해하며 말했다. "잘 자ー!" 그리고 통화를 끊었다. 그녀의 말에 이번에도 지안은 심장 쪽이 살짝 아려오는 것을 느꼈다. 사랑에 빠졌을 때 흔히 쓰는 '두근두근'이라든지 '콩닥콩닥' 같은 표현은 이 감정에 비할 바가 못 되었다. 그것보다 훨씬 무겁고 몽환적이었으니까. 살짝은 속이 울렁거리는 것도 같았다. 옹실거리네. 그는 이제야 바나가 했던 말을 이해할 수 있게 되었다.

지안은 계속 바나를 보고 싶어 하는 상태로 여행을 즐겼다. 나중에는 감정에 적응이 되었는지, 돌아가면 일본에 대해서가 아니라 자신이 느낀 감정을 어떻게 상세하게 바나에게 설명할지 고민했다. 뭔가 잘못된 것도 같았다. 좋아하는 사람이 처음 생긴 것도 아닌데, 처음인 것 같았다. 그 스키야키가 잘못된 거였다고 생각할 수밖에……. 뭐 약이라도 탔거나. 그는 이렇게 되뇌며 이 감정에 순응하기로 했다.

화채 맛 나던데

"내가 그렇게 보고 싶었다던데, 소문에 의하면?" 바나는 장난스러운 표정을 지으며 지안의 얼굴을 빤히 바라보았다.

"어. 뒈질 뻔했지." 하지만 지안이 너무 진심으로 진지하게 대답해 버려서 약간 머쓱한 표정이 되었다.

"멋있구만, 오늘." 바나가 지안의 팔뚝을 툭 치며 말했다. 그녀의 표정에는 민망함이 약간 섞여 있었지만 킥킥거리기도 했다.

"니는 예뻐." 지안은 이런 말을 잘도 했다. 아주 덤덤하게, 당연하다는 듯이. 뭐냐고!

"데이트할 준비 됐나?"

씩 웃는 그의 미소에 바나는 또 심장이 벌렁거렸다. '데이트'라는 말에 꽂혀서 한 시간 전에는 룸메이트들의 화장품을 죄다 빌려오기도 했다. 결국은 평소대로 화장하긴 했지만.

지안은 이번에도 바나를 끌어안았다. 바나는 전보다는 빨리 지안의 허리를 감싸 그를 꾸욱 안았다. 그는 전처럼 고개를 바나의 어깨에 파묻고 숨을 깊게 들이마셨다.

"빨래 똑바로 해라." 잔소리도 잊지 않았다.

두 사람은 영화관에서 나초를 사고 연인들이 뻔하게 볼 만한 B급 감성의 범죄 스릴러 영화를 하나 골랐다. 나초에는 소포장된 칠리소스와 치즈소스도 있었는데, 바나가 소스를 짜기로 했지만 그녀는 칠리소스를 별로 좋아하지 않아서 치즈소스만 짜두었다. 영화가 시작하고 나초를 집어먹던 지안은 바나가 짜다가 흘린 치즈소스를 손에 묻히고는 장난스럽게 바나를 노려봤다.

"지 안 먹는다고 칠리는 안 짜놨네." 지안은 작은 소리로 중얼거리며 혀를 끌끌 찼다. 바나는 킥킥 웃으며 칠리소스를 뜯었는데 이번에도 나초에 흘렸고, 이번에도 지안의 손에 묻었다.

바나는 특유의 통찰력으로 스토리의 흐름을 예측하고 떡밥이나 반전을 잘 알아차렸다. 지안도 그런 데 꽤 능한 편이었지만 바나만큼은 아니었다. 분명 못 본 척하는 걸 거야. 분명 봤어. 봐서 저런 대사를 하는 거지. 바나는 자신의 추리를 지안에게 들려주고 싶어 몸이 근질거렸고, 결국 참지 못하고 지안에게 말하기 위해 고개를 홱 돌렸다. 그러다가 두 사람의 입술이 닿을 뻔했다. 지안 역시 바나에게 자신의 추리를 이야기해 주려고 했던 모양이었다. 둘은 깜짝 놀라 몸을 뒤로 확 젖혔다. 지안이 입 모양으로만 '미안'이라고 하는 것이 보였다. 바나는 영화관 에티켓을 지키기 위해 입을 틀어막고 웃음을 참았다.

○×

바나는 영화를 보는 내내 움찔거리고 들썩였다. 덕분에 잘 놀라지 않는 지안 역시 깜짝 놀라야 했다. 물론 지안은 움찔거리거나 들썩이지 않았지만. "코미디 영화가 더 좋은데……"라고 중얼거리는 그녀에게 재미없어 보인다며 액션 영화를 권유한 것이 계속 마음에 걸렸다. 바나는 눈을 가리다가 귀를 막았다가 다시 눈을 가리는 행동을 반복했다. 저러면 영화가 보이나? 심지어 마지막에는 지안의 손을 잡아 올려 자신의 눈 가림막 역할을 하게끔 자세를 고정한 다음에 귀를 막기도 했다. 그래도 손가락 사이 틈을 살짝 벌려놓곤 영화를 끝까지 보겠다는 의지를 표출하기도 했다. 처음 손을 잡았을 땐 바나가 쭉 손을 잡고 영화를 보려는 줄 알고 흠칫했지만 귀를 막고 실눈을 뜬 채 지안의 손가락 틈새로 영화에 집중하는 모습을 보니 웃음이 나왔다. 창의적이군. 팔이 좀 아프긴 했으나 바나가 좀 덜 놀라는 것 같아 협조해 주기로 했다.

"그렇게 무서운 영화는 아니었는데." 지안이 영화관에서 나와 쓰레기를 버리며 말했다.

"무섭진 않아. 그냥 깜짝 놀라는 게 싫을 뿐이야."

지안이 한국에 도착한 때가 늦은 오후였는데, 준비를 하고 홍대까지 나와 영화를 보고 나니 벌써 9시가 넘어 있었다.

"딱 술 한잔하기 좋은 시간이구만." 바나는 휴대폰 시계를 보며 두리번거렸다. "저깄다!"

지안은 바나가 알려주지 않았기 때문에 오늘 어떤 술집에서 술을 마시는지 전혀 모르고 있었다. "나만 따라와—"라는 그녀의 말을 믿어보기로 했다. 그런데 그녀가 가리키는 곳은 룸 술집이었다.

"룸 술집을 가자고?" 지안이 놀라며 물었지만 바나는 씨익 웃으며 그를 이끌고 술집으로 들어갔다. 2인용 룸에 들어가 문을 굳게 닫자, 아늑하고 조용한 분위기가 형성됐다. 방은 비좁았지만 답답하다기보단 안정감이 드는 인테리어였다. 나가사키짬뽕이 버너 위에서 보글보글 끓기 시작했을 때 바나는 술잔에 술을 채우며 물었다.

"그래서, 내가 왜 보고 싶었는데?" 얼마나 보고 싶냐는 질문이 아니라 '왜' 보고 싶었냐는 질문을 하는 그녀에게 뭐라 대답해야 할지 지안은 고민에 빠졌다. 일본에서도 왜 보고 싶냐고 물었지. 지안은 고민할 시간을 벌기 위해 술잔을 들어 건배 제의를 했다. 바나가 기분 좋게 술잔을 부딪혀 주었다.

"그냥 보고 싶었어. 이유가 없어." 아무리 고민해도 이유를 찾을 순 없었다. 그냥 바나가 보고 싶었다. 심지어 지금 그녀가 바로 앞에 있는데도 보고 싶은 감정이 불쑥 튀어나올 정도였다.

"보니까 어떤데?" 바나가 싱긋 웃으며 말했다. 바나는 입가에 번지는 미소를 처음에는 조금 숨기려는 듯했지만 이제는 아예 대놓고 만족스러워하는 표정을 지었다.

"좋지." 지안은 이번에도 솔직하게 대답했다. 그의 행동에는 '밀당' 같은 게 없었다. 보고 싶었고, 보니까 좋았다. 그게 끝이었다. 물론 앞으로도 계속 보고 있고 싶고. "다음에 일본 같이 가자."

술은 빠르지도 느리지도 않은 속도로 적당히 비워졌다. 취기가 슬슬 올라올 즈음 바나는 술을 좀 더 주문하고 화채도 함께 주문했다. 그러곤 눈을 크게 껌뻑― 껌뻑― 거리며 허공을 쳐다봤다.

"눈을 왜 그러노." 지안이 물었다.

"렌즈 때문에 건조해." 바나가 가방에서 인공눈물을 꺼내 눈에 넣었다. 바나는 시력이 나쁜 편은 아니었지만 중요한 날에는 미용 렌즈를 종종 끼곤 했다. 그러면 그녀의 삼백안이 약간은 보통 크기가 되어 날카롭고 강렬한 눈꼬리가 조금은 유순하게 보였다. 그녀는 인공눈물을 한쪽씩 넣을 때마다 윙크를 했다. 지안은 윙크를 하는 눈에 입 맞추고 싶다는 생각이 순간적으로 들어 놀랐다. 그래서 얼마 남지 않은 나가사키짬뽕의 국물을 한 입 떠먹었다.

"화장실 좀 다녀올게." 자리를 피하는 것도 한 가지 방법이 될 것 같았다. 하지만 돌아와 보니, 그건 실수였음이 밝혀졌다. 지안이 앉았던 자리에 바나가 가볍게 걸치고 온 겉옷과 두 사람의 가방, 소지품들이 널브러져 있었기 때문이다. 바나 쪽을 돌아보니, 바나가 살짝 옆으로 옮겨 앉으며 자신의 옆자리를 팡팡 내리쳤다.

"여기 앉아." 취기가 올라 살짝 목소리가 낮아진 바나의 멘트는 의도치 않게 지안을 유혹해 버렸다. 지안은 맥없이 바나의 옆자리에 앉았다. 2인용 룸이었기 때문에 좌석은 한 사람이 앉고 옆에 가방이나 겉옷 정도만 올려둘 수 있을 만큼 좁았다. 바나가 최대한 옆으로 비켜 앉았는데도 지안이 앉으니 두 사람의 몸이 완전히 밀착되어 버렸다. 도망칠 곳도 없군. 지안은 굳게 닫힌 문을 보며 생각했다.

"왜 이러는데?" 지안이 바나의 얼굴을 보며 물었다. 그런 김에, 찬찬히 그녀의 얼굴을 구경하기도 했다. 톡 튀어나온 윗입술과 배찌를 닮은 얼굴. 바나는 말없이 손가락으로 자신의 옆에 있는 벽을 가리켰다. 그곳엔 이 룸에 다녀간 사람들의 낙서가 잔뜩 있었고, 한쪽 구석에는 대롱대롱 달려 있는 펜과 매직이 있었다. "뭐 쓰게?" 바나는 한 번 더 대답 없이 매직 하나를 쥐곤 낙서를 시작했다.

'한지안 김바나' 간결한 낙서였다. 바나가 매직을 툭 내려놓고 고개를 홱 돌려 지안을 바라보며 씨익 웃었다. 그가 준 향수 향이 확 풍겼고 그녀가 내려놓은 매직이 줄에 매달려 최면용 목걸이처럼 좌우로 천천히 왔다 갔다 했다. 그래서인지는 몰라도 지안은 충동을 이기지 못하고 그녀의 볼을 쿡 찔렀다. 그러자 바나는 웃음을 멈추고 눈을 크게 뜨며 의아한 표정을 지었다. 렌즈를 껴서 커진 눈이 휘둥그레지자 그녀에게서 눈을 뗄 수가 없었다. 아, 진짜.

"아, 참 뭐 빠뜨렸다." 바나가 다시 고개를 홱 돌려 매직을 집어 들었다.

'한지안♡김바나' 그리고 두 사람의 이름 사이에 하트를 그려 넣었다. 이 지지바가 오늘 작정을 했나.

지안은 천천히 팔을 들었다. 그러곤 바나의 뒤에 있는 벽을 오른손으로 짚고 곧 다른 쪽 팔도 들어 똑같이 했다. 바나는 지안의 양팔 사이에 갇혀 얼어붙은 채 지안의 얼굴만 쳐다보았다.

"뭐, 뭔데." 그녀가 말을 더듬으면서 물었다.

"할 거면 제대로 해라." 까불지 말고.

그가 천천히 몸을 바나 쪽으로 기울였다.

○×

뭐, 뭘 제대로 하는데? 바나는 침을 꿀꺽 삼키며 지안을 뚫어져라 보았다. 그가 몸을 천천히 자신의 쪽으로 기울이고 있었다. 그러나 지안은 덤덤하게 바나 뒤에 대롱대롱 매달려 있는 매직을 들었다. 아, 낙서.

대체 매직으로 뭘 하는지 너무 궁금했지만 낙서에 집중하는 그의 얼굴을 보는 것만큼 중요하지는 않다는 생각에 바나는 그의 얼굴을 빤히 바라봤다. 지안이 팔을 내려 아쉽게도 팔 감옥에서 벗어난 바나는 다시 고개를 돌려 낙서를 보았다.

'한지안♥김바나' 그는 두 사람의 이름 사이에 있는 하트에 색을 칠해 넣었다. 이런. 이러면 내가 어쩔 수가…….

"내가 뽀뽀하면 어떻게 할 거야?" 전에 라멘을 먹고 나오면서 했던 질문을 다시 한번 던졌다.

"흠, 글쎄?" 지안의 대답에 바나의 표정이 싸늘하게 굳었다. 지안은 명백히 웃음을 참는 표정을 지었는데 그게 바나의 심기를 더 뒤틀리게 했다. 글쎄에—?

"글쎄라니?" 바나가 사납게 물었다. "너 나 좋아하잖아."

"좋아하지."

"근데 왜 뽀뽀 안 해?" 떼를 쓰는 아이 같기도 했고, 목소리에 억울함도 살짝 묻어났다.

"아직 마음의 준비가 안 됐어." 지안이 아쉬운 표정을 지으며 말했다. 선비 납셨네.

"그럼 저리로 가." 바나가 맞은편 자리를 가리켰다.

"안 돼. 자리가 없어." 지안은 이번에도 어쩔 수 없다는 듯 아쉬운 표정을 지었다. 그의 시선은 바나가 왕창 모아 옮겨놓은 두 사람의 짐 더미에 가 있었다. 바나는 약이 잔뜩 올라 콧김을 씨익 뱉으며 지안을 노려보았다. 그러자 지안이 말했다. "니가 하면 되잖아."

"내가 왜?" 바나가 물었다.

"좋아하면 뽀뽀하는 거라며." 바나는 그의 말에 반박할 거리를 딱히 찾지 못했는지 애꿎은 화채 속 수박을 쿡쿡 찔렀다. 지안은 젓가락을 들어 수박을 집어 바나의 입에 쏙 넣어주었다. 우유와 사이다, 수박 즙이 섞인 물이 와락 입 안에 맴돌았다. 달다.

"그럼, 내가 뽀뽀하면 할 거야?"

"니 안 할 거잖아." 지안은 이번엔 가소롭다는 표정으로 말했다. 아, 이렇게 나오시겠다.

"아니, 내가 만약에 하면 할 거냐고."

"모르겠는데……." 지안은 엄청나게 심각한 표정을 지으며 고민하는 척 장난을 쳤다.

"아―! 내 말 못 알아들어?" 바나는 버럭 화를 냈다. 그러자 지안은 순간적으로 웃음이 큭― 하고 나올 뻔한 것을 입을 앙다물어 틀어막았다. "내가 뽀뽀하면 싫은가 봐." 투덜거리는 그녀의 입이 최대치로 튀어나왔다.

"내가 싫다곤 안 했던 것 같은데. 모르겠다고 했지." 지안이 여유로운 표정으로 말했다. 바나는 이게 도발로 느껴졌다. 그래서 그에게 쪽― 하고 입을 맞추었다.

"어때. 좋아? 싫어?" 바나가 씩 웃으며 물었다. 그녀의 입맞춤은 그의 도발에 맞춰준 도전이었다.

"좋네."

이 대화는 두 사람이 이 룸 술집에서 거의 마지막으로 나눈 대화가 되어버렸다. 지안은 바나의 두 뺨을 잡고 진지하게 키스를 했다. 앞서 한 말들과는 달리 지안의 태도는 너무나도 저돌적이어서 바나의 몸이 뒤로 넘어갈 뻔했지만, 룸이 좁아 금세 벽에 등이 닿았다. 두 사람의 이름이 적힌 그 벽이었다. 머릿속에서 신기한 현상이 일어났다. 폭죽이 팡팡 하고 터지는 것도 같았고 종이 댕댕— 울리는 것도 같았다. 꽃들이 풍성하게, 빠르게 만개하는 기분도 들었다. 드라마나 영화, 만화에서나 봐왔던 효과들이 정말 머릿속에 펼쳐질 거라곤 상상도 못 했다. 키스가 처음은 아니었지만 이게 '첫 키스' 같았다. 아니, 이게 첫 키스가 맞아. 그녀는 확신했다. 그리고 직감했다. 앞으로도 지안이 준 경험만큼 강렬한 경험을 다시는 하지 못하리라는 것을. 그게 무엇이든 간에.

○×

지안은 얼굴을 잡고 있던 양손을 내려 그녀의 허리를 잡았다. 살짝 움찔하는 게 느껴졌지만 곧 그녀 역시 양팔을 들어 자연스럽게 그의 어깨에 올렸다. 처음엔 바짝 굳어 있던 바나의 몸이 스윽 풀려 벽에 기대는 것이 느껴지자 지안의 감정이 더욱 고조되었다. 이렇게 연애를 시작할 생각은 없었지만 이미 바나가 작정하고 룸 술집에 데려와 버렸으니 당연한 결과라는 생각도 들었다. 니 탓이다. 어지럽고 몽롱했지만 멈출 수는 없었다. 몽롱함 가운데에서 침착함을 찾아야지. 그는 최대한 정신을 붙잡으려 노력했다.

나가사키짬뽕과 화채, 술과 키스 때문에 두 사람은 새벽 1시가 되어서야 술집에서 나올 수 있었다. 이미 기숙사 문이 닫혔을 시간이었다. 밤새 술을 마시고 놀 수도 있었지만 키스를 하느라 술이 다 깨버렸고, 둘 다 10시 30분에 수업이 있었기에 밤을 새울 수는 없었다.

"찜질방이라도 가야 되나……. 너 피곤하지?" 바나가 걱정스레 물었다. 그녀는 지워진 립스틱을 다시 칠하고 있었다. 저걸 먹었군, 내가.

"피곤하지." 그는 솔직하게 답했다. "우리 집 가서 자든가." 그리고 덤덤하게 제안했다. "일단 수안이한테 물어볼게."

택시를 타고 학교 쪽으로 돌아가는 길에 지안은 수안에게 연락했다. 수안은 바나만 괜찮다면 함께 자도 상관없다 했다. 택시에서 내렸을 때 둘은 수안과 마주쳤다. 수안 역시 이제 막 집에 도착한 듯했다. 바나는 머쓱하게 인사하곤 신세를 져서 미안하다는 말을 잊지 않았다.

"다음에 치킨 사줄게." 바나가 웃으며 말했다.

"좋지요." 수안 역시 서글서글하게 웃었다.

집으로 들어가기 전, 세 사람은 편의점에 들러 바나가

쓸 칫솔을 구매했다. 지안은 그녀에게 칫솔을 칫솔꽂이에
잘 보관해 놓는 것도 잊지 말라 일렀다. 앞으로 자주 올 수
도 있으니까.

"나 바닥에서 자도 되는데." 바나는 손님 주제에 두 남자
를 바닥에 재울 수 없다고 생각했는지 바닥에서 자겠다 우
겼지만 지안이 여러 번 말하게 하지 말라고 정색을 하자 떨
떠름한 표정으로 침대에 누웠다. 형제는 나란히 바닥에 이
불을 깔고 누웠다.

"이래 누우니까 학교 다닐 때 생각난다." 수안이 킬킬거
리며 말했다.

"어— 그치. 딱 이렇게 누웠지." 지안 역시 웃음을 머금은
목소리로 말했다.

"누님은 주무시나?" 수안이 고개를 빼꼼 들어 침대 쪽을
확인했다. 두 사람이 말없이 조용히 있자 바나가 숨을 새근
새근 쉬는 소리가 들렸다. "주무시나 보네."

"뭐 머리 대면 바로 잔다고 하긴 하더라." 지안이 말했다.

"오늘 데이트 어떠셨습니까, 형님." 수안이 장난스럽게
물었다.

좋았지. 지안은 다시금 아까 있었던 일을 떠올렸다. 솔직
히 바나가 정말로 입을 맞출 줄은 몰랐다. 장난을 치고 도
발하는 사이 그녀에게 입을 맞추고 싶다는 충동도 조금씩

사라지던 차라 오늘은 무사히 넘어갈 수 있을 줄 알았다. 그는 바나의 마음을 좀 더 확신한 다음에 정식으로 연애를 시작하길 바랐다. 하지만…… 바나가 먼저 입을 맞춤으로써 그 확신이 앞당겨진 거라 여기기로 했다.

"화채 맛 나던데." 지안이 대답했다. 수안은 말뜻을 정확히 알아듣지 못해 의아한 표정을 지었지만 졸린지 하품을 쩌억― 했다.

풋내기와 풋사과

"언제부터 그렇게 사과를 좋아했다고." 지안이 포크로 사과를 푹 찔러 바나에게 건넸다. 두 사람은 봄바람이 살랑살랑 부는 학교 앞 테라스에 앉아 밀폐용기에 담아 온 사과를 나눠 먹고 있었다.

"니가 깎아주잖아. 귤도 까주고. 여름 되면 수박도 잘라줘. 알겠지?" 바나가 뻔뻔하게 말했다.

깎아주는 거야 어렵지 않지. 지안은 사과를 잘 깎았다.

"여름에도 사과 깎아줄 거야." 그는 사과 농장을 하는 사촌 형네서 보내준 사과를 물끄러미 보며 말했다. "풋사과 깎아줄게."

"풋사과가 뭐야? 덜 익은 거?" 바나는 이렇게 묻더니 입을 아— 하고 벌렸다. 아기 새냐. 그래도 지안은 다시 포크를 푹 찔러 바나의 입에 사과를 넣어주었다. 생각해 보니,

풋사과는 신맛이 나니까 싫어할 수도 있겠구나.

테라스에 앉아 있는 동안, 바나의 친구인 수아와 인하, 미연이 지나갔고 지안의 친구인 건수와 정우도 만났다. 친구들은 각각 버블티를 먹으러, 당구를 치러 가자고 했지만 두 사람은 거절했다.

"당구 치러 가도 되는데." 바나가 빈 밀폐용기를 다시 꽉 닫으며 말했다.

"스티커 사진 찍자며." 지안이 바나가 건넨 밀폐용기를 가방에 넣고 일어섰다. "가자."

지안은 그토록 싫어했던 스티커 사진을 바나와 함께 찍었다. 바나의 근로장학생 근무시간이 끝날 때까지 기다렸다가 빵 같은 걸 사 들고 와서 건네기도 했고, 가끔은 그녀에게 손을 흔들어 인사를 해주기도 했다. 도연에게 손을 흔들어 인사하던 순간 이별을 결심했던 그는, 손을 흔들어 인사하는 행위가 얼마나 정답고 애틋한지 깨닫게 되었다. 그리고 도연이 한때 자신을 이런 마음으로 대했다는 것도 알게 되었다. 같이 듣는 수업에서는 괜스레 과제 리스트를 뽑아서 주기도 했고, 조별 과제에서 부당하게 많은 역할을 맡은 게 아니냐며 걱정 어린 잔소리를 하기도 했다. 그러면 바나는 "아기 취급하지 마! 곧 있으면 젖병 물리고 기저귀도 채우겠네"라며 빈정거렸다. 너무나 사랑해서 걱정되고 조바심이 나는 건데, 바나가 그 마음을 몰라주고 저렇게 비아냥거리면 지안은 미간을 잔뜩 찌푸리고 가늘어진 눈으로 그녀를 물끄러미 쳐다봤다.

그래도 대부분의 비아냥은 지안이 바나의 행동에 무장해제당하며 슬그머니 넘어갔다. 지금도 지안과 찍은 스티커 사진을 실수로 기숙사 방바닥에 흘렸다가 이 비밀 연애를 들킬 뻔했다며 호들갑 떠는 바나의 카톡들이 너무 귀여워 길을 걷다가 멈춰 서야 했으니까.

"여보세요?" 바나가 의아한 목소리로 전화를 받았다.

"보고 싶다. 나와라." 지안이 다시 발걸음을 재촉하며 말했다. "기숙사 뒷문."

기숙사 뒷문에서 화장기 없고 부스스한 그녀의 모습을 보자 일본 여행을 갔을 때처럼 심장이 쿡쿡 찔리는 느낌을 또 한 번 받아야 했다. 바나는 팔을 양쪽으로 뻗고 천천히 지안에게 웃으며 다가왔다.

"안 돼." 지안이 더 이상 다가오지 말라는 듯 손바닥을 보이며 그녀를 막아 세웠다.

"왜?" 바나가 팔을 벌린 채 덩그러니 멈춰 서서 물었다.

"누가 보면 큰일 나." 그가 바나의 모습에 킥킥거리며 대답했다. 그리고 바나가 '에취—!'를 연속으로 다섯 번이나 했다. 봄이 빨리 끝나야 할 텐데. 지안은 코 밑을 검지 하나로 비비며 훌쩍거리는 그녀를 걱정스럽게 쳐다보았다.

"괜찮아, 봄은 빨리 끝나니까."

"이 개 같은 풀내음." 지안이 짜증 나는 듯 중얼거리자 바나가 칵칵대며 박장대소를 하다가 또 한 번 에춰! 하며 크게 재채기를 했다. 그래도 그녀의 입가에는 아직 웃음이 걸려 있었다. 두 사람의 연애는 이렇게 살랑거리며 시작되었다. 풀내음 가득한 지안의 맹목적인 사랑에 바나는 재채기를 멈출 수 없었다.

첫사랑이구나. 지안은 웃다가 재채기를 하다가 웃는, '예쁜 미소상'을 탔을 것 같은 그녀의 입을 보며 이런 생각을 했다. 니가 내 첫사랑이구나.

○×

친구 같은 이 연애의 만족도는 매우 높았다. 전처럼 좋아하는 작품을 함께 보며 열정적으로 토론하기도 하고 밤새 수다를 떨며 인간의 존재 이유를 탐구하기도 했다. 그리고 전과 달리 수많은 키스와 포옹으로 하루하루를 보내기도 했다. 바나는 지안이 남자친구로서 '빵점'이라 생각했던 과거의 자신이 매우 틀렸다는 것을 인정할 수밖에 없었다.

지안은 남자친구로서 완벽에 가까웠다.

여름이 왔고, 뜨거운 열기가 지면을 강타해 구불거리는 아지랑이가 피어나도 두 사람의 사랑의 열기는 이길 수 없는 듯했다.

"니가 너무 좋아서, 어떻게 해야 할지를 모르겠다. 살면서 이런 경험은 처음이야. 꿈도 전혀 안 꾸는데, 니가 꿈에 나와." 지안은 이런 말을 잘도 덤덤하게 했다. 덤덤한 말투는 진실이라는 증거였다.

"나도 니 꿈 맨날 꿔." 바나가 지안의 볼에 뽀뽀를 쪽 하며 말했다. "너 맨날 나와."

"니는 원래 꿈 자주 꾸잖아." 이것 역시 진실이었다. 흥, 그래도 자주 나온다는데.

"나는 안 꾸는데 니가 나온다니까."

"사과 먹자." 바나가 말을 돌렸다. 사과 농장을 운영하는 사촌 형네서 보내줬다며 지안이 사과를 밀폐용기에 담아 온 것이 생각났기 때문이다. 게다가 길게 이야기하면 또 투닥거릴 게 뻔했다. '내가 말한 건 그 뜻이 아니잖아. 나도 꿈을 자주 꾸긴 하지만 더 자주 니가 나온다니까!'라든지 '그래도 안 꾸던 사람이 꾸는 거랑은 다르지'라든지 '하여튼 꼬투리 잡긴'이라든지 '내가 대체 뭘 자꾸 꼬투리를 잡는다는 건데?'라든지 하는 대화는 이제 별로 하고 싶지 않았다. 그냥 함께 있는 게 좋으니까 지금 이대로 있고 싶었다.

"뽀뽀 자꾸 하지 마라. 누가 보면 큰일 난다." 지안이 또 잔소리를 했다. 뽀뽀 싫은가 보지? 바나는 뾰로통하게 입을 쭉 내밀었다. 하지만 지안의 말이 사실이긴 했다. 그들은 수업이 끝나고 또다시 테라스 쪽에 앉아 있었으니까.

"아무도 없잖아. 그리고 사과 달라고."

"밥 먹고 먹어." 지안이 일어나며 말했다.

"아, 싫어. 지금도 먹고 밥 먹고도 먹으면 되잖아."

"아— 그냥 밥 먹고 먹어. 이 돼지야." 지안이 애정을 담아 농담 투로 툭 던졌다. 그러자 바나는 바로 발끈했다.

"돼지? 돼지 아니거든?"

"돼지 해. 내 돼지 해." 지안이 바나를 일으켜 세웠다.

이렇게 옥신각신하며 시작된 사소한 말싸움은 언제나 지안의 능글맞으면서도 무뚝뚝한 멘트로 마무리되었다. 새로 산 귀걸이가 별로라는 바나에게 "니 얼굴 옆에 있는데 뭐가 예쁘겠냐"라고 한다든지, 화장법이 바뀌었는데 아무 말도 하지 않는다고 툴툴거리면 "뭔 짓을 해도 화장이 니 미모에 가려진다"라고 한다든지, 선글라스를 낀 자신의 모습을 거울로 보고 선글라스가 잘 안 어울린다고 말하면 "그러고 태어났다고 해도 믿겠는데"라고 한다든지. 그러면 바나는 씨익 미소를 지으며 지안을 쳐다보다가 입술을 쭈욱 내밀며 입 모양으로 '뽀뽀'라는 말을 했다.

"안 돼. 걸려." 지안이 단호한 투로 말했다. 그래도 바나는 그의 표정에 바나를 향한 맹목적인 애정이 담겨 있다는 사실을 알고 있었다. 바나는 그의 단호한 말투를 다른 뜻으로 해석해서 알아들을 수 있었기 때문이다. 물론 바나는 지안이 그녀에게 어묵탕 국물을 떠다 주던 순간부터 그가 무뚝뚝함 속에 친절함을 지닌 사람이라는 걸 알아챘으니, 그녀에게는 쉬운 일이었다.

"그럼 언제?"

"집에서 해줄게. 뽀뽀든, 키스든." 지안이 씨익 웃었다. 그때, 인기척조차 못 알아챘던 누군가의 목소리가 뒤에서 들렸다.

"뭘 해?"

지안과 바나는 깜짝, 그리고 화들짝 놀라 뒤를 돌아보았다. 지섭 선배가 서 있었다.

"결국 사고는 니가 쳤네." 바나가 지안의 집으로 가는 길에 킬킬거리며 말했다. 현우 선배의 첫사랑이 희진 언니였는데, 그걸 바나가 이겼다며 비아냥거리던 그 선배가 지안의 애정 섞인 멘트를 들어버렸으니, 학교에 소문이 퍼지는 것은 시간문제였다. 백현우한테도 말하겠지?

"뭐, 할 수 없지."

"맞아." 바나는 수긍하면서도 계속 킬킬거렸다. 나한텐 그렇게 조심하라더니. 하지만 언젠가는 밝혀질 비밀이었다. 물론, 둘 다 캠퍼스 커플을 했던 전적이 있으니 최대한 늦게 퍼지길 바랐던 비밀이지만…… 이렇게 되니 오히려 속이 후련했다.

"이게 날씨냐?" 바나가 다시 한번 하늘을 노려보면서 말했다.

"그런다고 안 시원해진다." 지안이 바나의 눈을 가려주었다. "실명 당하고 싶나." 그러자 바나는 자신의 눈을 가린 지안의 손을 잡고 지안을 바라보았다. 콧대, 턱선, 동굴입. 실명은 여길 봐도 당하겠군.

안 그래도 더워 죽겠는데, 두 사람의 연애 사실이 밝혀지자 무수한 열기의 말들이 두 사람에게 쏟아졌다. 정우는 충격적인 표정으로 "쟈니, 진짜야?"라고 했고, 건수는 지나가다 "뭐…… 더블유가 만든 인연이라고 할 수 있겠지"라며 왠지 모를 뿌듯함을 내비쳤으며, 수아는 바나에게 역정을 냈다.

"맞잖아! 둘이 사귀는 거 맞잖아!"

"아— 아니라고. 사귄 지는 얼마 안 됐다고." 바나가 귀찮다는 듯 기숙사 침대에서 뒹굴거리며 대충 대답했다.

"암튼! 썸 탄 것도 맞네!"

"아— 그래, 맞아." 바나가 또 대충 대답했다.

두 사람에겐 문제가 없었고, 두 사람과 친한 주변 사람들에게도 문제는 없었다. 다만, 지안의 전여자친구 지인들과 바나의 전남자친구 지인들에게는 이 일이 큰 문제로 인식되었다. 분명 바람 피우다가 발생한 결과라는 것이 그들의 주장이었다. 바나는 그들의 심정이 반은 이해가 갔지만 반은 억울했다. 뭔— 말도 안 되는……. 그래도 이 정도는 견딜 수 있었다. 충분히 할 만한 오해였다 생각했고 이럴 줄 알고 비밀에 부치기로 했던 연애가 아닌가. 그녀는 시간이 해결해 줄 것이라 믿었다. 시간으로 절대 해결되지 않는 사건이 발생하기 전까지는.

현우 선배는 군인이 맞나 싶을 정도로 바나의 휴대폰에 불을 내며 전화를 하기 시작했다. 이미 SNS 메시지가 폭탄급으로 와 있어서 어느 정도 예상은 했지만 지안을 걱정시키기 싫어서 굳이 말을 하진 않았다. 하지만 하루 종일 울려대는 휴대폰을 지안에게서 숨길 순 없었다. 휴대폰에만 불이 나는 건 아니었다. 지안은 휴대폰이 울릴 때마다 인상을 찌푸리며 열을 냈다.

바나 역시 열받기는 마찬가지였다. 군대에 간 뒤로 연락도 하지 않으며 몇 개월간 바나를 방치한 이는 현우 선배였다. 결국 바나는 첫 휴가에서 이별을 고했다. 물론 헤어지기로 마음을 먹은 지는 오래되었지만 그의 태도 역시 이별에 큰 영향을 주었다. 이제 와서 난리야…….

"받지 마." 지안이 얼굴을 일그러뜨리며 말했다.

○×

연애 사실은 밝혀졌고, 두 사람은 한동안 질문 세례에 시달려야 했다. 하지만 바나는 근로장학생 일과 블로그 일을 하느라 바쁘다는 핑계로, 지안은 동아리 활동과 중간고사 준비를 하느라 바쁘다는 핑계로 대중들을 만나는 자리를 꽤 잘 피해왔다.

바나는 운영하던 블로그가 인기를 얻은 덕에 짧은 에세이 몇 편을 웹사이트에 실을 수 있게 되었다. 지안은 이번에도 학점 4.3을 받으며 성적장학금이라는 쾌거를 또 한번 이루어내기 직전이었다. 우리 둘 다 잘 해내고 있군. 바나도 자신도 성장하고 있는 이 모습은 마치 '운명'이라는 장치로 작동되는 필연인 것 같았다. 두 사람은 이렇게 서로 사랑하며 발전하기 위해 20년가량의 인생을 달려왔다는 생각이 들 정도였다. 하지만 지안은 그런 운명과 필연의 바나를 오늘 저녁 캠퍼스에 홀로 두어야 했다.

"내 번호 외웠제? 뭔 일 있으면 전화하고." 지안은 이른 저녁 사촌 형을 만나러 강남에 가기로 한 상태였다. 사촌 형 집에서 하룻밤 자고 오는 일정이었다. 현우 선배에게 전화는 더 이상 오지 않았지만 지안은 아이를 물가에 내놓는 심정이어서 바나를 캠퍼스에 혼자 두고 강남까지 다녀와야 하는 상황이 영 마음에 걸렸다.

"아, 기숙사에만 있을 건데 뭐. 그리고 걔 군인이라서 찾아오지도 못해." 바나가 너스레를 떨었지만, 오히려 그 너스레가 지안을 더욱 불안하게 했다.

"과방 좀 잠깐 들르자. 형한테 줄 책 놔두고 와서."

이미 미디어학과 학생인 바나와 사학과 학생인 지안이었지만 자유전공학과 출신들은 보통 2학년, 3학년이 되어서도 여전히 1학년 때 애용하던 과방을 자주 들락거리는 습성이 있었다. 후배들과 담소를 즐기거나 학교생활에 관한 팁을 주기도 했고 남자 혹은 여자 후배를 유혹하려고 애를 쓰기도 했으며, 새로 들어간 학과에서 아직 친해지지 못한 동기들과 낯선 과방에 있는 것보다는 고향처럼 느껴지는 자유전공학과의 과방이 편해서 그러기도 했다. 그러나 두 사람이 과방에 발을 디딘 순간, 그토록 피해왔던 청문회가 열렸다.

"와— 잘 어울린다." 지난번에 노래방에서 바나에게 계속 술을 마시러 가자고 했던 남자 후배가 손을 잡고 과방으로 들어오는 두 사람을 보고 한 말이었다. 놀리는 투도, 감탄하는 투도 아니었다. 어딘가 쓸쓸함과 부러움이 묻어나는 투였다. 이 외에도 바나가 평소에 친하게 지내던 후배들이 여럿 보였고 정우과 건수도 터줏대감처럼 자리를 잡고 앉아 있었다. 대부분 기숙사 멤버들이었고, 몇몇은 과제나 팀플, 동아리 활동 때문에 캠퍼스를 미처 떠나지 못한 불쌍한 영혼들이었다. 지안은 캐릭터상 대답을 해주지 않을 게 뻔했는지, 모두가 바나에게 갖가지 질문을 던졌다. 지안은 바나가 청문회를 당당하게 맞이하기 위해 호전적면서도 방어적인 태세로 팔짱을 딱— 끼며 짝다리를 짚는 걸 보곤 미소를 흘렸다. 그리고 사촌 형에게 줄 책을 찾기 시작했다. 고백은 누가 했냐는 질문에 "니가 생각하는 그 사람이"라고 대답하거나, 누가 먼저 좋아했냐는 질문에 "그것은 원에는 시작이 없다는 말과 같은 것"이라고 대답하는 모습이 꽤나 유연한 대처라는 생각이 들었다. 정치인을 해도 잘하겠구만. 특히 건수가 또 "호—! 호—! 호—!" 하며 웃는 것을 보아 하니, 바나가 했던 말 중 하나는 두 사람이 좋아하는 서양 마법사들의 이야기에 나오는 대사였

겠거니 추측하기도 하면서 그는 열심히 책을 찾았다.

"또 궁금한 거 있는 사람. 우리 바빠." 바나가 그렇게 말할 때쯤, 지안은 책을 찾아서 먼지를 탁탁 털곤 과방의 멤버들을 쭈욱 둘러보았다. 그러다가 한쪽 구석에 있던 해영과 눈이 마주쳤다. 이후에 바나는 '어떻게 사귀었냐', '언제부터 사귀었냐' 등의 질문을 받았고 '어쩌다 보니'라든지 '두 달 전'이라는 답변을 하며 청문회를 무사히 마쳤다. 지안이 바나의 손을 잡고 과방에서 끌고 나오며 그녀를 끝나지 않을 청문회로부터 구해주었다. 물론 두 사람의 뒤로 환호 소리가 들리기도 했다.

"무슨 일 있으면, 꼭 전화하고." 지안이 말했다. 이게 바나가 말하던 '촉'이라는 건가? 뭐가 어찌 됐든, 오늘은 캠퍼스를 떠나는 게 계속해서 마음에 걸렸다.

"당연하지. 너 아니면 내가 누구한테 전화를 해." 바나가 싱긋 웃었다. "덥다. 나 빨리 기숙사 갈래."

지안은 바나를 데려다주려 했지만 과방에서 책을 찾고 바나가 두 사람의 청문회에 대답해 주는 사이 시간이 많이 지체된 상태였다. 바나는 얼른 가보라며 지안을 떠밀었다.

"더우니까 버스 정류장은 혼자 가!" 그녀는 웃으며 지안의 볼에 쪽— 입을 맞췄다.

버스를 타고 가는 길에 지안은 바나가 기숙사에 잘 도착했는지, 지금은 뭘 하고 있는지, 앞으로는 뭘 할 예정인지 이것저것 물었다. 그녀는 도착해서 간단하게 샤워를 했으며 지금은 블로그를 살펴보고 있고 앞으로는 딱히 계획은 없지만 아마도 저녁을 먹을 것이라는 답변을 남겼다. 보고 싶다.

사촌 형의 집에 도착했을 무렵 바나는 이제 슬슬 저녁을 사러 나가겠다고 했다. 왠지 모를 불안감이 솟아오른 순간, 사촌 형이 풋사과를 잔뜩 가지고 나왔다.

"걔가 사과 좋아한다며."

"풋사과는 좋아할지 모르겠네." 지안이 사과가 담긴 봉지를 챙기며 대답했다.

"어떻게 됐어?" 사촌 형이 싱긋 웃으며 바나에 대해 물었다. 지안은 동기나 후배들에게는 대답을 해주지 않을 성격이었지만, 나이 차이가 많이 나는 사촌 형 앞에서는 잘도 이야기를 이어나갔다. 물론 남자들끼리 하는 대화여서 디테일한 내용은 많이 생략되었지만…… 지안이 이야기를 풀어나갈 때마다 사촌 형은 흥미롭다는 듯 고개를 끄덕였다. 이야기를 하면 할수록 지안은 바나가 보고 싶었다.

OX

4층 휴게실을 얼쩡거리면 건수를 반드시 만나게 될 것이라는 바나의 예측은 완전히 적중했다.

"야! 햄버거 사러 같이 가자." 하지만 건수는 이미 다 먹은 햄버거 봉지를 바나에게 보여주었다.

그럼 같이 가기만 해달라고, 햄버거를 하나 더 사주겠다고, 아니면 햄버거 가게에 파는 아이스크림이나 음료 같은 걸 사주겠다고 떼를 썼지만 건수는 이전의 건수가 아니었다. 그는 과제를 해야 한다든지 빨래를 해야 한다든지 하는 다양한 거짓말을 보태며 바나를 떨어뜨려 놓았다. 칫. 이젠 거짓말 좀 하네. 바나는 OT가 끝나는 날 지안에게 했던 말을 떠올렸다. 이제 바나는 김바나가 아니라 '지안의 여자친구'가 된 게 틀림없었다.

바나는 할 수 없이 혼자 햄버거를 사러 나가야 했다. 블로그 글을 검토하고 여러 원고를 다시 살피는 등의 일을 하다 보니 벌써 10시가 넘어 함께 저녁을 먹을 사람이 없었기 때문이다. 쟁여놓았던 인스턴트 즉석밥과 식품들도 이미 다 먹은 지 오래였다. 한동안 지안과 데이트를 하느라 외식을 많이 하다 보니 기숙사에 어떤 식량이 남았는지 체크하지 못했다. 할 수 없지. 최후의 수단으로 건수를 붙잡았지만, 이제 건수는 바나와 함께 떠들거나 햄버거를 같이 먹어주지 않았다. 참 내.

중얼중얼, 투덜투덜하며 햄버거 가게에 들어가려다가 문득 햄버거가 먹고 싶지 않아진 바나는 바로 옆 건물에 있는 편의점으로 발걸음을 돌렸다. 라면이나 사 먹어야겠다. 하지만 지안은 바나가 라면으로 식사를 때우는 것이 탐탁지 않았는지, 기숙사 4층 뒷문으로 나가 조금만 걸어가면 있는 치킨집에 포장 주문을 해놓았다는 말과 함께 치킨값을 송금해 주었다. 돈이 없어서 햄버거를 안 먹는 건 아니지만서도…… 아싸.

—감동적.

바나는 그렇게 지안에게 답장을 하곤 다시 캠퍼스를 가로질러 기숙사 4층 뒷문 쪽으로 향했다.

기숙사 4층 뒷문은 역시나 인적이 드물었다. 밤이 되어 캄캄해지니 푸르고 초록초록한 풍경도 으스스해 보이는 게 묘했다. 여기 원래 이렇게 어두컴컴했나? 4층 뒷문에서 지안에게 고백을 받았던 날도, 지안이 바나를 처음으로 끌어안았던 날도 이렇게 어두침침하지는 않았다는 생각이 들 때쯤 지안에게서 치킨집에 도착했냐는 카톡이 왔다.

—거의 다 옴!

치킨이 담긴 봉투를 손에 쥐고 룰루랄라 다시 기숙사로 돌아가며 지안에게 고맙다는 말과 잘 먹겠다는 말, 내일 몇 시에 돌아오냐는 질문을 카톡으로 보냈다. 그러고는 봉투를 휘휘 휘저으며 경쾌한 발걸음으로 기숙사에 다다랐다. 그때, 군복이 아닌 사복 차림으로 바나를 기다리고 있는 현우 선배가 보였다.

"왜 여기에…… 있어?" 바나는 당황한 채 한두 걸음 물러 났다. 뒷문으로 들어가려면 현우 선배를 반드시 지나야 했다.

"어어……." 현우 선배는 무슨 말을 해야 할지 모르는 표정이었다. "잘 지냈어?"

"잘 지냈지." 바나는 머릿속으로 재빨리 핑계를 떠올려야 했다. 지금 당장 기숙사에 들어가야 하는 이유를. 빨래를 해야 돼서, 과제를 해야 돼서, 곧 친구들이랑 놀기로 해서……. 다양한 이유를 만들어낼 수 있는데도 그 순간 재빨리 떠오르지 않았다. 현우 선배가 한쪽 손에 쥐고 있는 커터 칼을 발견했기 때문이다. 새하얘진 머릿속을 어떻게든 복구시키기 위해 다른 말들을 꺼냈다. "휴가 나왔나 보네?"

"아, 어. 보내주더라." 현우 선배가 허탈한 듯 허허 웃으며 대답했다. 그러곤 몇 걸음 바나에게 다가왔다. 바나는 본능적으로 한 번 더 뒷걸음을 쳤다.

"나…… 과제하러 가야 돼서. 지섭 선배랑 놀기로 했어?"

바나는 최대한 자연스럽게 말을 꺼냈지만 너무나도 부자연스럽게 들려서, 자신에게만 그렇게 느껴진 것이길 간절히 빌었다.

"아니. 너 보러 왔지." 현우 선배가 딱 잘라 말했다.

"나 왜?" 바나는 웃으며 주머니에 손을 꽂았다. 휴대폰을 쥐기 위해서였다. 아, 긴급통화 어떻게 하더라? 외워둘걸.

"우리 좋은 오빠 동생 사이로 지내자. 그러면 안 될까?" 생각보다 쉬운 부탁이었다. 일단은 그러자고 대답하는 게 좋을 것 같았다.

"그럼. 그래도 되지. 나중에 또 휴가 나오면 연락해!"

"지금, 지금 술 한잔할까? 저기 니가 좋아하는 토바코 가서." 현우 선배는 웃으며 말했지만 말 속에는 전혀 웃음기가 없었다. 조급해 보이고, 불안해 보였다.

"아냐, 나 과제 해야 된다니까." 바나가 침착함을 유지하며 웃었다. "나중에 가자."

최대한 자연스럽게 현우 선배에게 손을 흔들어 인사를 하고 의심스럽지 않을 만큼 거리를 벌려 그를 지나쳤다. 뛰어서 들어가야지. 가면 기숙사 경비 아저씨나 사람들이 있을 테니 만에 하나 일이 터진다면 도움을 요청할 수 있을 것이다.

"바나야." 현우 선배가 불렀다. 바나는 굳은 몸을 억지로 돌려 현우 선배를 쳐다보았다. 그리고 헙 하며 입을 틀어막았다. 그녀는 평정심과 침착함을 단번에 잃었다.

"지금 가자, 제발." 현우 선배가 들고 있던 커터 칼을 손목에 대고 있었다. 반달로 접혀 웃고 있는 눈이 섬뜩했다. 발을 뗄 수가 없었다. 정말 그으면? 커터 칼이니 그렇게 큰일은 일어나지 않을 거라 스스로를 달랬지만 그의 손목에 피가 몇 방울 맺히기 시작하자 다시 한번 머릿속이 새하얘졌다. 왜 하필! 사람이 없냐, 아무도! 제발 뒷문에서 사람들이 우르르 나와 이 장면을 목격해 주길 바랐지만 그런 일은 일어나지 않았다. 왜 아무도 뒷문을 안 쓰는 거야!

"그러지 마." 바나가 말했지만 이 말이 현우 선배를 더 자극한 듯했다. 공포가 물밀 듯 몰려왔다.

"그럼 나랑 가자, 바나야." 현우 선배가 한 발짝 뗐다. 그러자 저 칼로 손목을 그을지 말지는 상관이 없어졌다. 바나는 냅다 기숙사로 뛰어갔다. 기숙사 출입 카드를 찾는 손이 벌벌 떨려 큰일 날 뻔했지만 다행히 제시간에 찾아 리더기에 찍을 수 있었다. 물론 현우 선배도 급하게 그녀를 쫓아왔지만 기숙사 카드가 있어야 들어갈 수 있었기에 곧 뜀박질을 멈추고 유리문 밖에서 그녀를 아련하게 쳐다보았다. 바나는 곧장 경비에게 찾아가 상황을 설명했다. 경비가 뒷문 쪽을 살펴보러 갔을 때 현우 선배는 이미 감쪽같이 사

라진 뒤였다. 다리가 풀려 걸을 수가 없었던 그녀는 4층 휴
게실 화장실에 들어갔다. 아무도 사용하지 않는 그 화장실
이었다. 대부분이 자신의 방에 있는 화장실을 쓰기 때문이
었다.

　물을 틀어 손을 씻었다. 얼굴에 찬물을 뿌리기도 했다.
하지만 마음이 쉽사리 진정되지 않았다. 지안은 지금 한참
사촌 형과 술 한잔하며 담소를 나누고 있을 것이고 내일이
나 캠퍼스에 도착할 예정이었다. 순간 눈물이 왈칵 쏟아졌
다. 아무도 없는 화장실에서 바나는 물소리에 자신의 울음
소리를 묻어가며 몇 분간 흐느낀 후 지안에게 전화를 걸었
다. 흐느끼며 두서없이 말을 이어갔지만 지안은 바로 이해
한 듯했다.

○×

　"그, 그래서…… 니가 사준 치킨…… 놔두고 왔어……."
울음 사이로 헐떡이며 겨우 설명을 이어가는 그녀의 목소
리를 듣자 피가 거꾸로 솟는 기분이었다. 그렇지만 그의 얼
굴은 사색이 된 상태였다.

　"또 사줄게. 기다려봐." 지안은 그렇게 대답하며 급하게
사촌 형의 집을 떠날 준비를 했다.

"얼른 가봐. 놓고 간 거 있으면 내가 갖다주거나 택배로 부쳐줄 테니까." 그의 말에 지안은 감사 인사를 하곤 현관에서 신발을 급하게 갈아 신었다. "이거 챙겨 가야지. 무슨 일인지는 모르겠지만." 지안은 형이 내민 풋사과를 받아 들고 나가서 바로 택시를 잡아탔다.

지안은 기사에게 정중하게 빨리 가달라고 부탁한 뒤, 차에 이미 담뱃갑이 있고 담배 냄새가 짙게 배어 있는 것을 확인하고 흡연이 가능할지 물었다. 다행히 기사는 흔쾌히 허락했고 지안은 담배를 피우며 상황을 정리하기 시작했다. 바나는 제대로 설명하지 못했지만 그녀가 말한 몇 가지 키워드를 조합해 본다면 '백현우가 자살 시도를 했다'이거나 '자살 시도를 하겠다고 협박했다'일 것이다. 뭐가 됐든 빨리 도착해야 했다. 늘 학교에 있던 자신이 오늘 하루 자리를 비웠다고 이런 일이 일어난 것이 통탄스러웠다. 경찰에 신고는 했나? 겨를이 없었을 것이라 추측하면서도 법의 심판을 받게 해야 한다는 생각이 머릿속에 가득했다. 왜 하필 오늘. 떠날 때 마음이 영 불편하더니, 그 느낌을 믿었어야 했다. 그는 1분 간격으로 카톡을 해 그녀의 상태를 확인하며 택시가 빨리 도착하길 빌었다.

"어딨노." 정문에 내리자마자 지안은 바나에게 전화를 걸었다. 아직 4층 화장실에 있다며 훌쩍이는 목소리에 겁정이 밀려와 지안마저 눈시울이 붉어질 것만 같았다.

"진짜 미안한데, 나와라. 1층 밖으로." 지안은 기숙사 1층 앞에서 바나를 불러냈다. 그러자 바나가 1분 정도 지나 출입문을 열고 나왔다. 지안은 이제 더 이상 기숙사에 살고 있지 않아 출입 카드가 없었다. 지안은 바나를 보자마자 그녀를 꼭 안아주었다. 또 눈물을 터뜨리며 흐느끼는 바나의 등을 토닥이면서도 그가 할 수 있는 말은 "뚝—" 뿐이었다. 하지만 이 말은 효과가 있었다.

"우리 아빠 같네." 바나가 울음 섞인 목소리로 킥킥거리며 말했다.

지안의 자취방은 걸어가면 10분 정도 걸렸지만, 두 사람은 택시를 타고 이동했다. 안 그래도 잘 놀라는 바나는 지나가는 사람이나 택시 문을 닫는 소리에도 움찔움찔하며 걸음을 멈췄다. 그런 모습을 보자 속이 터질 것 같았다.

집에 도착해서 바나는 세수를 하고, 지안의 로션 옆에 놓인 자신의 로션을 얼굴에 문지르며 퉁퉁 부은 눈을 마사지했다. 수안이 MT를 가서 집에는 둘뿐이었다. 지안은 싱크대 앞에 서서 들고 온 풋사과를 사각사각 깎았다. 더위를 많이 타는 바나를 위해 에어컨 켜는 것도 잊지 않았다.

"좀 춥다." 바나가 침대에 앉으며 이불로 몸을 감쌌다. 몸 상태가 안 좋나 보네. 바나가 에어컨 온도를 올리는 소리가 들렸다. 삑삑— 사각사각—. 바나는 이불로 김밥처럼 자신의 몸을 말고는 침대에 푹 쓰러졌다.

"좀 먹어라." 지안이 깎은 사과를 내밀었다.

"역시 잘 깎네." 바나는 누운 채로 지안이 젓가락에 꽂아준 사과를 받아 입에 넣고 아삭아삭 씹었다. "맛있다." 평소였으면 앉아서 먹으라고 했겠지만 지금은 바나의 안정이 최우선이었다. "근데 좀 셔."

"풋사과니까. '풋'이 빠지면 좀 더 달달해지지."

"아하. 풋내기 사과구만." 바나가 말했다.

"그렇지." 지안이 대답했다. 바나의 머리카락은 엉망으로 부스스했다. 지안이 침대에 걸터앉아 머리가 눈을 찌르지 않도록 정리해 주는 사이 바나의 피부에 손이 닿았다. 얼굴이 엄청 뜨거웠다. 아픈 건 아니겠지?

"자살하면 어떡해?" 바나는 사과를 씹으며 물었다.

"지금 그게 제일 걱정되나?" 서운하네. 지안이 축 처진 말투로 물었다. "지금 니 걱정하고 있는 나는 눈에 안 보이나? 생각 좀 하고 말해라."

"뭔 소릴 하는 거야." 바나가 짜증 난다는 듯 지안을 똑바로 쳐다보며 말했다. 그러곤 천천히 침대에서 몸을 일으켰다. "진짜 뭔— 소릴 하는 거야?"

"왜 내 앞에서 그 새끼를 걱정하냐고." 보상받고 싶은 심리는 전혀 아니었다. 하지만 지안은 아직 현우 선배의 흔적을 바나에게서 완전히 지우지 못한 것 같아 분통이 터졌다.

"지금 이게 그런 문제라고 생각해?" 바나가 젓가락을 사과 접시 위에 툭 올려놓으며 말했다. "내가 한 말이 '백현우 자살하면 슬퍼서 어떡해?'로 들려?"

"아니, 그런 말이 아니라······."

"너야말로 말 가려 해. 이런 상황에서 그런 유치한 생각을 해?" 바나가 지안의 말을 자르며 쏘아붙였다. "걔가 자살해서 나한테 생길 일들을 먼저 걱정해야 하는 거 아냐? 니가 진짜로 날 걱정한다면." 에어컨 바람만큼이나 서늘한 바나의 말들이 지안을 괴롭혔다.

"말을 그래 하노." 지안이 답답한 마음을 드러내며 말했다. "니 걱정해서 바로 온 거 안 보이나?"

"너나 말 그렇게 하지 마." 이젠 바나의 눈에 눈물이 고여 있었다. "너 진짜 그렇게 유치하고 어린 애였어? 난 니가 성숙하고 속이 깊은 줄 알았는데······." 바나는 턱을 바들바들 떨며 눈물이 흐르는 걸 꾹 참는 표정으로 말을 잇지 못하다가 결국 다시 이불을 뒤집어쓰고 침대에 풀썩 누웠다. 그 때문에 침대에 있던 사과 접시가 살짝 흔들려 철제 젓가락과 부딪히는 소리가 났다.

지안은 풋내기였다. 바나 앞에서는 한없이 작아지는 풋내기. 이 쏟아지고 넘쳐흐르는 감정을 처음 겪어봐서 너무나도 서툴렀다. 그래서 그는 자신의 감정에 휩싸여 사랑하는 사람에게 풋내기 같은 말을 했다는 사실이 괴로웠다.

"내가 너를 너무 많이 사랑하나 봐." 지안이 나지막이, 힘없이 말했다. 잠깐의 정적 후, 바나는 다시 이불을 들추고 앉았다. 눈이 새빨개져 있었다. 지안이 손을 뻗어 바나의 눈물 자국을 어루만졌다. "미안해."

"그래." 바나는 지안의 사과를 받아주었다.

"근데 앞으로도 이럴 것 같아. 내가 너를 계속 사랑하면, 앞으로도 이런 일이 있을 것 같아." 지안의 말은 그 어느 한 구석도 로맨틱하지 않았다. 하지만 늘 그렇듯 둘 사이는 아리까리하면서도 이해가 되는 것투성이었다. 바나는 그의 말을 이해했는지 고개를 작게 끄덕였다.

"그래." 그녀는 아까와 똑같은 대답을 하곤 젓가락으로 사과를 쿡 찔러 한 입 베어 물었다. "괜찮아." 가슴 한쪽이 아리는 게, 그녀는 지안의 마음 역시 베어 물어버린 듯했다. "나도 널 사랑하니까, 괜찮아."

"신맛이 좀 쎄면 안 먹어도 된다." 지안이 말했다.

"풋사과잖아. 풋사과는 원래 신맛 난다며." 바나가 한 입 베어 문 사과를 입에 쏘옥 집어넣었다.

삼겹살 청문회

: 스물여덟 :

"뭐? 근데 왜 우리한테 말을 안 했어!" 수아가 바나에게 서운함을 가득 담아 역정을 냈다.

"그럴 수도 있지." 인하가 딱딱하게 말했다. "애 원래 무슨 일 있어도 말 안 하잖아. 대학생 때도 이하린 OT 사건, 한지안한테 들어야 했잖아."

"호호호." 미연이 수아와 인하에게 싸늘한 시선을 받고 있는 바나를 보며 쌤통이라는 듯 웃었다.

그들은 바나가 4년이나 사귄 남자친구와 헤어졌을 때, 그녀의 집에 한걸음에 달려와 준 고마운 친구들이었다. 수아는 바나의 한탄에 "4년이나 사귀었는데, 파스타 때문에 헤어질 만큼 문제가 있었던 거지"라든지, "4년이나 사귀었는데, 멀쩡하면 그게 이상한 거지" 하는 명쾌한 대답들을 해주었다. 인하는 당장 바나에게 남자친구의 친구를 소개

시켜 주겠다며 제일 잘 나온 사진을 내놓으라고 했고, 미연은 쪼꼬만 노란 외계인이 나오는 영화를 손수 틀어주었다. 그러나 바나는 그들에게 꽤 오랫동안 지안과 함께 지내고 있다는 사실을 말하지 않았다.

"짜증 나는 년⋯⋯." 수아가 바나를 보며 눈을 흘겼다.

"미안." 바나가 떨떠름하게 사과했다. 이게 작년 여름쯤에 있었던 일이다. 바나가 글램핑장에서 양갈비를 먹고 온 뒤였다.

이후 수아와 인하, 미연은 스킨십도 일절 안 하면서 동거 같은 걸 할 수가 있냐며 의아하다는 듯 질문과 의심을 쏟아냈다. 그에게 다른 여자가 있는 게 분명하다는 둥 온갖 억측이 난무했다.

"그런 거 아니라니까." 바나가 웃으며 말했다.

"그럼 좀 보여줘라! 왜 우리랑 같이 안 놀려고 하는데?" 수아는 바나에게 지안과 함께 술이라도 한잔하자는 제안을 여러 차례 했다. 글쎄⋯⋯ 청문회가 열릴 게 뻔하니까?

하지만 이런 사실들을 지안에게 털어놓았을 때 지안은 아주 흔쾌히 "우리 사촌 형네 아지트로 가자"라고 말했다. 그의 손에는 사촌 형네 농장에서 재배하는 사과가 들려 있었다. 새빨간 가을 사과였다. 사촌 형과 지안의 고향에는 사촌 형의 부모님과 지안의 부모님이 함께 사둔 작은 집이 있었다. 가로등도 없고 구렁이처럼 구불구불한 시골길을 열심히 달려야 도착할 수 있는 그곳은 사촌 형과 지안이 친구들을 초대해 놀 때 종종 사용하던 빈집이기도 했고, 사촌 형이 가끔 조용한 곳에서 사진 작업을 할 겸 쉬러 오는 곳이기도 했다.

"거기서 내가 기가 막힌 솥뚜껑 삼겹살을 구워줄게." 지안이 씨익 웃으며 의기양양하게 말했다. 그래서 그들은 다가오는 주말에 그 아지트로 가자는 약속을 잡았다. 친구들은 역까지 기차를 타고 오고, 지안과 바나는 아침 일찍 출발해 역에 먼저 도착해서 그들을 모두 태우고 목적지에 도착할 계획이었다.

그러나 의기양양했던 며칠 전과 달리, 지안은 침대에서 잠들지 못하고 뒤척였다. 갑자기 너무 일찍 잠에 들려고 하니 발생한 현상이었다.

"여섯 시간 후에 출발해야 돼. 씻고 준비하는 거 한 시간만 잡더라도 우린 다섯 시간밖에 못 잔다는 거지." 바나가 공허한 눈으로 말했다. 원래도 불면증에 시달리는 그녀인지라, 잠을 못 자고 있긴 마찬가지였다. "너, 운전도 해야되잖아. 어떡하냐."

"운전은 상관없어. 난 운전할 때 절대 안 졸아. 그리고 니가 커피 사주겠지." 지안이 대답했다. "그냥 이러고 있는 시간이 아까워서."

그렇구나. 두 사람은 잠시 정적 속에 있었다. 그리고 동시에 고개를 돌렸고 눈이 마주쳤다. 지안의 눈에는 장난기와 모험심이 가득했고 바나의 입꼬리는 씰룩거리고 있었다.

"지금 가?" 누구라고 할 것 없이 동시에 꺼낸 말이었다.

어차피 그곳은 빈집이라 도착하면 바로 눈을 붙일 수 있는 데다, 출근 시간과 겹쳐 오랫동안 운전하느니 밤의 고속도로를 질주해 조금이라도 더 빨리 도착하는 쪽이 이득이라는 것이 지안의 논리였다. 바나는…… 바나는 그냥 신이 났다.

결국 두 사람은 바나의 남색 SUV를 타고 검은 배경에 반짝이는 점들이 펼쳐진, 야경이 끝내주는 대교를 달려 고속도로에 진입했다. 휴게소 식당은 모두 문을 닫았지만 24시간 편의점에서 지안이 바나가 좋아하는 라면을 두 개 사 와서 야식을 즐길 수 있었다. 바나는 혹시 졸릴지 모르니 텀블러에 커피 한 잔을 담아 왔는데("하지만 가서 또 자야 하니까, 한 잔만!") 즉흥적인 밤 여행을 출발한 두 사람에게서 피로라는 존재는 찾아볼 수 없었다.

"우리 동네 보여줄게."

텅텅 빈 밤의 고속도로를 달려와서인지, 두 사람은 예상했던 시간보다 훨씬 더 빨리 목적지에 도착했다. 예상한 시간도 빠른 시간이었는데 말이다. 그래서 지안은 아기자기한 시골 동네를 빙빙 돌며 큰아버지, 외할머니 그리고 친할머니의 집을 차례대로 보여주었다. 우와. 다들 모여 사는구나.

"여기가 우리 집." 그리고 어느 빨간 대문 앞을 스윽 지나치며 말했다. 헉. 저기서 부모님 주무시고 계시겠지? 나중에 결혼해서…… 이 얘기 해드리면 재밌어하시겠지? 아니, 우리 결혼하는 거야? 뭐라는 거야, 나……. 바나의 생각이 거세게 소용돌이치고 있을 때, 지안이 "드라이브 좀 더 할래?" 하고 제안했다.

"너 안 피곤하면." 바나가 설레는 표정으로 대답했다.

○×

그런 표정으로 날 배려하려 하다니. 지안이 바나의 눈에 가득 찬 기대감을 흘끗 보곤 생각했다. 그는 동네에서 조금 벗어나 몇 년 전에 바나와 함께 돌아다녔던 곳들을 스윽 훑듯이 지나쳤다. 두 사람은 스물두 살에 함께 이곳에 온 적이 있다. 기억하려나. 지금 바나는 창문을 내리고 바깥 공기를 맞으며 구경 중이었다. 조금 쌀쌀한 가을바람이 차 안을 가득 채웠다. 바나의 꼬불 머리도 마구 흩날리고 있었다.

"아, 좋다." 바나가 중얼거렸다. 나도 좋다.

그래도 이제는 정말 아지트로 옮겨서 잠을 청해야 할 시간이었다. 지안은 커다란 시골 벌레를 만나기 싫다면 이제 창문을 닫고 목적지에 가자고 바나에게 말했고, 바나는 소스라치며 허겁지겁 창문을 닫았다.

신나는 밤길 여정이었지만, 그래도 장거리 운전을 한 터라 지안은 아지트에 도착한 순간 피로가 훅 쏟아지는 것을 느꼈다. 차에서 내린 바나는 여전히 말똥말똥한 눈으로 아지트라 불리는 빈집을 사진 찍고 있었다. 동서남북으로 밭이 늘어선 이 시골 마을에 덩그러니 놓여 있는 빈집은 너무 어두워서 여기 집이 있는 게 맞나 싶을 정도였지만, 지안이 먼저 안으로 들어가 몇 가지 조명을 켜니 반짝이는 작은 펜션으로 변했다. 바나가 감탄사를 내질렀다.

"와— 여기서 삼겹살 먹는 거야?"

바나가 테라스를 가리키며 물었다. 숯불 공간과 6인 정도가 앉을 수 있는 나무 테이블, 의자가 갖춰진 바비큐용 테라스였다. 작은 조명들이 내부를 은은하게 비추고 있었다. 특히 불을 피우는 공간에는 지안이 늘 자부심을 가지고 친구들에게 구워주던 솥뚜껑 삼겹살용 솥뚜껑이 있었다. 물론 가게에서 파는 솥뚜껑은 아니고, 진짜 솥뚜껑이었다.

저걸 내일 닦아야 하는데…….

"얼른 드가자. 자게." 지안은 외부 조명을 끈 뒤 바나를 이끌고 집 안으로 들어갔다. 작은 주방이 있는 넓은 원룸 형태의 익숙한 구조가 보였다.

이불 먼지를 대충 털고 드러눕자마자 지안은 곯아떨어졌다. 바나가 자는 지안의 귀에 대고 뭐라 속삭였던 것도 같은데……. "잘 자"였던 것 같기도 하고, "고마워"였던 것 같기도 하고…….

○×

바나가 짹짹 우는 시골 새들의 노랫소리에 깨서 주변을 둘러보았을 때, 지안은 집에 없었다. 꽤 넓다……. MT 온 기분이네. 그녀는 아침의 맑은 정신으로 집 안을 좀 더 둘러보았다. '집'이라고 부르긴 해도, 사실은 대학생들이 자주 가는 MT용 펜션의 축소판 같았다. 이불과 요 여러 장이 겹겹이 쌓여 구석에 정리되어 있었고 커다란 접이식 테이블이 한쪽 벽에 세워져 있었으며 부엌 찬장과 서랍을 열면 다양한 일회용 식기가 잔뜩 구비되어 있었다. 진짜 멋진 아지트다.

집을 나가보니, 지안이 수돗가에서 솥뚜껑을 빡빡 닦고

있었다. 가을 공기가 선선한데도 그의 이마에는 송글송글
땀이 맺혔다.

"도와줄 거 있어?" 바나가 다가가 물었다.

"집 안, 빗자루로 한번 쓸어라." 지안의 말에 바나는 오케
이라는 뜻으로 동그라미 표시를 손으로 하곤 후다닥 뛰어
가 집 안을 열심히 쓸었다. 한참을 집중해서 쓸다 보니, 차
키를 가지러 들어온 지안이 잘했다며 다정하게 등을 토닥
여 주었다.

"야! 한지안!" 수아가 역 앞에 서 있던 지안과 바나를 발
견하곤 저 멀리서 소리쳤다. 미연은 웃기다는 듯 흐흐 웃
고 있었고 인하 역시 미소 짓고 있었다. 셋은 바나의 남색
SUV 뒷자리에 옹기종기 껴서 앉았다. 지안이 추천한 식당
에서 간단히 점심을 먹는 동안, 그리고 다시 옹기종기 껴
앉아 목적지로 향하는 동안 바나의 친구들과 지안은 서로
안부를 묻고 근황을 체크했다.

"축가 필요하면 말하고." 몇 달 뒤 결혼한다는 수아의 근
황을 듣고 지안이 한 말이었다.

"야, 결혼 얼마나 남았다고……. 축가 벌써 있어." 수아가
대답했다.

"나, 나 해줘." 인하가 말했다.

"너 만난 지 이제 막 세 달 됐잖아." 바나가 어이없다는 듯 웃었다.

"원래 우리 나이에는 결혼을 전제로 만나는 거야." 인하가 뭘 모른다는 듯 여유로운 미소를 지으며 말했다. 그렇지. 그렇긴 하지.

아지트에 도착해서 지안이 바비큐를 준비하는 사이, 바나가 마치 자신의 아지트인 양 집 소개를 시작했다. 하지만 이야기는 집이 아니라 지안을 주제로 흘러갈 수밖에 없는 상황임을 바나는 곧 인정해야 했다.

"변한 게 없네." 수아가 말했다. "똑같아, 예전이랑."

"흐흐. 머리 달라졌잖아."

"야, 쟤 너랑 결혼한대?" 인하가 대뜸 물었다. 글쎄. 한다고는 하는데……. 바나는 이렇게 생각했지만 지안이 음식과 식기를 들고 나오라고 부르는 바람에 대화가 끊겼다. 바나는 냉장고를 열어 친구들에게 음식들을 건네다가 안쪽에 있는 빨간 사과를 발견했다. 저건 언제 들고 왔대?

"우와. 이게 진짜 솥뚜껑 삼겹살이구나." 인하가 말했다. 지안을 제외한 네 사람은 식당에서 판매하는 솥뚜껑 삼겹살을 들어보기만 했거나 한 번쯤 먹어봤을 뿐이었다. 그런데서 파는 솥뚜껑 삼겹살은 진짜 솥뚜껑을 이용해 굽는 것이 아니라 구이용으로 제작된 솥뚜껑으로 굽는 것이었다. 하지만 지안은 진짜 솥뚜껑을 들고 와서 삼겹살을 굽기 시작했다. 지글거리는 소리와 겉면부터 바삭하게 익어가는 삼겹살의 비주얼에 네 사람은 넋을 놓을 수밖에 없었다. 맛있겠다······.

지안이 구운 솥뚜껑 삼겹살을 술과 함께 실컷 먹었다. 삼겹살 하면 빠질 수 없는 비빔면을 바나가 끓여 오기도 했다. 가을의 시골은 금세 어둑어둑해졌는데, 지안이 어제 바나에게 보여준 은은한 테라스 조명을 켜자 친구들의 입에서 감탄사가 와— 하고 쏟아졌다. 넷은 기념으로 서로의 사진을 찍기 바빴다. 지안이 휴대폰을 들어 바나에게 "가서 서봐라"라고 하더니 네 사람을 찍어주기도 했다.

시간이 더 흘러 주변이 완전히 어두워졌을 때, 다 같이 테이블을 정리하고 실내로 들어갔다. 미리 사 왔던 다른 안주들을 다시 테이블 위에 펼쳐놓으며 2차가 시작되었다. 청문회도 함께.

"왜 헤어진 거야?" 수아가 돌직구를 던졌다.

"바나가 말 안 해주더나?" 지안이 의아한 듯 물었다. 안 해줬지. 그걸 내 성격에 어떻게 말해.

"안 해주지. 그걸 애가 말하겠어?" 인하가 쯥— 하곤 불만족스러운 소리를 내며 바나를 가리켰다. "앤 우리한테 말 잘 안 해.”

“왜 그랬노. 친구들한테 말도 좀 하고 그러지.” 지안이 바나에게 핀잔을 주었다. 바나는 그 핀잔이 지안의 배려임을 알고 있었다. 헤어진 이유를 밝히기 싫은 그녀의 속마음을 눈치챈 것이다. 덕분에 이야기의 흐름은 ‘바나가 왜 중요한 사실을 친구들에게 잘 말하지 않는지’로 흘러갔다.

“너, 그때 백현우가 딴 여자랑 키스한 것도 우리한테 말 안 했잖아.” 미연이 흐흐 웃으며 말했다. 역시, 숨은 강자. 갑자기 이렇게 정곡을 찌르다니.

“결국 말했잖아.” 2차 안주로 지안이 구워준 군만두를 나무젓가락으로 푹 찌르며 바나가 대꾸했다. “말했으면 됐지.”

“그래? 그러면 이제 걔랑 왜 헤어졌는지도 말해봐.” 수아가 킬킬거리며 다시 한번 대화 주제를 되돌렸다. “누가 헤어지자 했는데?”

“바나가 헤어지자 했지.” 지안이 대답을 가로챘다.

“그럼 넌. 붙잡았어?”

“붙잡았지.”

붙잡았다고? 지안의 대답에 바나는 살짝 의아한 표정을 지었다. 하지만 친구들에게 티 내지 않기 위해 금세 표정을 풀었다. 뭘 붙잡아. 말도 안 되는 소리였다.

“내가 여러 번 연락도 했어. 안 받아주던데.” 이번에도 지안은 그들이 헤어진 이유를 말하지 않기 위해 대화 주제를 슬며시 바꾸며 선의의 거짓말을 했다. 수아가 그럼 바나의 뜬금없는 연락에는 왜 응답했냐고 묻자 지안은 "반가워서" 라고 대답했다.

이후에는 다른 질문들이 쏟아지며 청문회가 계속되었다. 그때만큼 좋아하는지, 바나의 심정은 어떤지, 결혼은 할 건지.

"결혼하면 애랑 하겠지." 지안이 능글맞게 웃으며 애매한 대답을 내놓았다. 그러자 친구들은 헙— 하고 입을 틀어막으며 서로의 어깨를 손바닥으로 쳐댔다. 그때만큼 좋아하는지, 바나의 심정은 어떤지에 대한 대답은 듣지 못했다는 것을 그들은 잊은 듯했다.

한 번 더 날이 바뀌고, 지안은 분주히 집 정리를 시작했다. 나머지 네 사람도 지안을 도와 열심히 집을 치웠다. 다시 모든 것을 원상복귀한 다음, 그들은 지안이 추천하는 뼈해장국 식당에서 해장을 하고 또다시 옹기종기 뒷자리에 껴 앉아 역으로 향했다.

친구들을 역에 내려준 뒤, 바나는 다시 창문을 열고 가을바람을 맞으며 바깥을 구경했다. 하지만 동네를 벗어나고부터는 차의 속도가 빨라져서 창문을 닫아야 했다. 아쉬워.

"맛있었나?" 지안이 물었다.

"지금 다시 가고 싶을 정도로." 바나가 진심을 담아 대답하자, 지안이 픽— 웃었다.

바나는 가방에서 지안이 미리 깎아둔 가을 사과를 꺼냈다. 운전하는 그의 입에 한 조각을 넣어주고, 자신의 입에도 한 조각을 쏘옥 넣어 아삭아삭 씹었다. 맛있다. 그러면서 어제의 청문회 내용을 되짚었다.

두 사람은 예전과 똑같았다. 데자뷔처럼. 예전처럼 지안은 늘 바나를 위하고 바나는 지안과 떨어져 있기를 싫어한다. 스물일곱, 스물여덟의 시간을 함께 보내고 있지만 항상 스물, 스물하나 같다. 그래서, 이게 뭐가 문제가 되는데?

인하의 말대로, 지금 나이에서는 결혼을 전제로 하는 만남이 많다. 사실 이 말은 바나가 예전에 했던 말과 비슷한 맥락이다. 사랑해서 결혼하는 게 아니라, 결혼할 시기에 만난 사람과 결혼을 하게 된다는 말. 그럼 된 거 아니야? 어차피 두 사람 다 공통된 의견을 갖고 있다는 점은 확실했다. 바나는 결혼할 때쯤 지안과 만나고 싶었다고 말했고, 지안역시 스물일곱이나 스물여덟쯤 바나를 만났어야 했다고 아쉬워했다. 그럼 됐잖아. 우리 지금 스물일곱, 스물여덟이잖아. 과거에 서로에게 그런 말을 던졌던 게 이제는 상관없어졌다는 생각이 들었다. 내가 사과도 했고 말이야……

285

문제는 없어. 이대로면 괜찮을 것 같아. 바나는 그렇게 스스로를 다독이며 사과를 한 조각 더 먹었다. 아삭아삭 소리가 나자 지안이 혼자 먹는다며 농담 섞인 핀잔을 주었다.

"주세요— 해봐." 바나가 킬킬거리며 마찬가지로 농담을 던졌다.

"됐어. 안 먹어." 지안이 킥킥거리며 받아쳤다. 하지만 바나는 그의 입에 사과를 한 조각 넣어주었다. 아삭아삭……

"청문회 어땠어? 애들이 질문 폭격했잖아." 바나가 조심스럽게 물었다. 이제야 물어보는 게 좀 이상하긴 하지만.

"괴로웠지." 지안이 가감 없이 대답했다. "니도 내 인터뷰 안 한 지 오래됐는데……. 니도 우리 헤어진 거 언급하고 싶지 않아 하는데."

"응? 내가?" 바나가 인상을 찌푸렸다. "난 그렇지 않은데? 니가 그 얘기 싫어해서 안 하는 거야."

"그럼 니는 우리가 헤어진 이유에 대해서 내랑 이야기하고 싶다는 거라?" 지안이 진한 사투리 억양으로 물었다. 그의 사투리가 진하면 진할수록, 그의 진심도 같은 비율로 섞인다는 것을 잘 아는 바나였다.

"하고 싶다기보단, 두렵지 않다는 거지. 어차피 과거 일이잖아." 바나가 대답했다. 하지만 지안은 더 이상 말을 이어나가지 않았다. 그래서 바나가 먼저 정적을 깰 수밖에 없었다. 그녀는 지금이 좋으니까. 문제가 없다고 생각하니까. 이대로 괜찮으니까.

"솥뚜껑 삼겹살, 언젠가는 다시 먹을 수 있겠지? 니가 구워주는 걸로다가."

"있지. 또 가면 되지." 지안이 당연하다는 듯 말했다. "뭐, 어떻게, 지금 차 돌려?"

그의 농담을 바나는 깔깔거리며 웃어넘겼다. 그래, 이대로 괜찮잖아, 우리. 지안 역시 바나가 웃자 미소 지었다. 재밌잖아. 즐겁고.

문제 8

X가 겨울을 좋아하는 이유는 무엇인가?

_____

_____

_____

_____

맛없을 수 없는 사이

: 스물둘 :

"또 찍자고?" 지안이 귀찮다는 듯 물었다.

두 사람은 2년 전 각각 다른 상대와 손을 맞잡고 지나갔던 큰 벚나무 아래를 함께 손을 잡고 지나고 있었다. 벚꽃을 구경하거나 만끽하려는 기색은 전혀 없었다. 바나는 머리 위에 떨어진 벚꽃 잎들이 귀찮다는 듯 툭툭 털어냈고, 지안은 바나가 털어내는 데 실패한 남은 잎들을 하나씩 떼어내며 그녀를 도와주었다.

"1주년이잖아! 스티커 사진은 필수라고." 바나가 싱긋 웃으며 말했다.

"1주년은 기념할 만하지." 기념할 만한 날은 결혼기념일뿐이라 생각하던 지안이 대답했다.

두 사람이 좁디좁은 룸 술집에서 첫 키스를 한 지 1년 정도가 지났고 바나의 책상 앞에는 지안과 찍은 스티커 사진들이 줄지어 붙어 있었다. 이제 두 사람이 바람이었다느니, 오래 못 갈 것이라느니 하는 뒷말들은 더 이상 돌지 않았다. 현우 선배는 기숙사 뒷문에 나타난 이후로 자취를 감췄다. 곧 전역일 텐데…… . 휴학하려나? 아니면 돌아오려나. 지안이는 또 엄청 화내겠지. 뭐만 하면 화내니까. 저 화쟁이.

"뭘 생각하노." 지안은 생각이 꼬리에 꼬리를 무는 표정을 짓는 바나의 상태를 단박에 알아차렸다.

"너 화내는 생각." 바나가 놀리는 투로 대답했다. 그러자 지안은 인상을 찌푸렸다.

바나는 지안과 만약 사귀게 된다면 웃음이 끊이지 않을 거라 예상했다. 성격도 굉장히 비슷하기 때문에 크게 싸울 일도 없을 거라고 추측하기도 했다. 하지만 웃음은 끊겼고 크게 싸울 일도 많이 생겼다. 지안이 바나를 너무 사랑한다는 이유에서였다.

대화가 끊기지 않을 것이고 싸우더라도 서로의 논리와 근거를 견주느라 정신없을 것이라는 추측은 어느 정도 맞았다. 두 사람은 한번 싸우기 시작하면 그게 길거리든, 집이든, 학교 앞이든 상관없이 몇 시간이고 말다툼을 했다. 그래도 기나긴 싸움 끝에 늘 둘 중 한 명은 사과를 했다. 상대방의 논리와 근거에 납득할 정도로 긴 말다툼을 했기 때문이다. 그들은 싸움에 '이별'을 전제로 두지 않았다. 서로

납득할 수 있고, 서로를 이해할 수 있는 시간을 바랐을 뿐이다.

하지만 이번 싸움은 전과 달리 쉽게 끝나지 않을 것 같았다. 바나는 3학년 1학기에 극악의 스케줄을 짜놓은 터라 지안에게서 걱정 어린 잔소리와 핀잔을 잔뜩 들어야 했다. 짧은 에세이 몇 편으로 수익을 올리고 있던 바나는 시간이 지나 단편소설을 하나 계약하게 되었는데 이미 근로장학생 일과 아르바이트, 과외 같은 일로 스케줄이 심각하게 꽉 차 있는 상태였다. 게다가 3학년 1학기에 복수전공까지 신청하는 바람에 쉴 틈이 없어졌다. 데이트는커녕 학점 관리와 건강 관리도 버거워 문제가 생길 판인데 바나가 한 계약 하나에 문제가 생겨버린 것이다.

"몰라…… 뭐 어떻게든 되겠지." 바나가 한숨을 쉬며 우식에서 순두부찌개를 푹푹 찔렀다.

"그게 끝?" 지안이 인상을 찌푸리며 말했다. "해결 방안은 없고?"

"인터넷 좀 찾아봤는데 그냥 돈 못 받는다 생각하고 잊어야 할 듯." 바나가 쩝— 소리를 내며 말했다. "괜찮아! 이번 일을 교훈으로 다음에는 이렇게 안 하면 되지. 그렇게 큰돈도 아닌데." 사실 큰돈이지만.

"니가 들인 시간이 아깝잖아." 지안이 제육볶음을 바나의 밥에 하나 얹어주며 말했다. "과외나 알바 중에 하나를 포기해."

"안 돼. 이번에 계약 어그러져서 생활비 모자라."

"너무 긍정적인 것도 독이야. 좀 꼼꼼하게 알아보고 플랜 B, 플랜 C를 세워야지."

바나는 지안이 걱정 어린 마음에 이런 말을 한다는 것을 잘 알고 있었다. 그는 다른 남자들처럼 '오구오구, 속상했어?'를 남발하는 스타일은 아니었다. 현우 선배였다면 시무룩한 바나를 웃겨주기 위해 즉석에서 춤이라도 췄을 테지만 지안은 죽었다 깨어나도 그럴 타입이 아니었다. 대신 그는 바나만큼이나 속상하고 화가 나서 그녀가 앞으로 취했으면 하는 행동들에 대해 늘어놓았다. 그녀는 이런 점 때문에 지안을 좋아했다. 그리고 이런 점 때문에 점점 짜증이 나기 시작했다. 두 사람은 이제 더 이상 친구가 아닌데, 친구 사이에서 할 법한 조언만이 아니라 연인으로서 위로도 함께 해줘야 하는 게 아닌가 하는 생각이 들었던 것이다.

"내가 지금 긍정적이고 싶어서 긍정적으로 구는 걸로 보여? 지금 뭘 어떻게 할 수가 없잖아. 나도 속상해!"

"그니까, 앞으로는 속상해하지 말라고 이런 말들을 하는 거잖아." 지안 역시 답답한 듯 말했다.

"적당히 알아들었다고 생각 안 해? 다음에 또 그러면 그

때 이야기하든가. 그리고 처음이면 실수할 수도 있지."

"니가 이런 게 한두 번이 아니잖아. 근로장학생 일이랑 과외랑 알바랑, 이제 복수전공도 해야 되고. 대체 그걸 어떻게 다 할 생각인데?" 지안의 말에도 일리는 있었다. 하지만 바나는 자신이 결정한 일을 철회하고 싶은 마음이 추호도 없었다.

"못 할 거라고 확신하나 보네? 난 아직 시작도 안 했는데." 바나가 싸늘하게 말했다.

"못 하지. 그걸 어떻게 다 하는데? 벌써부터 이렇게 삐그덕거리는데." 지안 역시 바나의 말에 지지 않았다.

바나는 밥을 먹다 말고 벌떡 일어나 식당을 나갔다. 지안이 급하게 계산을 하고 바나를 뒤따라갔지만 바나는 지안의 손을 뿌리치고 말없이 학교 건물로 들어가 버렸다. 처음이었다. 대화가, 그리고 싸움이 끊긴 적은. 남자친구에게 이렇게 감정적이고 유치하게 구는 것도…… 처음이긴 했다. 나, 왜 이러지?

○×

하루 종일 연락도 받지 않고 잠수를 타버린 바나에게 화가 나기는 지안도 마찬가지였다. 학교 강의가 모두 끝나고도 바나가 연락을 받지 않자 지안은 집으로 향했다. 수안은 아직 돌아오지 않아서 침대에 드러누워 곰곰이 아까의 대화를 곱씹을 수밖에 없었다.

그는 보통 연애할 때 이 정도로 몰입을 하지는 않았다. 물론 연인을 걱정하고 챙겨주는 건 언제나 잘해왔지만, 이번 연애처럼 상대의 일 하나하나에 목숨을 걸고 진지하게 몰입하기는 처음이었다. 초반이어서 이렇겠지. 사귄 지 얼마 안 됐을 땐 이렇게 스스로를 설득했다. 한창 사랑이 불타오를 시기니, 과하게 몰입하는 게 당연할지도 몰랐다. 이렇게나 사람을 좋아하게 된 게 처음이기도 했고.

하지만 지안의 몰입은 두 사람이 첫 키스를 한 지 1년이 지나도 그대로였다. 내가 왜 이러지. 순간 그는 과거에 도연이 했던 말들을 떠올렸다. 그중에서도 가장 강하게 뇌리에 박힌 말은 '서운하다'라는 말이었다. 서운하다. 그는 바나에게 서운했다. 자신이 얼마나 바나를 사랑하고 아끼는지 그녀가 몰라주는 것 같았다. 그리고 동시에 걱정이 되었다. 바나가 자신을 귀찮아할까 봐, 자신의 장점이었던 부분들이 어느 순간 바나에게 단점처럼 느껴질까 봐. 그리고 그것 때문에 스트레스를 받을까 봐. 바나는 지안과 성격이 비슷하니까…… 과거 지안이 도연의 장점을 단점으로 여기게 된 순간 이별을 결심한 것처럼, 그녀가 이별을 결심할까 봐 덜컥 겁이 났다. 한숨이 절로 나오는 자신의 상태를 보자 안 그래도 침대에 늘어진 몸이 더욱더 추욱— 늘어졌다. 별 잡생각을 다 하며 잠이 들었을 땐 바나가 꿈에서 "역시 넌 남자친구로서 빵— 점이야"라는 말을 남기고 매정하게 돌아섰다. 바나에게서 온 전화 소리 때문에 잠에서 깨서 다행이었다.

"토바코 가자."

시계를 보니 벌써 저녁 시간이 지났다. 지안은 가볍게 나갈 준비를 마치고 학교 쪽으로 향했다.

바나는 벌써 자리를 잡고 김치우동전골을 시켜놓은 채로 지안을 기다리고 있었다. 두 사람은 말없이 앉아 민망한 분위기를 무마하기 위해 소주를 한 잔씩 마셨다.

"미안해." 지안이 말했다. "너를 너무 좋아해." 진심이 담긴 말이었다.

"알아." 바나가 피식 웃으며 말했다. "나도 미안해. 니 말이 다 맞아. 과외랑 알바 그만두려고."

"이번 달 생활비는 어떻게 하게?" 지안이 걱정스럽게 물었다. 부모님에게 받은 생활비의 견적을 머릿속으로 뽑아 보기도 했다. 급하면 10만 원 정도는 가능할지도……. 내가 알바를 해야겠군.

하지만 바나는 씩 웃으며 휴대폰을 들어 메일 한 통을

보여주었다. 계약에 문제가 생겼던 업체에서 연락이 온 것이었다. 바나는 똑똑하게도 변호사를 고용해 며칠 전 외주 업체에 내용증명 문서를 보내두었다고 했다.

"근데 왜 말 안 했노?"

"실패하면 네가 뭐라 뭐라 할 거잖아. '좀 잘 알아보고 하지 그랬냐— 그럼 그 고용비는 어떻게 해결할 거냐—.'" 바나가 지안을 그럴싸하게 따라 하며 말했다. 좀 도박 수이긴 하네. 그래도 지안은 이번엔 말을 아끼기로 했다. 아르바이트와 과외를 그만두지 못했던 까닭은 내용증명을 보내느라 쓴 돈을 메꾸기 위함이었으며, 계약금을 받게 되었으니 이제는 아르바이트와 과외를 계속하지 않아도 고용비를 충당하고도 남는 돈이 생겼다는 사실을 바나가 설명해 주었기 때문이다.

"얼마 받았는데?" 지안이 물었다. 바나는 이번에도 말없이 씩 웃으며 계약금이 적힌 메일을 보여주었다.

"오늘은 내가 쏜다!" 바나가 즐겁게 이야기했다. "하지만 그러면 한지안 씨는 '그거 벌었다고 또 뭘 사고 그러냐—'라고 하시겠죠?"라며 이번에도 그럴싸하게 지안을 따라 했다. 아마 나를 제일 잘 따라 하는 여자겠지. 그는 자리에서 살짝 일어나 바나의 볼에 입을 맞추었다. 바나는 기분 좋게 픽— 웃었다. 그러곤 에에취! 하며 재채기를 했다.

"미안." 바나가 머쓱하게 웃었다.

"괜찮아." 지안이 대답했다. 너만 있으면 괜찮아.

○×

"말꼬투리 좀 그만 잡고 잔소리 좀 그만해." 바나가 볼멘소리로 말했다.

"꼬투리를 잡는다고?" 지안은 이해할 수 없다는 듯 인상을 찌푸리며 치약을 짜 칫솔을 내밀었다. 두 사람이 첫 키스를 한 날, 편의점에 들러 바나의 칫솔을 산 이후로 화장실에는 바나의 칫솔 자리가 명백히 생겨버렸다.

"그럼 그게 꼬투리지, 아니야?" 바나는 그렇게 말하고 양치를 시작했다. 거울 속에서 똑같이 팔을 움직이며 양치를 하는 두 사람의 모습이 보였다. 그래서 바나는 품— 하고 웃었고 지안도 작게 낄낄거리며 양치를 이어나갔다.

"아, 더워." 바나는 양치를 하고 나와도 열이 오르는지 자취방 에어컨 온도를 낮췄다. 안 그래도 밖은 해가 쨍쨍한 한여름인데, 에어컨을 틀어놓은 방 안에서도 더위를 느낄 만큼 바나는 화가 나 있었다. "아, 여름 언제 끝나."

"짜증 좀 그만 부려라. 안 그래도 화날 거 많은 세상인데 자꾸 짜증 내면 세상에 짜증 낼 거밖에 더 있나?" 지안이

299

걱정을 담아 잔소리하며 냉장고에서 초코 아이스크림을 하나 꺼내 주었다.

"짜증 나는데 잔소리하지 말지?" 바나가 쏘아붙였다. 그러다 아이스크림 포장지에 적혀 있는 '초코'라는 글자를 보고 뭔가 번뜩 떠오른 듯 눈을 크게 떴다. 아하. 곧 생리구나. 그러곤 얼굴에 로션을 바르고 있는 지안을 물끄러미 쳐다봤다. "어떻게 알았어?"

"내가 아니면 누가 니를 아노." 지안이 덤덤하게 바나의 로션을 그녀에게 건넸다.

지안은 방학을 맞이해서 본가에 갈 생각이었고, 바나는 3학년 2학기부터 살 원룸을 구하러 다닐 계획이었다. 지안은 자신이 본가에 다녀온 이후에 함께 집을 보러 다니는 것이 더 안전하고 믿을 만하다고 주장했지만 바나는 그가 돌아올 때까지 기다리는 동안 먼저 집 후보를 선별해 놓는 것도 좋은 방법이라 주장했다. 그 때문에 두 사람은 양치를 하며 말싸움을 하고 있었던 것이다.

바나의 집이 아무리 땅끝 마을에 있다고 해도 3, 4학년이 기숙사에서 계속 지내기는 어려웠다. 3학년 1학기는 우여곡절을 겪은 끝에 기숙사 당첨에 성공했지만, 2학기부터는 떨어질 게 뻔했기 때문에 바나는 마음이 급해져 일찌감

치 원룸을 알아보려던 것이었다.

지안을 버스에 태워 터미널로 보낸 후 바나는 학교에서 차로 20분 정도 걸리는 동네에서 원룸 찾기 작전을 시행했다. 학교 근처에 자취방을 구할 수도 있었지만, 미팅을 다니거나 여러 사람의 놀자는 연락을 피해 부지런히 마감을 하려면 학교에서 좀 떨어진 위치가 좋을 거라는 판단이었다. 게다가…… 현우 선배가 전역할 시기이기도 했다. 원래도 깜짝깜짝 잘 놀라는 바나는 이제 바람에 펄럭이는 현수막 소리에도 깜짝 놀랄 만큼 새가슴이 되었는데, 그 원인을 제공한 현우 선배를 피해 다니기로 결심한 것은 어찌 보면 당연한 수순이었다. 물론 지안은 자신의 집 근처에 방을 구하는 게 안전할뿐더러 자주 볼 수 있어서 좋다고 말했지만…… 지안이 늘 자신의 곁에만 있을 수도 없는 노릇이었다. 그때도 지안은 택시를 타고도 한참 와야 하는 거리에 있었으니. 하지만 부동산을 다니면 다닐수록 "니 눈 뜨고 코 베인다"라든지 "학교 근처가 아니면 가격이 만만치 않을걸?"이라고 했던 지안의 말이 머릿속을 맴돌았다. 더워 죽겠네……. 같이 올걸……. 그래도 이미 박박 우겨났으니 괜찮은 방 몇 개는 후보로 뽑아둬야 했다.

—보고 싶다.

지안의 카톡에는 어머니가 잔뜩 해주신 음식 사진 몇 장도 함께 있었다. 그러고 보니, 원룸을 찾으러 돌아다니느라 저녁도 못 먹었다.

　—맛있겠다. 시집가도 되냐?

　—ㄱ

　지안에게선 확실하면서도 간결한 답장이 왔다. 바나는 카톡을 보고 큭큭거렸지만, 이내 웃음을 멈췄다. 아, 원룸 괜찮은 거 못 찾았다고 이실직고해?

　—보고 싶다. 여기로 와라.

　지안이 어울리지 않게 투정을 부렸다. 나도 보고 싶다. 그러다 문득, 지안의 말이 옳았다고 수긍하는 의미로 그의 동네를 방문하는 것도 나쁘진 않겠다는 생각이 들었다.

　—갈까?

　—진짜 오면 역에 태우러 감.

　이모티콘도 하나 찾아볼 수 없고 온점마저 근엄하게 찍혀 있는 그의 문장에서 엄청난 결의가 느껴지자, 바나 역시 용기를 얻었다. 가자! 근데 어디서 자?

　지안은 바나와 함께 머물 숙소를 구했다면서 오는 길을 거창하게 설명해 주었다. 심각하게 길치인 바나가 못 미덥고 걱정이 됐던 탓이다. 바나는 지안을 위해 깜짝 선물을 준비하기로 했다. 바로 '도시락'이었다. 내가 이런 데 도전하다니. 그녀는 서둘러 기숙사로 돌아가 떠날 준비를 마치고 두 사람이 늘 도란도란 이야기를 나누던 4층 휴게실로 내려갔다. 간단히 마련된 조리 공간에 서서 급하게 도시락을 만들기 시작했다. 사실 도시락이라고 하기엔 내용물이 초라했지만…… 요리를 잘 못하는 그녀에겐 최선의 선택이었다. 바로 '주먹밥'이었다.

　—기차는 맞는 시간이 없어. 버스를 타야 돼. 내가 터미널까지 데리러 갈 테니까 걱정은 말고. 홍대입구 역에서 2호선을 타고 강변역으로 가. 4번 출구로 나와서 길을 건너면 바로 동서울터미널이야. 버스는 10시 버스. 원래는 3, 40분정도 걸리는데 니는 길치니까 길을 잃어버리는 상황에 대비해서 소요 시간을 약 55분 정도로 잡고 10시 표로 예매했어. 조심히 와.

　한 시간 뒤, 바나는 그의 카톡을 몇 번이고 유심히 읽으며, 한 손에 도시락이 든 종이 가방을 들고 가볍게 챙긴 크로스백을 멘 채로 터미널에서 버스를 기다리고 있었다. 길 잃지 말자. 다짐까지 필요한 그녀의 여행이 시작되었다. 맛있어야 할 텐데…… 도시락……. 안타깝게도, 바나에게 길을 상세하게 알려준 지안은 '요리를 할 땐 간을 보면서 해야 한다'라는 사실은 알려주지 못했다. 블로그에서 본 그대로 했으니 맛있을 거라 확신하는 그녀의 표정에는 기대감이 가득했다.

"한지안—!" 바나가 벌컥 소리를 쳤다. 터미널에 사람이 별로 없어서 다행이었다. 바나는 와다다다 달려와 지안을 와락 안았다. 지안은 바나의 이마에 쪽— 입을 맞추었다.

"잘 왔네. 길 안 잃어버리고."

"한 번 잃어버릴 뻔했지만 안 잃어버렸어." 그녀가 자랑스럽다는 듯 말했다. "근데 좀 춥다."

여름 날씨였지만 지안의 고향은 저녁이 되면 쌀쌀한 촌동네였다. 그리고…… 뭐 이런 걸 입고 왔노. 바나는 민소매에 아주 짧은 반바지, 그리고 구멍이 숭숭 뚫린 정체 모를 겉옷을 한 장 걸친 상태였다. 이것도 겉옷이라고 부를 수 있다면야. 지안은 바나를 얼른 차에 태우고 히터를 약하게 틀어주었다. 어머니에게 급하게 빌려온 소형차였다.

"우와, 나 너 운전하는 거 처음 봐. 기대돼." 바나가 들뜬 목소리로 말하는 사이, 지안은 차에 여벌 옷가지가 있는지 찾아봤지만 마땅한 것이 없었다.

"배 안 고프나?" 지안이 물었다.

"고파. 저녁 못 먹었어." 그리고 바나는 씨익 웃으며 챙겨온 종이 가방을 들어 올렸다. "하지만 이게 있지."

도시락을 싸 왔다는 바나의 말에 지안은 그녀가 기특해

죽을 지경이었다. 무슨 도시락이려나. 하지만 그는 바나가 요리에 소질이 없다는 점을 알고 있기에 큰 기대는 하지 않았다. 그래도 기특한 건 마찬가지여서 운전을 시작하기 전 휴대폰을 들어 그녀의 사진을 찍었다.

"뭐 이런 상황을 찍어?" 바나는 사진 속에서 의아한 표정으로 날카로운 눈꼬리를 자랑하며 카메라를 쳐다보았다.

"기념." 그렇게 말하고 지안은 핸들을 잡았다.

숙소에 도착한 뒤 밀폐용기를 열자 모양이 제각각인 주먹밥이 등장했다. 지안은 크게 웃었다.

"자기주장들이 강하네." 지안이 주먹밥을 보며 말하자 바나는 찌릿 지안을 흘겨보았다. "장난이야, 장난. 어떻게 만들었는데?" 바나는 도시락을 만든 과정을 장황하게 설명했다. 시간이 없어서 일단 기숙사에 있던 햇반과 김, 고추참치를 챙기고 룸메이트들에게 소금과 참기름을 빌렸다는 것이다. 가장 간단하게 만들 수 있다고 생각했고 여러 블로그에서 레시피를 참고했다고 했다. "이야— 맛없을 수가 없겠네." 지안이 기대한다는 멘트를 던졌다. "한번 먹어볼게."

맛이 없을 수가 없는 이 조합은 맛이 없었다. 지안은 쩝쩝댄다기보다는 질겅거리며 주먹밥을 씹었다. 지안의 표정을 본 바나의 얼굴이 굳어졌다.

305

"맛없나 봐." 상당히 시무룩해진 말투였다.

"간을 볼 땐 괜찮았나?" 지안이 애써 달래는 투로 물었다.

"간을 안 봤는데?" 지안은 그녀의 당당한 말투에 또 한 번 웃음이 터졌다.

두 사람은 결국 늦은 시간에 편의점에서 먹을거리를 사 왔다. 바나가 주먹밥을 맛보더니 나지막이 욕을 하며 쓰레기통에 처박았기 때문이다. 지안은 적당히 말리는 척을 하며 바나가 도시락을 싸 왔으니 이번엔 자신이 편의점에서 맛있는 걸 사주겠다며 바나를 달랬다.

이후 두 사람은 시원한 여름밤의 공기를 만끽하며 숙소로 돌아오고, 맛있는 걸 먹고, 샤워를 마쳤다. 이제부터 선선한 에어컨 바람을 막아주는 폭신한 이불을 덮고 뽀송뽀송함을 만끽할 차례였지만, 지안이 바나에게 머리를 다 말리고 자야 한다고 잔소리를 하는 바람에 바나는 화장대 앞에 앉아 드라이기로 머리를 말려야 했다. 하지만 바나는 드라이기를 들고 천천히 손목 운동만 하고 있을 뿐이었다. 저래가지고 언제 다 말리노.

"머리를 뭐, 한 세 달 동안 말리겠네." 그는 바나가 들고 있던 드라이기를 뺏었다. 전에 4층 휴게실에서 수건으로 머리를 감싸 물기를 짜주던 일이 생각났다. 그때도 지금도 바나는 자신의 머리를 만지는 지안의 손길이 간지러워 몸을 움찔거렸다. 지안이 한참 머리를 말리다 말고 바나가 앉아 있는 의자를 스르르 돌려 앞모습을 확인했다. 귀 뒤로 머리를 꽂아주곤 말없이 키스를 했다. 그리고 그녀를 서서히 일으켜 침대로 데려갔다. 하지만 바나는 지안을 떼어냈다.

"왜?"

"내 주먹밥, 맛없다며."

"맛없다고는 안 했어." 지안은 뜬금없는 투정에 진지하게 대답했다. "니가 만들어준 건데 맛없을 수가 있겠나."

지안은 바나가 입꼬리에 힘을 주며 미소를 꾸역꾸역 참는 걸 보곤 다시 키스를 시작했다.

지안은 아침에 바나가 꺄악— 하고 소리를 지르는 바람에 잠에서 깼다. 원래 같았으면 지안이 먼저 일어났을 텐데, 웬일인지 바나는 휴대폰을 들고 주먹으로 베개를 퍽퍽 내려치고 있었다. 강해 보이는군…….

"아, 미안. 미안해." 바나가 침대에서 일어난 지안을 보고 사과했다.

"무슨 일인데." 바나는 씨익 웃으며 휴대폰을 보여줬다. 국내에서 손꼽히는 출판사 중 한 곳에서 메일이 와 있었다.

지안은 바나와 함께 얼른 나갈 준비를 하고 숙소를 나섰다. 저녁 즈음에 일찍 집으로 돌아가 내일 있을 미팅을 준비해야 하는 바나를 위해서였다. 그래도 버스를 타고 몇 시간이나 이 먼 곳까지 달려왔으니 바나도 이곳에서 놀 건 놀고 가야 한다는 생각이었다. 지안이 어릴 적부터 즐겨 먹던 오래된 중국집에서 짜장면과 짬뽕을 먹고 근처 문화유적지를 돌아다니고 그가 종종 버스킹 공연을 하던 이 동네 최대의 번화가, 일명 '시내'를 돌아다니기도 했다.

"실례합니다. 사진 한 장만 찍어주실 수 있을까요?" 지안이 지나가던 중년 부부에게 휴대폰을 내밀었다. 아주머니가 보기 좋은 커플이라며 웃고는 두 사람의 사진을 찍어주었다. 두 사람은 사진 속에서 밝게 웃고 있었다.

"어우, 그래도 아직 해 떠 있으니까 덥네." 바나가 손부채질을 하며 말했다. 저녁이 되기 직전, 바나는 지안과 함께 터미널에서 간단한 저녁 식사를 하고 있었다.

"여름이니까." 지안이 대답했다.

지금 지안의 마음속은 이 시골 동네의 일교차와 같았다. 바나가 대형 출판사와 미팅을 하는 건 아주 잘된 일이고 축하할 일이지만…… 왠지 모르게 걱정과 우려가 밀려왔다. 근데, 누구에 대한……?

해는 금세 졌고 바나는 다시 쌀쌀하다며 자신의 몸을 두 팔로 감싸 안았다. 그 모습을 보고 지안이 참지 못하고 옷차림에 몇 마디를 던졌는데, 그 때문에 바나는 버스에 올라

탈 때 기분이 상한 표정을 숨기지 못했다. 떠나가는 버스를 물끄러미 보던 지안은 속이 살짝 아려오는 것을 느꼈다. 방금 떠난 바나가 보고 싶었다.

학기가 시작되자, 캠퍼스에는 학생들이 북적이기 시작했다. 그런 학생들 가운데 속이 잔뜩 상해서 가을의 쌀쌀한 공기를 온 얼굴로 들이박고 있는 바나가 보였다. 미간은 양쪽 눈썹이 거의 닿을 정도로 찌푸려져 있었고 입은 짜증 나는 듯 툭 튀어나와 있었다. 오늘도 배찌를 닮았군. 지난번 대형 출판사와 미팅했던 결과가 좋지 않았고, 그 때문에 바나는 어깨가 축— 처진 채로 지안을 만나러 터덜터덜 걸어오고 있었다.

"짜증 나." 바나가 다짜고짜 이마를 지안의 가슴팍에 퍽 박으며 중얼거렸다.

"짜증 안 나게 해줄게." 지안이 바나를 가슴팍에서 떼어내며 말했다. 그리고 바나의 손을 잡고 학교 앞 버스 정류장으로 향했다.

"어디 가는데?" 바나가 저항 없이 지안에게 이끌려 가며 물었다.

"반지 가지러."

한 시간 뒤, 바나는 신촌의 한 주얼리숍에서 지안이 미리 맞춰둔 반지를 끼고 손을 높게 들어 올려 가을 햇살에 반지가 반짝이는 것을 만끽하듯 쳐다보고 있었다.

"사이즈는 어떻게 알았대?" 그녀의 '예쁜 미소상'을 받을 것 같은 가지런한 치아에 햇살이 반짝이며 튕겼다.

"맨날 잡는데 모르나." 지안은 죽은 듯 잠든 바나의 손가락의 사이즈를 재는 일은 식은 죽 먹기라는 사실은 말하지 않았다. "내랑 하는 반지도 싫은 건 아니제?" 지안은 과거에 바나가 현우 선배에게 반지가 싫다고 말했던 때를 떠올리며 물었다.

"에? 그게 무슨 질문이야?" 이해가 안 간다는 표정이었다. 반지가 싫다고 거짓말한 거였구나. 지안은 기분이 좋아졌다.

"마감 언제고?"

"마감…… 일주일 뒤." 바나가 다시 시무룩해져선 말했다. 그러자 지안은 바나의 두 어깨를 붙잡고 자신 쪽으로 돌려 눈을 맞춘 후 말했다.

"자, 거 인재도 못 알아보는 멍청한 새끼들 가득한 출판사에서 빠그러진 계약은 잊고, 단편소설을 열심히 써보자. 니 어차피 근로장학생 일이랑 복수전공까지 있는데 단편이랑 장편 같이 썼으면 얼마나 힘들었겠노." 지안이 일장연설을 하자 바나가 진지하게 수긍하듯 끄덕였다. "장편 계약

같은 거는 나중에 하고, 단편으로 실력을 갈고 닦아. 그리고 장편 쓸 땐 내 이야기나 쓰고. 알겠제?" 바나가 또 끄덕였다. 안심이 가득한 미소도 함께였다.

"너랑 데이트도 해야 돼."

"그것도 맞지. 맛있는 거 먹으러 다녀야지." 지안이 그렇게 말하며 왼손으로 바나의 왼손을 잡았다. 두 사람 손에 끼워진 커플링이 다시 한번 햇빛을 튕겨냈다.

○×

맛있는 걸 먹으러 다녀야 한다는 두 사람의 결심과는 달리, 바나는 3학년 2학기엔 지안과 데이트를 많이 즐길 수 없었다. 첫째로 동아리에서 주요 직책을 맡게 된 지안이 바빠졌기 때문이고, 둘째로 바나 역시 근로장학생 동아리에서 부회장을 맡게 되어 바빠졌기 때문이며, 셋째로 바나가 자취를 시작해 지안과 물리적인 거리가 멀어졌기 때문이었다. "아, 나 절대 안 해!"라고 같은 근로장학생 멤버들에게 빡빡 우겼지만, 모두 취업 준비나 휴학, 취업계를 내고 취직을 하는 바람에 멀쩡히 남아 있는 3학년이 별로 없었다. 그래서 바나는 강제로 부회장이 되어버렸다. 지안의 상황도 마찬가지인 듯했다. 동아리 형들은 대부분 군 휴

학 중이었고, 여학생들은 지안이 동아리장을 맡았으면 좋
겠다는 의사를 내비쳤다고 한다. 근데…… 지안이는 군대
를…… 언제 가려나? 바나는 지안이 입대하는 상상을 여러
번 해보았다. 이미 군대 간 남자친구와 헤어지고 다른 남자
를 만난 전적이 있는 그녀였다. 하지만 지안은 바나에게 군
대에 대해 이렇다 저렇다 얘기를 잘 꺼내지 않았다. 알아서
하겠지. 지안이는 알아서 잘하니까. 그래도 슬픔이 밀려오
는 건 어쩔 수 없었다.

두 사람은 전처럼 자주 싸우진 않았다. 바나는 비아냥거
림을 삼켰고 지안은 그녀를 믿는다며 응원을 해줬다. 그래
서 바나는 이제야 두 사람이 안정기에 접어들었다는 생각
을 했다. 그리고 바나는 지안이 자신을 뼈저리게 사랑하고
있다 확신했으며 그가 자신을 절대 떠나지 못하는 어떤 선
상으로 들어갔다 생각했다. 물론 자신도 마찬가지였다. 이
제 바나는 지안이 없는 삶은 상상할 수가 없었다. 뭐, 사실
바나는 아주 예전부터 지안을 절대 잃기 싫은 사람이라고
여겨오긴 했지만.

하지만 안정기가 꼭 좋은 것만은 아니었다. 지안이 살을
빼겠다고 바나를 멀리하고 헬스장에 다니며 아르바이트를
하기 시작했을 때처럼, 그녀는 공허함을 느꼈다. 왜지? 그
때랑은 상황이 완전히 달랐다. 지안은 바나를 뼈저리게 사

랑하고 있고, 바나는 지안 없이 못 사는 신세가 되었으니까. 근데 왜?

그녀는 이유를 외부에서 찾기 시작했다. 둘 사이에는 아무런 문제가 없다고 되뇌었다. 바나의 머릿속에서 시끄럽게 울리는 촉의 원인은…… 군대? 아니면 동아리? 아니면 내가 너무 바빠서?

"라면! 라면!" 바나가 라면 두 봉지를 들고 와 지안에게 건넸다. "니가 끓인 라면이 제일 맛있어. 아니다, 수안이가 끓인 게 제일 맛있고 그다음은 너." 두 사람은 오랜만에 집 데이트를 하고 있었다. 지안과 열띤 논의 끝에 고른 분리형 원룸이었다. 바나는 부엌과 방을 분리하는 중문에 기대어 라면을 끓이는 지안을 구경했다.

"라면 너무 자주 먹지 마라." 지안이 말했다. 언제는 라면 사다주면서 꼬셔놓곤. 그러나 바나는 이 말을 입 밖으로 내진 않았다. 비아냥거림은 삼키기로 했고, 요즘 지안이 기운 없어 보인다는 이유도 있었다. 대신 그녀는 작은 접이식 테이블을 펴놓곤, 말없이 라면을 끓이는 지안의 옆에서 앞접시와 나무젓가락을 꺼내 와 테이블에 올려놓았다. 그가 라면 냄비를 들고 와 냄비 받침에 턱— 올려놓았을 때 바나는 재빠르게 나무젓가락을 뜯어 하나를 지안에게 건네주었다.

"맛있다, 역시." 바나가 라면을 한 젓가락을 먹곤 감탄하며 말했다. "니가 최고야." 엄지를 치켜올리는 것도 잊지 않았다. 하지만 지안은 수긍한다는 의미로 시크하게 끄덕일 뿐 말없이 라면을 먹었다.

'우리가 만약 사귀게 된다면, 대화가 끊기는 일은 없을 거야.' 놀랍게도 이 추측은 시간이 지나며 보기 좋게 빗나갔다. 두 사람은 한동안 말없이 라면을 먹고, 각자 할 일을 하며 잠시 시간을 보내다가, 바나가 노트북으로 틀어놓은 예능을 함께 보고, 양치를 한 뒤에 침대에 누웠다. 대화는 없었다.

"우리 주말에 놀러 갈까? 약속 있어?" 바나가 지안의 팔을 베고 돌아누워 지안을 껴안으며 물었다.

"음…… 주말에 동아리 MT 준비해야 하는데." 지안이 곤란하다는 듯 대답했다. "어디 가고 싶은 데가 있나?"

"그냥 뭐…… 맛집이나 찾으러 다닌다든지…… 우리 맨날 하던 거. 요즘 그런 게 없었잖아." 바나가 덤덤하게 대답했다. 하지만 그녀의 눈에는 침울함이 묻어 있었다. 불을 다 꺼놓고 누워 있어서, 지안은 그녀의 표정을 볼 수 없었다. 다행이야.

"맛있는 게 먹고 싶나?" 지안이 물었다.

"응."

"오늘 라면 맛있었잖아." 지안이 팔베개를 한 손으로 바나의 어깨를 토닥였다. "우리가 먹는 게 뭐가 맛이 없겠노. 맛이 없을 수가 없지." 그의 말이 맞았다. 오늘 먹은 라면은 언제나 그렇듯 맛있었다.

"그래, 맞아. MT 어디로 가?" 바나는 말을 돌렸다.

○×

성적장학금. 지안에게는 익숙한 단어였다. 돈이 생겼으니, 놀러 가야겠군. 이번 주에는 동아리 MT를 다녀와야 하니 다음 주쯤에 바나에게 같이 펜션이라도 잡고 놀러 가자고 할 참이었다. 너무 추운 겨울이 오기 전에, 아직 선선한 가을 날씨일 때 바나와 함께 돌아다녀야 한다는 생각도 있었다.

"나 마감……." 하지만 바나는 매우 바빴다. 게다가 그녀는 스물두 살치고는 꽤나 많은 돈을 주머니에 쓸어 담고 있었다. 정기적으로 블로그에 연재하는 에세이와 마감이 코앞까지 닥친 단편소설 원고, 바쁜 와중에도 계속 이어나가는 근로장학생 활동까지.

지안도 바쁘기는 마찬가지였다. 동아리 활동은 생각보다 녹록치 않았다. 스스로 장비를 구하고 관리해야 하는 동아리 특성상 돈이 많이 필요했고, 동아리장을 겸하면서 더 많은 시간과 노력을 빼앗겼다. 그 와중에 성적장학금이 나올 정도의 학점을 유지하기는 정말 어려웠지만 장학금마저 없었으면 그는 바나와 데이트를 못 했을 수도 있다.

하지만 기어코 일이 터져버렸다.

"그래— 동아리 활동 열심히 해라." 그녀의 말 속에는 명백히 비아냥거림이 녹아 있었다. 바나는 자주 비아냥거리는 편이었으며 지안은 예전부터 바나의 비아냥을 들어와서 진심과 비아냥거림을 꽤 잘 구분할 수 있었다. 기분이 상하셨군.

"다음 주는 니가 바쁜 거다, 알제?" 지안이 바나의 말을 받아쳤다. 이번 주는 동아리 MT, 다음 주는 바나의 마감, 그다음 주는 동아리에서 개최하는 공연이 있을 예정이었다.

"그럼 하나만 물어보자. 도대체 그 동아리를 해서 얻는게 뭔데? 돈을 벌어? 스펙이 쌓여? 나중에 너 가수 할 거야? 아니잖아. 너 역사 공부 한다며." 이 말은 지안의 가슴을 후벼 팠다. 하나만 물어보는 게 아니네. 그리고 그를 무력하게 만들었다.

지안은 음악을 좋아했다. 바나와 더블유 활동을 하기 이전부터 그는 고등학교에서 밴드부를 하며 실력을 쌓아왔다. 바나 말이 틀린 건 아니었다. 그는 학업에도 진심이었으니까. 그렇다고 해서 그가 음악을 완전히 취미로만 여기는 건 아니었다.

하지만 바나는 자신의 취미를 생계로 만들어나가고 있었다. 그것도 스물둘이라는 어린 나이에. 여러 핑계를 동원하며 최대한 입대 시기를 늦추고 있던 그는…… 조바심이 났다. 시간이 지나도 둘 사이는 안정기에 접어들지 않았다. 지안이 느끼는 두 사람의 관계는 살얼음판 같았다. 바나는 늘 비아냥거림을 꿀꺽 삼키는 표정이고, 지안은 바나에게 선의의 거짓말을 하기 시작했으니 말이다. 도연에게 하던 거짓말과는 달랐다. 김치우동 맛만 나는 게 뭐가 그렇게 맛있겠냐고 하던 그 거짓말은, 그저 도연의 기분이 상하지 않고 그날의 데이트가 잘 마무리되길 바라는 마음으로 했던 거짓말이었다. 바나에게 하는 거짓말은…… 그녀가 지안의 장점을 단점처럼 느끼지 않도록 하기 위한 거짓말이었다. 아니, 거짓말이 아니라 '선의의 침묵'인 건가?

바나는 바다 같은 사람이야. 지안은 바나가 아름답고, 위험하고, 무한하고, 예측이 불가하다고 생각했다. 그런 그녀를 위해 최선을 다하고 있는데…… 저렇게 가슴을 후벼 파는 말을 하다니. 서운하네.

때마침 지안은 바나가 자신의 계획을 지안이 망쳤다고

했던 말을 떠올렸고 그제야 그 말의 의미를 이해할 수 있었다. 우리가 너무 일찍 만난 게 아닐까. 아니면…… '내가' 널 너무 일찍 만난 게 아닐까. 또 한 번 알 수 없는 불안감이 치솟았다. 그리고 지안은 최근에 자신이 느꼈던 무기력함의 정체를 드디어 알게 되었다. 그는 바나를 위해서 커플링을 맞추고, 스티커 사진을 함께 찍었으며, 천천히긴 해도 바나를 향해 손을 흔들어주었다. 이것은 지안이 자신의 세상을 바꿀 정도로 그녀를 사랑한다는 증거였다. 지안은 바나에게 무력했고, 그것이 그를 무기력하게 만들었다.

"사랑해." 그래도 지안은 긴 말다툼 끝에 이렇게 말하며 바나를 꼭 껴안을 수밖에 없었다. 지안은 바나를 안을 때 온몸에 힘이 쭈욱 빠지는 걸 느꼈지만 그걸 티 낼 순 없었다. 그래서 그녀를 더 꼬옥 안아야 했다.

결국 바나가 입김을 불며 "이거 봐, 내 숨이야!"라고 말하는 계절이 찾아왔다. 날씨가 선선할 때 바나와 돌아다니며 맛있는 걸 먹고 여기저기를 구경하고 싶었던 지안의 바람은 금세 공기 중으로 흩어지는 바나의 입김처럼 사라졌다. 그들의 네 번째 겨울이었다.

○×

—언니 잘 지내용?

이게 누구야. 바나는 자신이 휴대폰 액정을 잘못 본 줄 알고 눈을 비볐다. 해영이었다.

—저 근로장학생 하고 싶어서…… ㅎㅎ

근로장학생 동아리는 재미도 없고 면접도 봐야 하고 서류도 제출해야 해서 인기 동아리 같은 구석은 전혀 없었지만 언제나 지원자가 넘쳐흘렀다. 고깃집에서 술과 고기를 나르거나, 아이스크림 집에서 팔이 떨어져라 아이스크림을 퍼내거나, 카페에서 뜨거운 아이스 아메리카노를 달라는 손님을 상대할 일 없이 학교에서 필요로 하는 허드렛일만 좀 열심히 해주면 돈을 주는 동아리였기 때문이다.

바나는 이 동아리의 부회장이었고 이제 곧 다음 학기 신입 회원을 뽑아야 하니, 이런 연락이 많이 몰릴 거라 예상은 했지만…… 해영이 카톡을 보낼 거라곤 생각 못 했다. 해영이 신입생으로 OT에 참석해 지안이 구워준 소시지를 뺏어 먹은 지가(사실은 바나가 직접 준 거지만) 엊그제 같은데, 벌써 해영도 3학년을 앞두고 있었다.

—음, 우리 3학년부터는 잘 안 뽑긴 하는데.

바나는 스스로도 왜 이런 답장을 보냈는지 조금 의아했

다. 물론 근로장학생은 오래 근무할 수 있는 사람 위주로 뽑아서 3학년부터 잘 뽑지 않는다는 말은 사실이었지만……
바나가 부회장인 만큼 힘을 써줘도 될 일이었으니까.

이틀 뒤, 바나는 지안과 도서관에 앉아 하나 남은 기말고사 시험을 준비하고 있었다. 어차피 벌써부터 일을 하며 돈을 벌고 있는 바나였기에, 시험 성적에 그렇게 큰 의미는 두지 않았다. 그래도 백지로 낼 순 없지. 이런 마음으로, 그리고 지안 옆에 앉아서 그가 공부하는 모습을 지켜보는 게 재밌다는 마음으로 도서관에 자리를 하나 차지하고 있었다. 도서관 창문으로 들어오는 햇빛이 지안의 코끝에서 반짝였다. 오뚝하다, 오뚝해. 어떡해? 바나는 지안을 향한 자신의 시선과 마음이 이리도 변하지 않는 게 신기했다. 하늘은 푸르고 지구는 둥글고 비가 오면 땅이 굳는구나—. 그녀에게 이제 지안은 당연한 존재가 되었다.

'이따 저녁 라멘?' 바나가 지안이 공부하고 있는 노트 끄트머리에 자그마한 낙서를 남겼다. 두 사람이 커플도 아닌데 커플 할인을 받았던 그 라멘집은 싸고 맛있는 학교 근처 식당들에 비해 거리도 멀고 가격이 좀 있다는 이유로 늘 자리가 여유로웠다.

'ㄴㄴ 가까운 데서.' 그는 바나의 낙서 옆에 이렇게 적었다. 그래, 뭐. 뭐든 맛있지. 같이 먹으면. 바나는 아쉬웠지만 지안은 이번에도 성적장학금을 받기 위해 열심히 공부하고 있었으므로 가까운 거리에 있는 식당에 가는 것이 합당하다며 자신을 달랬다. 그때 지안이 조심스럽게 의자를 밀며 자리에서 일어났다. 바나는 입 모양으로만 '어디 가?'라고 물었다. 그는 시크하게 화장실 쪽을 가리켰다.

지안이 화장실에 간 뒤, 조용한 도서관 열람실에서 지안의 휴대폰 진동이 울렸다. 바나는 재빨리 그의 폰을 집어 들었다가 화면에 떠 있는 '류해영'이라는 이름을 보게 되었다. 전화가 끊기자, 해영에게 카톡 한 통이 오기도 했다.

―ㅋㅋ 뭐야, 왜 전화 안 받아요. 공부 중?

바나는 눈을 비볐다.

600일 케이크

: 스물셋 :

지안을 처음으로 만났던 스무 살의 겨울, 놀이공원에 갔던 스물한 살의 겨울 그리고 순식간에 지나가버린 세 번째 겨울을 지나 네 번째 겨울을 맞이하자마자 두 사람 사이에는 싸늘한 공기가 살점을 베어가는 듯한 사건이 생겼고, 이건 겨울을 좋아하는 바나에겐 달갑지 않은 상황이었다.

"둘이 전화하는 사이인가 봐?" 바나는 이번엔 비아냥거림을 삼키지 못했다.

이번 사건으로 바나는 확실히 깨달은 게 하나 있었다. 아니, 이미 알고 있었던 것일지도 몰랐다. 바나의 첫사랑은 지안이라는 것과 바나 역시 드라마 속 여주인공이 될 수 있다는 것이었다. 현우 선배가 다른 여자랑 키스를 했을 때에는 극도로 침착했던 그녀가 해영의 전화 한 통에 완전히 무너졌다. 바나는 곧장 지안을 도서관 밖으로 데리고 나와 찬

바람을 맞으며 으르렁거렸다.

"……진짜 그렇게 생각하는 거라?" 하지만 지안은 오히려 황당하다는 듯 눈살을 찌푸리며 되물었다.

해영은 동아리를 고르는 중이고 규모가 제법 큰 축에 속하는 자신의 동아리에 대해 물어왔으며, 시험이 끝나면 자세히 알려주겠다 했는데도 직접 전화를 한 이유에 대해선 자신도 알 길이 없다는 게 지안의 말이었다.

"동아리 고르는 건 알고 있어. 나한테도 물어봤으니까." 바나는 지안의 말이 해명과 변명 사이의 그 어떤 지점에 있다 생각했다. "근데 나한테는 전화 안 하던데? 그리고 걔는 왜 3학년 돼서 동아리 찾으러 다니는 건데?"

"뭐 이전 동아리에서 안 좋은 일 있어서 나오게 됐다던데. 그게 내 탓이라?"

"누가 니 탓이래? 니가 그걸 어떻게 알고 있냐는 거야. 나는 그냥 딱 잘라서 우리 동아리는 안 될 것 같다고 말하고 끝이 났는데, 너는 왜 시시콜콜하게 걔가 동아리를 찾고 있고 그 이유가 뭔지 알고 있는데? 그리고 그 상황을 왜 나한테 이야기 안 했는데?"

"니 해영이 얘기만 하면 난리 치잖아. 근데 내가 뭐 하러 마감하고 바쁜 니한테 그런 얘기를 하겠나?"

아— 그래서 나 때문이다? 내가 지랄 맞아서 말 안 한 거다?

바나는 이번엔 기어코 비아냥거림을 삼켰다. 칼바람이 거세게 불어 볼에 스크래치가 나는 것 같았기 때문이다. 특히 지안의 볼이 추운 바람 때문에 시뻘겋게 올라와 있었다. 하지만 먼저 바나의 볼에 손을 얹은 것은 지안이었다.

"니 볼 터지겠다. 들어가자. 들어가서 얘기하자."

두 사람은 도서관으로 다시 들어가 짐을 챙기고 나왔다. 그리고 지안은 바나를 데리고 아까 먹고 싶다던 라멘집으로 갔다. 오픈한 지 한참이 지나서 커플 할인 같은 건 없었지만, 두 사람은 이른 저녁을 먹으며 아까의 일을 묻어두었다. 그래, 동아리 물어볼 수 있지. 근황 토크 할 수 있지. 전화는…… 그년이 이상한 년이라 한 거겠지.

"더— 럽게 춥네." 바나가 투덜거렸다.

해영의 전화 사건이 있고 얼마 후, 두 사람은 추위를 피하기 위해 한 카페에 들어와 있었다. 두 사람 사이의 추위는 아니었고, 1월이 되어서 싸늘하게 식다 못해 얼어버린 공기가 뼛속까지 파고들었기 때문이다. 바나의 휴대폰 화면에 늘 떠 있는 디데이 어플 위젯은 지안과 바나가 만난 지 600일이 다 되어간다고 알리고 있었다. 벌써 600일이라니……. 방학 동안에도 지안은 아르바이트와 동아리 활동을 하느라 바빴고, 바나는 계절학기로 모자란 복수전공 학점을 채워야 했기에 둘 다 본가로 가지 않은 상태였다.

"시간이 참 빠르다." 지안이 바나를 보며 말했다.

"그니까. 우리가 벌써 스물셋이야." 바나가 싱글벙글 웃으며 대답했다. "난 나이 먹는 게 좋아. 지금 원룸 계약 끝나면 1.5룸이나 투룸으로 가야지. 그리고 또 그거 끝나면 더 넓은 데로 가고, 또 더 넓은 데로 가고……."

"돈 많이 벌어서 나 먹여 살려 줘." 지안이 싱긋 웃으며 바나의 머리를 쓰다듬었다.

"걱정 마. 내가 차도 사주고 집도 사줄게." 바나가 결의에 찬 표정으로 입을 앙다물었다.

"차 두 대 사주냐?" 지안이 너스레 농담을 던졌다.

"당연. 너가 나 돈 줬잖아. 생활비." 바나는 자신의 생활비가 부족할 때마다 장학금이나 아르바이트비, 용돈 등을 털어 자신에게 지원해 주던 지안을 떠올렸다. "그 돈으로 차 두 대면 괜찮은 장사지?" 그리고 그녀 역시 킥킥거리며 지안의 농담을 받아쳤다.

○×

그렇지. 그 돈으로 차 두 대면 충분히 남는 장사지. 지안은 지금 마시고 있는 커피 때문에 입 안이 씁쓸한 것인지 아니면 다른 이유가 있는 건지 잘 모르겠는 심정으로 짧게 한숨을 쉬었다. 그러자 바나가 눈썹을 살짝 올리며 그를 쳐다보았다.

"이마에 주름 생긴다." 지안이 또 한 번 농담을 던졌다.

지안은 요즘 바나를 볼 때마다 안타깝고 애처로운 마음이 들었다. 바나가 불쌍한 것은 아니었다. 바나는 지안 없이도 씩씩하게 혼자서 모든 일을 잘해내고 있었다. 본가에 있는 두 동생을 챙기고 열심히 모은 돈으로 부모님께 선물을 해드리고 근로장학생 활동과 복수전공을 버텨가며 프리랜서 일까지 차분히 처리했다. 그녀가 여러 가지 일을 한꺼번에 하려고 하는 다소 산만한 성격이며 너무 긍정적이라 늘 플랜 B와 C를 준비하지 않는 단점이 있다는 지안의 충고는 이젠 소용이 없게 되었다. 물론 통상적인 상황에서는 지안의 우려가 정확히 적중하겠지만, 바나에게는 아니었다. 그녀에겐 알 수 없는 힘이 있었다. 어떻게 저렇게 모든 일이 맞아떨어지는 걸까. 그 중심에는 분명 바나의 엄청난 노력이 있을 테지만 노력을 해도 닿지 못하는 지점이 분명이 존재할 텐데, 바나는 그런 부분들까지도 혼자서 씩씩하게 해냈다. 내가 도움을 줄 수 있는 영역이 있다면 좋을 텐데. 지안은 바나를 도와주고 싶었다. 그리고 바나와 함께 성장하고 싶었다.

하지만 그에겐 아직 많은 숙제가 남아 있었다. 공부도, 음악도, 입대도. 그렇다고 지안이 뒤처지는 것은 전혀 아니었다. 다만 바나는 지안을 기다려주지 않았다. 적어도 지안은 그렇게 느꼈다. 그래서 지안은 바나가…… 아니, 사실은 두 사람의 관계가 안타깝고 애처로웠다.

"우리가 지금 말고…… 스물일곱, 스물여덟쯤 만났으면 좋았을 뻔했다." 지안은 늘 그렇듯 솔직하게 자신의 마음을 꾹꾹 담아 표현했다. 그의 솔직함은 늘 바나에게 조금 상처를 주었지만 그녀는 지안을 아주 잘 알고 있는 사람 중 한 명이었기에 그의 말에 담긴 진짜 의미를 언제나 잘 알아챘다. 한번은 '진실은 상처지만 모르는 건 기만'이라는 말까지 했으니, 지안은 최대한 바나에게 솔직하고자 했다. 선의의 침묵을 지킬 때도 종종 있었지만…… 그건 바나 때문이 아닌 지안의 불안감 때문이었다. 하지만 이번에는 선의의 침묵을 지켰어야 했던 것 같았다.

"무슨 소리야?" 방금 전까지만 해도 근로장학생 동아리 멤버에 대한 험담을 늘어놓던 바나가 정색을 하고 물었다.

"이해 안 되나?" 지안은 오히려 의아한 듯 물었다. 통찰력이 있는 그녀라면 지안의 말뜻을 단번에 이해할 것이라 생각했기 때문이다.

"이해가 되면 더 큰일 아니야?" 바나는 윗입술이 살짝 들린 입을 더욱 벌린 채로 넋 나간 표정을 지었다.

○×

"나랑 만난 거, 후회해?"

바나는 심장이 발끝으로 쿵— 떨어지는 것만 같았다. 수만 가지 생각이 머릿속을 어지럽혔다. 만나지 말 걸 그랬다는 거야? 아니면, 지금 만나기에는 서로에게 부족하다는 거야? 아니면…… '내가' 부족하다는 거야?

"무슨 소리하노. 그 소리로 들리나?" 지안 역시 인상을 찌푸렸다.

"니가 그런 소리를 하잖아." 바나가 쏘아붙였다.

지안의 얼굴에 약간의 실망감과 슬픔이 떠올랐다. 내가 멍청한 거야? 바나는 지안의 말의 의도를 전혀 이해할 수가 없었다. 그리고 두려웠다.

지안이 자신을 떠날 수도 있다는 선택지는 바나의 머릿속에 애초에 존재하지 않았다. 지안은 절대 자신을 못 떠날 사람이라는 확신이 뿌리 깊게 박혀 있었다. 하지만 그 나무가 뿌리째 뽑힌 기분이었다. 그는 날 떠날 수도 있는 사람이야. 우리가 사귀면 친구로는 끝이라는 말, 헤어지면 돌이

킬 수 없게 된다는 그 말, 자신이 내뱉은 말이 저주처럼 다시 자신에게 돌아오는 것만 같았다.

바나는 침착한 사람이었다. 현우 선배가 희진 언니와 키스하는 장면을 봤을 때도, 도연이 자신의 앞에서 펑펑 울었을 때도 그녀는 엄청난 침착함을 발휘했다. 가끔은 이 침착함이 원망스러웠던 적도 있었다. 하지만 지금은 무엇보다도 침착함이 필요했다.

"너 나랑 헤어지고 싶다고 돌려 말하는 거야?" 그러나 침착함이라는 존재는 가장 필요할 때 바나에게 나타나 주지 않았다. 지안은 그녀의 첫사랑이니까, 침착함 같은 게 생길 리 없었다. 그녀가 침착했던 이유는 자존심이 강해서였는데, '한지안'은 그녀가 자존심을 세울 수 있는 상대가 아니었다.

"그게 그렇게 들리더나." 지안의 표정에는 절망감과 착잡함 사이 어딘가의 복잡한 감정이 둥둥 떠 있었다. 바나는 이게 대체 무슨 표정인지, 아까 한 말의 정확한 뜻은 무엇인지 물어보려 했으나 지안이 교내 여러 동아리의 주요 인원이 모이는 술자리에 가야 해서 그를 시간 맞춰 보내줘야 했다.

"푹 쉬어라." 지안이 바나의 집 앞에서 그녀에게 인사했다. 바나는 슬픈 표정으로 지안을 쳐다보다 대답하지 않고 집으로 들어가 버렸다.

집에 도착하자마자 바나는 1인용 작은 침대에 풀썩 드러누웠다. 스물일곱, 스물여덟…… 고요하게 집에 혼자 있으니 지안이 한 말이 메아리처럼 바나의 머릿속을 툭툭 쳐 댔다. 이럴 때 룸메이트라도 있으면, 아니면 시끄럽고 귀찮게 하는 수아라도 있으면 조금 덜 괴로웠을 것 같단 생각이 들었다. 옷을 갈아입고 화장을 지우려던 찰나에 문을 두드리는 소리가 들렸다.

"뭐야?" 지안이 현관 앞에 서 있었다. 작은 케이크 하나를 들고.

"600일." 그가 케이크를 바나에게 건넸다. "우리 그날 못 보잖아."

아, 그랬지. 600일 당일 점심에는 바나의 미팅이, 저녁에는 지안의 가족 모임이 있었다. 짜증 나. 그래도 내일 보기로 했으니까…… 이런 생각을 하고 있을 때 지안이 그녀를 꼬옥 껴안았다. 하지만 예전처럼 어깨에 고개를 파묻고 숨을 들이마시지는 않았다.

"나 이제 꼬리꼬리한 냄새 안 나지?"

"어. 좋은 향 나네."

"향수 뿌렸어. 니가 준 거."

지안이 떠난 후 바나는 세수를 하고 로션을 바른 뒤 책상 앞에 앉아 요즘 보고 있는 드라마 하나를 틀어놓았다. 드라마를 보며 케이크를 먹을 생각이었다. 아참, 케이크를 갖고 와야지. 그녀는 틀어놓은 드라마를 멈추고 일어나 냉장고에서 케이크를 꺼냈다. 상자 끄트머리에 붙어 있는 영수증이 달랑거렸다.

'600.'

영수증 끝 부분의 서명란에 적힌 숫자였다. 바나는 영수증을 버리지 않고 조심히 테이프 부분을 떼어낸 뒤 수첩 사이에 끼워 넣었다. 600일 기념 케이크는 바나가 먹어치워 없애더라도, 이날 지안이 급하게 계산해서 들고 온 영수증은 바나의 책상 어딘가에 계속 남아 있을 거라 생각하니 기분이 조금 좋아졌다. 그래도 아까 지안이 한 말은 바나의 몸 어딘가에 남아 계속해서 바이러스처럼 바나를 갉아먹었다.

이별은 왜 힘든 걸까? 단순히 정들고 사랑했던 사람이 떠나서? 아니면…… 다른 이유가 있어서?

그녀는 출판사에 보낼 글을 마무리 짓기 전에 이런저런 상상을 해보았다. 그 상상 중 대부분은 지안과 그녀가 헤어지는 상상이었다. 왜 이런 상상이 자꾸 떠오르는지 스스로도 알 수 없었지만…… 아무튼 글쓰기에 도움이 된다고 믿어보기로 했다. 이별은…… 그 사람을 떠나보내는 느낌이라기보단, 그 사람과 내 시간들을 함께 떠나보내는 느낌이겠지. 그녀는 이렇게 결론을 지었다.

바나가 글을 마무리하고 파일을 보낼 때쯤, 지안에게서 동아리 형들과 1차를 마치고 2차로 이동을 한다는 연락이 왔다. 지안이한테도 보내야겠다. 그녀는 다시 메일창을 열어 지안의 메일로 자신이 쓴 글을 보냈다.

아까 잘라둔 케이크 한 조각 중 남은 반 조각을 들고 책상에서 다시 드라마를 보기 시작했을 때 지안은 노래방에 있다고 했다. 드라마를 몇 편 보다가 뒤로 갈수록 재미가 없어서 시들해질 때쯤에 지안은 자신이 부른 발라드 한 곡을 녹음해서 보내주었다. 드라마를 끄고 내일 있을 수업의 과제를 대충 하기 시작했을 때는 지안이 집으로 돌아가는 중이라고 했다.

—집 가면 내가 글 보낸 거 읽어봐 줘. 메일로 보냈어!

과제를 적당히 마무리하고 내일 점심때쯤 지안의 집에 가서 할 일을 정리하기 위해 수첩을 열자 아까 끼워두었던 영수증이 보였다. 영수증은 처음에는 곡선으로 말린 형태였는데, 이제는 반반하게 펴져 있었다. 바나는 예쁜 마스킹 테이프를 뜯어 책상 쪽 벽에 영수증을 붙여두었다. 지안과 찍었던 수많은 스티커 사진의 옆자리였다. 나중에 코팅이

나 해둘까나. 벽에 영수증을 붙일 때 지안과 맞춘 커플링이 반짝여 커플링을 몇 번 만지작거리곤, 다시 수첩에 내일 할 일을 적기 시작했다.

1. 지안이한테 글 어떤지 물어보기
2. 저녁 먹고
3. 집에서 각자 할 일
4. 노래방 가기?

할 일을 다 적고 난 뒤, 보다 만 드라마를 다시 틀었다가 10분 만에 껐다. 역시 재미없군. 다른 거 봐야겠다. 하지만 마땅히 볼 만한 것을 찾지 못해 바나는 게임을 켰다. 지안이 "스타크래프트가 이거보다 천만 배는 더 재밌다"라고 했던 AOS 장르의 게임이었다. 아직 시작한 지 얼마 되지 않아 그녀는 AI전을 연습했다. 광고창을 보니, 국내 리그가 곧 개최된다고 했다. 바나는 자신이 좋아하기 시작한 팀의 경기 일정을 확인하고 달력에 적어두었다. 챙겨 봐야지. 그리고 이 모든 일을 하는 동안 지안에게서 연락이 없었다.

보통은 술에 취해 전화하거나 카톡으로 간단하게 자겠다는 연락을 남겨놓는 편이었다. 정말 많이 취하면 연락을 못 하고 잠에 드는 경우도 종종 있긴 했지만…… 바나는 촉이 날카롭게 서는 것을 느꼈다. 내 촉이 뭐라고. 그녀는 그렇게 부정하려 애썼다. 지안과 도연이 어묵탕을 앞에 두고 앉아 담소를 나눌 때도, 하린이 높게 올려 묶은 반머리를 통통 튀기며 등장했을 때도, 바나에게는 있지도 않던 과잠을 입고 나타난 희진 언니를 처음 봤을 때도, 지안이 해영이 찍어준 사진으로 프로필 사진을 바꾸었을 때도 그녀는 꺼림칙한 촉을 느꼈다. 하지만 지금은…… 지금은 아니야.

"스물일곱, 스물여덟." 작게 중얼거리다가 다시 심장이 발끝으로 쿵 떨어지는 것을 느꼈다. 뒤통수가 베개에 닿기만 해도 잠이 드는 바나였지만 이날 밤은 잠을 거의 이루지 못했다. 아무 알림이 울리지 않는 휴대폰만 눈을 껌뻑이며 보고 있을 뿐이었다. 왠지 모를 감정의 소용돌이가 바나를 짓눌러서 속이 답답했다. 잠깐 잠이 들었을 때마저 바나는 악몽을 꿔야 했다. 희진 언니와 키스를 하고 있는 현우 선배의 모습이 지안으로 바뀌고, 이어서 옆에 있던 희진 언니의 모습이 도연으로 바뀌는……. 목이 뻑뻑하고 숨이 안 쉬어지는 느낌이었다. 답답해. 창문을 활짝 열었다. 찬 겨울 바람이 들어왔다. 작은 원룸은 쉽고 빠르게 식었다. 찬 공기를 마셔도 답답한 마음은 가시지 않았다.

　—뭐 해?

　—집에 도착했어?

—일어나면 연락해.

　결국 다음 날 아침까지도 지안에게선 연락이 없었다. 물론 과음했을 테니 그가 오후까지 늘어지게 잠만 잘 가능성도 있었다. 아니면, 휴대폰을 충전 중인가? 아니면…… 바나가 모르는 무언가가 있을지도 몰랐다. 밤새도록 불안감에 짓눌려 침대에서 일어나는 것조차 힘들었던 바나는 다크서클이 진하게 내려온 눈으로 나갈 준비를 시작했다. 지안의 집으로 찾아갈 생각이었다.

더 이상 맛있는 걸 먹지 않는 사이

바나는 지안의 자취방 앞에 도착했다. 지안이 언제든 놀러 오라며 스페어 키를 줬으니 당장 문을 열고 들어가도 이상할 건 없었다. 분명 지안은 집 안에서 자고 있을 터였다. 들어가 보자. 어차피 점심에 만나기로 했으니까…….

주머니에서 스페어 키를 꺼내서 문고리에 꽂으려는 순간…… 바나는 멈칫했다. 들어가도 되나? 그녀는 들어갔을 때 자신의 앞에 펼쳐질 광경을 두려워하는 사람처럼 보였다. 만약 동아리 형들이랑 자고 있으면? 지안의 여자친구가 지안이 연락이 안 된다는 이유로 난데없이 들이닥친 꼴이 될 것이다. 그래선 안 되지. 지안이가 제일 싫어하는 행동 중 하나잖아. 만약에 수안이랑 같이 있으면? 몇 번이고 수안에게 폐를 끼쳤는데, 아침부터 찾아와 또 한 번 민폐를 끼치는 꼴이 될 것이다. 만약에 아무도 없으면? 그럼 집에 간다고 했던 지안은 대체 어딜 간 걸까.

만약에…… 내가 모르는 사람이 있다면? 그리고 그게 여자라면? 말도 안 되는 소리였다. 지안은 바나를 자신의 목숨만큼이나 사랑하는 사람이었다. 하지만 바나의 촉은 언제나 말도 안 되는 일에 경고음을 시끄럽고 강하게 울려대곤 했으니까. 내가 상상력이 너무 과한가?

문에 귀를 바짝 붙이고 안에서 나는 소리를 들어보려 했지만 집 안은 고요했다. 코 고는 소리나 말소리도 들리지 않았다. 인기척이 전혀 없었다.

그녀는 다시 계단을 뚜벅뚜벅 내려와 지안의 원룸 건물 앞에 섰다. 학교로 갈 참이었다. 몇 걸음을 떼다…… 바나는 다시 방향을 돌려 지안의 집 앞으로 왔다. 다시 계단을 뚜벅뚜벅 올라갈 땐 계단을 밟는 투박한 소리가 바나의 심장 소리에 묻혀 들리지 않을 정도였다. 심장이 너무 크게 뛰어 호흡이 거칠어지기 시작했다.

다시 그의 집 앞에 섰을 때는 100미터 달리기를 막 마친 사람처럼 숨을 헐떡이고 있었다. 심지어 코로만 숨을 쉬기가 힘들어 입을 벌려 헉헉대며 빠르고 큰 호흡을 내쉬었다. 주머니에서 열쇠를 꺼내 열쇠 구멍까지 가져갔지만…….

다시 몇 분 뒤, 바나는 건물 앞에 서 있었다. 들어가서 마주할 광경이 감당이 되질 않았다. 아니야, 그냥 혼자 자고 있을 수 있잖아? 그렇게 다시 올라갔다, 내려갔다를 끊임없이 반복하는 사이 30분이라는 시간이 흘렀다.

바나는 결국 열쇠 구멍에 열쇠를 꽂았다. 철커덕거리며 쇠끼리 부딪히는 소리가 기분 나쁘게 들렸다. 안에서는 아무 반응도 없었다. '누구세요—'라도 하라고. 1분 정도 기다렸지만 아무 반응이 없어서 바나는 열쇠를 돌렸다. 철컥— 하며 낡은 원룸의 문이 끼익 열렸다. 질리도록 익숙한 방의 풍경이 보였지만 익숙한 사람은 없었다.

방은 말끔하게 정리되어 있었지만 자세히 보면 수안이 급하게 나갈 준비를 한 듯한 흔적이 남아 있었다. 수안이 전공하는 공학 관련 전공서적이 책상 위에 널브러져 있었고 과잠이 뱀 허물처럼 벗겨진 채로 의자에 걸쳐져 있었다. 지안의 흔적은 전혀 없었다. 어제 지안이 입었던 옷도 없었고 어제 지안이 신었던 신발도 없었다.

심장은 이제 너무 빨리 뛰어서 잠시 멈춘 듯 느껴졌다. 한겨울인데도 바나의 얼굴은 시뻘게져 있었다. 책상 위에 잠금화면이 띄워진 노트북이 눈에 띄었다. 노트북에는 바나가 언제든 사용할 수 있도록 비밀번호를 적은 작은 포스트잇이 붙어 있었다. 이미 닳고 닳도록 많이 입력해 보기도 했고, 자신의 자취방 도어록마저도 이 비밀번호의 마지막 네 자리로 설정해 두었기 때문에 숫자는 이미 외우고 있었다. 그래서 그녀는 노트북에 쉽게 로그인할 수 있었다. 카카오톡 PC 버전이 자동으로 켜졌지만 비밀번호를 입력해야 했다. 바나는 혹시 하는 마음으로 노트북 비밀번호를 입력했다. 틀린 번호였다. 앞 글자를 대문자로? 아니면 기호를 붙여서? 두 번 정도 시도한 끝에 카카오톡이 로그인되었다. 안에는 여러 채팅이 쌓여 있었고 그중 바나가 마지막으로 보낸 메시지도 보였다. 그리고 채팅창 중 하나에 '류해영'이라는 이름이 보였다.

　—잘 가요, 오빠. 잘 먹었어요!

　메시지를 주고받은 시간은 바로 지금이었다. 채팅창에 들어가 내용을 확인하려는 그때, 카카오톡이 자동으로 로그아웃되었다. 그리고 지안에게 전화가 걸려 왔다.

　"어…… 어딘데?" 목소리 뒤에는 시끄러운 사람들의 소리가 들렸다. 야외인 것 같았다.

　"넌 어딘데?" 바나는 놀랄 만큼 침착했다. 나 왜 이러지? 갑자기 왜 이렇게 침착해? 하지만 아까 잠시 멈춘 듯했던 심장은 아직도 그대로였다.

　"난…… 이제 집에 가는 중."

　"응. 그래. 난 집이야." 바나는 간결히 대답했다.

　언젠가 한번 지안이 말한 적 있다. 거짓말에는 선의의 거짓말도 있다고. 바나는 솔직하지 못한 사람을 싫어했고,

지안은 바나에게 솔직하기로 했다. 때론 그 솔직함이 바나를 아프게 두드렸지만 모르는 것보단 낫다 생각했다. 그런데…… 차라리 몰랐으면 좋았을 뻔했어.

"집이라고?" 지안이 다시 물었다.

"응. 집이라니까. 왜?"

"너네 집?"

"응." 바나는 지안에게 거짓말을 했다.

너도 나한테 거짓말했잖아.

○×

지안은 바나의 집에 600일 기념 케이크를 전해준 뒤, 곧바로 학교로 가 여러 동아리 멤버가 모이는 술자리에 참석했다. 술자리에는 해영이 있었다. 3학년이 큰 동아리에 들어오려면 동아리장인 자신이 아니라 중앙동아리 총회장에게 연락해 허락을 구하는 게 더 낫다는 지안의 조언 때문이었다. 해영은 특유의 친화력을 발휘해 이미 여러 사람과 제법 친해진 상태로 술자리를 즐기고 있었다. 그래서 지안은 해영이 앉아 있는 테이블에 앉았다.

1차가 끝난 뒤 토바코에서 2차 술자리가 열렸다. 바나와 함께 자주 맡았던 쾌쾌하면서도 맛있는 음식 냄새가 오묘하게 섞여 지안의 코를 자극했다.

"안녕하세요, 오빠." 해영이 반갑게 인사했다. 같은 테이블에 앉아 있었으면서 이제 와서 인사를 건네는 그녀가 웃기다는 생각이 들었다.

"어, 오랜만이네." 그리고 지안은 바나에게 연락을 하는 것을 잊었다.

즐거운 술자리가 이어졌다. 오랫동안 바나와 단둘이 붙어 다니거나, 동아리 사람들과 어울리거나, 건수나 정우와 함께 단란한 술자리를 즐기는 시간이 대부분이었다. 하지만 이렇게 많은 사람과 다시금 북적이는 술자리에 있으니 감회가 새로웠다. 다시 스무 살로 돌아간 것 같다는 유치한 감상은 아니었다. 바나가 이곳저곳에서 자신을 성장시키는 동안 너무 바나에게 과몰입했다는 사실을 새삼 깨달았다. 그게 나쁜 것은 아니었지만 결과적으로는 바나에게 아무런 도움을 줄 수 없는, 바나와 발맞추어 성장해 나갈 수 없는 상황을 만들었다. 우리가 정말 스물일곱, 스물여덟쯤 만났으면 어땠을까. 평생 잊을 수 없고 떨어질 수 없는 그녀를 너무 일찍 만났다는 아쉬움을 못내 지울 수 없었다. 스무 살에 처음으로 그녀를 만난 개강총회 자리가 마치 악연의 시발점처럼 느껴졌다. 각자 다른 곳에 있었어도, 결국 두 사람은 어떻게든 만났을 거라는 강한 확신과 함께 지금 바나와 지안의 관계에 안타까움이 일었다. 그래서 안 그래도 취한 상태로 술을 양껏 마셔버린 지안이었다.

너무 일찍 만났어. 지안은 바나를 너무 사랑했고, 그래서 실수를 저질러버린 게 아닐까 불안했다. 하지만 바나는 이런 지안의 마음을 이해하지 못하는 것 같았다. 오늘 그 표정을 보면…… 확실히 그랬다. 하지만…… 먼저 그런 말을 한 건 바나였다.

"오빠, 술 더 마실래요?" 3차 노래방을 나오자 해영이 물었다. 해영과 다른 두 사람은 자리를 옮기기로 한 모양이었다. 방학이니 다들 밤새워 놀아도 괜찮다고 했다. "신촌 갈 거예요."

"지금 이 시간에?" 그에게는 할 일이 많았다. 바나가 쓴 글을 읽어보기로 했고, 그녀에게 연락도 해야 했고…….

"가요, 오빠. 같이 가요." 해영이 지안의 팔을 잡아끌었다.

술자리는 그리 길지 않았다. 한 사람은 여자친구에게 혼나느라 술집을 급히 빠져나와야 했고 한 사람은 취했다며 도망가 버렸다. 지안과 해영만이 남아 택시를 잡기 위해 길에 나란히 서 있었다.

"우리 집 규칙. 잠은 집에서. 구식이야." 해영이 배시시 웃으며 말했다.

"데려다줄게."

"맥주나 한잔 더 할래요?" 해영이 이번에도 지안의 팔을 잡아끌었다.

이후에 기억나는 것은 그녀를 집까지 바래다준 것과 너무 취해서 당장 잠을 자고 싶었던 것이다. 바나에게 전화해 지금 찜질방에 간다고 설명하면 해영과 단둘이 술 마신 일을 두서없이 말하게 될 테고 그러면 바나가 잠 못 이루는 밤을 보낼지도 모른다. 그렇게 생각하자 조심스러워진 지안은 카운터에 휴대폰 충전을 맡기고 찜질방 한쪽에서 잠이 들었다.

시끄러운 소리 때문에 본의 아니게 일찍 일어난 지안은 느긋하게 목욕을 즐기고 집으로 돌아가기로 했다. 탕 안에 앉아 있으니 김이 옹실옹실— 피어나는 것이…… 바나가 보고 싶었다. 얼른 마저 씻고 카운터로 휴대폰을 받으러 나갔다.

바나의 걱정 어린 메시지가 잔뜩 쌓여 있었다. 뭐라고 해야 하나? 그는 솔직한 사람을 좋아하는 바나를 위해 최대한 솔직한 마음으로 관계에 임해왔다. 물론 지안이 거짓으로 꾸며진 삶을 사는 것은 아니었지만, 그는 원래 선의의 거짓말을 긍정하는 사람이었다.

알면 상처지만 모르면 기만이라……. 하지만 이번엔 너무 사실대로 말하면 안 되겠지. 그리고 그때 해영에게 전화가 왔다. 해영은 그가 찜질방에서 잔 것을 알았고, 마침 찜질방과 해영의 집이 아주 가까우니 함께 학교에 가자고 제안했다.

"동기들 학교 앞에서 만나기로 해서요. 잠이 일찍 깨기도 했고." 그런 것치곤 해영의 눈 밑에 다크서클이 심하게 내려와 있었다. 피곤한가 보네.

"좀 더 자고 오후에 출발해도 되잖아."

"오빠랑 같이 가면 재밌죠, 뭐."

학교에 도착했을 때, 두 사람은 빠르게 해장을 하기로 했다. 지안은 우식으로 들어가 순제 2인분을 시켰다. 아직 바나에게 연락은 하지 못했다. 지금 일어났으려나. 그녀가 걱정할 것 같다는 생각이 들었지만…… 어차피 두 사람은 이따 만나기로 약속했다.

―잘 가요, 오빠. 잘 먹었어요!

집으로 터덜터덜 걸어가며 해영의 카톡에 답장하기 위해 지안은 채팅방에 들어갔다. 아직 바나의 메시지는 읽지 않았다. 해영과 함께 학교에 오느라 뭐라고 설명해야 할지 마음을 정하지 못했기 때문이었다. 그 사이, 알림이 하나 더 도착했다. PC 카톡으로 로그인이 되었다는 알림이었다.

수안은 오늘 일찍부터 약속이 있다. 그리고 수안이 자신의 카톡에 접속할 성격은 전혀 아니었다. 그래서 지안은 바나에게 전화를 걸었다.

"어딘데?"

바나는 집에 있다고 했지만, 목소리에서 제정신이 아님이 느껴졌다. 거짓말을 한 건가……? 늘 자신에게 솔직함을 설파하던 그녀가 아니었던가. 답을 내리지 못한 채 혼란스러운 마음으로 전화를 끊고 집 앞에 도착했을 때, 그녀의 집이 아닌 지안의 집 앞에 있는 바나와 마주쳤다. 그녀의 표정은 이상하리만치 평온했지만 곧 기절할 것 같은 기운을 흘리며 덜컥 멈춰 서 있었다.

"설명할게." 지안이 말했다.

"아냐. 필요 없어."

말없이 밤을 새우고 연락이 두절되고 아침에 해영과 헤어졌다. 이 상황에서 바나가 상상할 수 있는 가능성은 몇 가지밖에 없었다. 대부분 바나 입장에서는 끔찍한 일들이었다. 바나는 이미 저만치 걸어가고 있었고, 지안은 급하게 그녀의 뒤를 쫓아갔다.

"설명할 수 있어."

지안의 애처로운 말에 바나가 발걸음을 멈췄다. 그리고 천천히, 아주 천천히 뒤를 돌아보았다. 여전히 평온한 얼굴이었으나 여전히 기절할 것 같은 기운을 뿜고 있었다.

"해봐, 그럼." 그녀의 목소리는 너무 작고 나지막했지만, 지안의 귀에는 아주 선명하게 들렸다.

○×

지안은 바나에게 무슨 일이 있었는지 상세히 설명했다. 바나는 거짓이라 생각했다.

"선의의 거짓말?" 바나가 눈썹 한쪽을 치켜올리며 물었다. 양쪽 눈썹을 올리기엔 힘이 없었다.

"내가 거짓말하는 것 같나?" 지안이 참담한 표정으로 물었다.

"너 거짓말 잘하잖아. 넌 늘 거짓말 잘했어."

"내가? 니한테?"

바나는 그제야 그녀가 지안에게 '솔직함'을 강요하고 강조했던 이유를 깨달아버렸다. 사실 바나도 그렇게 솔직한 타입은 아니면서 말이다. 바나 역시 침착한 사람이고, 자존심이 강한 사람이었다. 침착하다는 것은 본심을 숨긴다는 것이고, 그건 일종의 거짓이다. 그럼에도 바나는 자신이 솔직한 사람이라고 지안에게 자부해 왔다. 왜?

"넌 처음부터, 날 항상 속여왔어."

"내가 뭘 속였는데?"

"우식에서, 도연이랑 잘되고 있으면서 말 안 했잖아. 그리고 벚나무 밑을 손잡고 지나갔잖아."

지안은 지금 와서 그 얘기가 왜 나오는지 전혀 이해하지 못하는 눈치였다. 그러나 바나는 그가 도연과 사귀게 됐다고 자신에게 말하지 않은 것도, 해영과 영화 본 일을 숨긴 것도, 해영이 동아리에 대해 물어봤다고 말하지 않은 것도, 그리고 지금 이 상황도…… 다 같은 맥락이라는 생각이 들었다.

"내가 너한테 믿음을 강요할 수는 없겠지. 니가 믿기지 않는다면 그걸 내가 어떻게 할 수가 없어. 근데 난 진실을 말했어." 바나는 지안의 이런 말들 때문에 그를 더욱 믿지 못하게 되었다. 억울함을 호소하든가, 잘못했다고 용서를 빌든가. 지안에게 솔직함을 강요하던 바나의 과거가 역으로 그녀를 괴롭히고 있었다. 그는 딱 한 번 생긴 일인데 왜 믿어주지 않느냐고 유치하게 호소하지도 않았고, 거짓이라며 딱 잘라버리는 바나에게 매달리지도 않았다.

"잘못했다고 빌기라도 하든가, 제발 한 번만 봐달라고 하든가 해야 되는 거 아니야?"

"잘못을 안 했으니까. 난 진짜 찜질방에서 잤어."

그러니까, 해영이랑 단둘이 마지막까지 술을 마신 일을 말 안 한 게…… 선의의 거짓말이라는 거네. 잘못한 게 없다는 거고.

세상이 무너지는 것 같았다. 무너진 하늘의 조각들이 바나를 내리누르는 듯한 기분이 들었다. 또 한 번 호흡이 거칠어졌다. 심지어 망할 촉 때문에 제 발로 그의 집까지 찾아간 게 후회되기까지 했다. 몰랐으면 좋았을걸. 그러나 그녀는 지안에게 '모르는 건 기만'이라는 말을 했던 사람이었다. 선의의 거짓말을 하는 게 맞는 거야? 진심은 악의적일 수밖에 없는 거야?

"그게 정말 끝인 거지? 내가 안 믿으면 할 수 없다는 거지?" 바나가 싸늘하게, 그리고 슬프게 말했다.

"안 믿고 싶은 거잖아. 안 믿고 있잖아."

"너…… 나랑 헤어지고 싶어서 이러는 것 같아." 바나가 속이 답답한 듯 가슴 쪽 옷자락을 움켜쥐고 거칠게 심호흡하며 말했다. "헤어지고 싶었는데…… 지금 기회가 온 사람 같다고, 너."

지안은 그런 바나의 모습이 걱정되었는지 한 발짝 다가갔지만, 바나는 여전히 거칠게 숨을 몰아쉬며 한 발짝 뒤로 물러섰다. 그러자 지안이 멈춰 섰다.

그녀는 지안이 예전에 했던 조언을 이 상황에 적용하기로 했다. 지안이 자신에게 상처를 준 것은 맞지만 그는 언제나 바나에게 정답을 알려주고 바른 길을 알려주는 안내자이자 동행자였으니……. 이제 바나는 그 안내자이자 동행자인 사람과 이별할 것을 결심했다. 단칼에, 빠르게. 지안이 '어리하다'고 하지 않게.

"니 괜찮나? 아프나?" 지안은 안절부절못하고 있었지만 섣불리 바나에게 다가가지도 못했다. 결국 바나는 가슴팍을 부여잡고 천천히 쪼그려 앉았다. 숨을 거칠고 급하게 몰아쉬면서. "괜찮냐고."

"헤어지자."

지안은 바나에게 최고의 사람이었고 최악의 사랑이 되었다.

○×

바나는 지안에게 이별을 통보한 뒤 다시 천천히 일어났다. 살짝 비틀거려서 지안이 몸을 움찔했지만 바나는 오지 말라는 듯 손을 들어 막았다. 그래서…… 붙잡지도 못했다.

"괜찮은지만 말해줘." 바나는 여전히 숨을 헐떡이고 있었고 지안은 그녀가 금방이라도 쓰러질까 걱정이 되었다. 겨울이 좋다며 허공에 불어대던 그녀의 숨과는 다른 거친 입김들이 공기 중으로 흩어지고 있었다.

"괜찮아." 하지만 바나는 이를 악물고 대답했다.

지안은 바나가 등을 돌려 천천히 걸어가는 모습을 바라 봤다. 걸음이 참 느리구나. 그래서 그는 쉽게 그녀를 따라 잡을 수 있었다.

"그……." 지안이 뒤따라가 입을 열자 바나는 지친 얼굴로 뒤돌아보았다. "미안하고…… 고맙다." 그러자, 바나의 힘없는 얼굴이 오만상이 되더니 울음이 터져 나왔다.

대체 뭐가 고맙고 뭐가 미안하냐는, 울분이 가득 찬 그녀의 목소리를 듣자 오만 가지 말들이 떠올랐다. 다 고맙지. 다 미안하고. 평생 겪어보지 못했고, 앞으로도 절대 겪지 못할 사랑을 경험하게 해주어 고맙다고, 그리고 자신의 이 넘쳐나는 사랑을 사랑의 형태로만 전해주지 못해 미안하다고. 하지만 그는 말할 수 없었다. 그녀가 떠나기로 결심했으니, 이런 말은 소용없을 것이다.

"여기까지 오게 해서…… 미안하고, 고맙지." 그래서 그는 이런 실없는 말을 했다. 바나는 더욱 크게 울음을 터뜨렸다.

바나는 늘 지안을 안내자이자 동행자라고 여겼지만, 지안은 자신이 한 번도 바나를 제대로 안내하고 동행한 적이 없다고 생각했다. 바나는 절대 지안의 안내를 따르지 않았고, 동행하기보다는 앞서갔으니까. 그러니 이번에도 다르지 않을 것이다. 대신 지안은 다른 하나를 믿어보기로 했다. 정말 바나가 평생 잊을 수 없는 사람이라면, 딱 한 번뿐인 필연이고 딱 한 명뿐인 운명이라면 언젠가 다시 만날 수 있다는 사실을.

"그게 끝이야?" 그녀는 눈물을 펑펑 쏟아내며 말했다.

끝이냐고……? 바나는 더 이상 지안과 만나길 원치 않는다고 의사를 표현했으니, 그녀의 의견을 존중해 줘야 한다고 생각했다. 아니…… 사실은 자신에게 시간이 필요한 것인지도 몰랐다. 끝은 아닐 거야.

"말같이 들리지도 않겠지만, 널 사랑해서 모험을 하는 거라 생각해 줬으면 좋겠다." 지안의 말에 바나의 표정이 일그러졌다.

"모험?"

"우린 너무 일찍 만났어. 물론 넌 다른 이유 때문에 우리가 헤어진다고 생각하겠지만…… 난 이 선택이 우리 관계에 궁극적으로는 좋은 결과를 가져다준다고 생각해."

"틀렸어." 여전히 이를 악문 말투였다. "우리가 언제 만나든 그건 아무 상관이 없어. 우린 그냥 친구로 남았어야 해."

"나도 너랑 헤어지기 싫어." 지안의 목소리 역시 살짝 떨렸다. "근데 잠깐 떨어져 지낸다고 생각하자. 뭐…… 이것도 말같이 들리지도 않겠지만." 지안은 바나가 제발 자신의 말뜻을 이해해 주길 바라는 표정으로 그녀를 쳐다보았다.

"하필 류해영이야. 차라리 다른 애면 좀 나았을 텐데." 하지만 그녀는 이 말을 마지막으로 남긴 채 그를 떠났다.

뭘 먹어도 맛있었던 두 사람의 사이는 끝나버렸다. 우식은 사장님의 건강 문제로 문을 닫았고 그 자리에는 다른 한식집이 생겼다. 두 사람이 자주 가던 라멘 가게는 학교에서 조금 떨어져 있고 가격이 꽤 나간다는 이유로 손님이 없어 폐업했다. 기숙사 1층 분식집은 프랜차이즈 햄버거 가게로 바뀌었고 4층 휴게실은 리모델링에 들어갔다고 했다. 토바코는 학교 뒷문이 아닌 정문으로 위치를 옮기면서 좁고 아늑한 분위기가 사라지고 개강총회 같은 행사가 열리는 큰 술집으로 바뀌었다. 지안은 단칼에, 빠르게 이별을 택한 바나가 원망스러웠다. 이제 와서 말 잘 들어주네…….나한테도 뭉그적거려 주지. 아니면 단칼에, 빠르게 이별을 택할 만큼 지안이 싫어진 것일 수도 있다.

그러나 헤어지는 것은 생각대로 단칼에, 빠르게 되지는 않았다. 두 사람의 관계는 살아 있는 유기체처럼 얼기설기 얽혀 있었기 때문이다. 하지만 그 얽혀 있는 형태도 점차 풀리며 정리가 되기 시작했다. 이유는 간단했다. 이제 둘은 더 이상 맛있는 걸 먹으러 다니는 사이가 아니었으니까.

"아직도 내 안 믿나." 지안이 종이 가방 두 개를 건네며 바나에게 물었다. 바나는 개강이 다가올 즈음이 되어서야 지안의 집에 놓고 온 그녀의 마지막 짐을 건네받았다.

"모르겠어, 솔직히." 바나는 덤덤하게 말하며 종이 가방을 확인해 보았다. 옷가지 위에 칫솔 하나가 놓여 있었다.

"칫솔은 그냥 버리지."

"니 껀데 어떻게 버리노."

"자." 그녀가 칫솔을 꺼내 다시 건넸다. "세면대 청소용으로 쓰던가 해. 물때 끼더라." 지안은 말없이 칫솔을 받았다. "생각해 보니까 니가 바람을 피웠든, 아니든…… 그러니까 니 말이 진짜여도 우린 헤어지는 게 맞아." 지안은 바나의 말을 듣자 갑자기 이별을 확 실감했다. 바나는 두 사람의 관계를 '친구로서'도 끊어버릴 생각이었다. 현우 선배와의 이별은 그렇게 질질 끌어놓고…… 서운하게. 또 한 번 이런 마음이 드는 지안이었다.

"왜 헤어지는 게 맞는데?"

"내가 너한테 거짓말을 했잖아." 이건 예상치 못한 이유였다.

"니가?"

"내가 너한테…… 집에 있다고 거짓말했잖아." 솔직하지 못한 걸 싫어하는 바나다운 대답이었다. "우리 관계는 처음부터…… 이상했어."

"그냥 이렇게 지내도 난 괜찮아." 지안이 마지막으로 자신의 진심을 짜냈다.

"왜 이렇게 지내야 하는데?"

"난 헤어지는 게 싫다니까. 말했잖아." 그리고 결국은 이런 말까지 뱉었다. "슬프다고."

"그래……. 헤어지기 싫은데 헤어지는 건 슬프겠지. 하지만 헤어지고 싶은데 못 헤어지는 건 괴로워. 난 그만 괴롭고 싶어." 바나는 팔을 들어 옅은 미소를 지으며 지안의 팔뚝을 무뚝뚝하게 토닥였다. "잘 지내." 무뚝뚝하면서도 사랑이 가득 담긴 토닥임이었다. 그렇게 그녀는 자신에게 남은 사랑을 모두 지안의 마음에 버리고 갔다. 그래서 지안은 그녀의 남은 마음과 칫솔을 가지고 자신의 자취방으로 돌아갈 수밖에 없었다.

자취방에 와 노트북을 켜자 카카오톡에 비밀번호를 입력하라는 창이 떴다. 몇 주 전에 바나가 직접 입력했을 비밀번호를 쳤다. 괜히 바나와의 카톡창을 켰다가…… 그녀의 부탁을 보았다. 자신의 글을 읽어봐 달라는 글이었다. 아, 글 읽어보기로 했지. 학기 중도 아니어서, 메일함에 잘 들어가지 않은 탓에 바나에게 메일이 온 것도 잊고 있었다.

메일함에 들어가 바나가 보낸 메일을 열었다. 제목은 'ㅎ

ㅇ'였고 내용은 'ㅅㄹㅎ'였다. 첨부파일 이름은 '시간'이었다.

널 잡는 게 아니라, 이 순간을 잡는 것일지도.
널 떠나보내는 것보다, 이 순간이 떠나는 게 두려운 것일
지도.
너의 모든 것이 나의 시간과 함께 떠나는 것이 두려운 것
일지도.

지안은 이날, 바나가 자신에게 버리고 간 칫솔과 그녀의
남은 마음 그리고 그녀와 함께한 시간들을 붙잡고 베개 위
에 누워 엉엉 울었다. 마지막으로 이렇게 울어본 지가 언젠
였는지 기억도 나지 않을 정도로 눈물이 없는 지안이었지
만…… 바나가 베고 자던 베개가 축축해졌다. 그의 첫사랑
이 끝난 것이다.

우리 맛있는 거 많이 먹었다, 그치?

: 스물아홉 :

바나는 거북목을 한 채 모니터를 뚫어져라 보다가 허— 하고 헛웃음을 지었다.

널 잡는 게 아니라, 이 순간을 잡는 것일지도.
널 떠나보내는 것보다, 이 순간이 떠나는 게 두려운 것일지도.
너의 모든 것이 나의 시간과 함께 떠나는 것이 두려운 것일지도.

모니터에는 바나가 처음으로 썼던 단편소설 속의 문장이 있었다. 이 문장은 사실 쓰이지 않았다. 수정을 하는 과정에서 결말을 해피엔드로 끝내는 편이 나을 것 같다고 편집자와 이야기를 나눴기 때문이다. 그냥 두기엔 좀 아까운

데? 잘 썼다.

바깥엔 함박눈이 내리고 있었다. 스물셋에 저런 문장들을 쭉 써 내려가던 바나는 이제 스물아홉이 되었다. 20대가 1년밖에 남지 않았다니. 물론 아쉬운 건 아니었다. 바나는 나이 드는 데 큰 거부감이 없었으니까. 그저 현실감이 없어서 놀라울 뿐이었다. 그때, 부스럭거리는 소리와 함께 지안이 현관 쪽으로 가는 소리가 들렸다.

"가?" 바나가 책상에서 일어나 현관으로 가며 물었다.

"어." 지안이 손가락을 모두 붙이고 손바닥을 보이는 특유의 인사를 하며 도어록 버튼을 눌렀다.

"몇 시에 와?"

"밤늦게." 지안은 최근 대학원 준비를 하고 있었다. 다행히도 인맥이 장난 아니게 넓다는 그의 말은 진짜였는지, 여러 사람의 도움을 받아 일을 착착— 진행해 나가는 듯했다. 스물두 살 때부터 돈 버는 일을 시작한 바나는 하나도 모르는 세상이었다.

"데려다줄까?" 이제는 운전을 꽤 능숙하게 하는 바나가 물었다.

"타이어 공기나 넣어라." 지안이 쌀쌀맞게 대답했다. "니 그러다가 진짜 사고 난다?"

"저주야, 뭐야." 바나는 비뚤어진 비아냥으로 그의 말을 받아쳤다. 그러자 지안이 현관문을 연 채로 멈춰 서 바나를 지그시 바라보았다. 뭐, 또 화내게?

"소설은 쓰고 있나? 계약은 해놓고 자꾸 마감 미루면 되겠나?" 지안이 잔소리 폭격을 날리기 시작했다. "자꾸 무릎 아프다고 하지 말고 저번에 내가 사놓은 찜질팩으로 찜질 같은 것도 좀 하고."

"아— 알았어." 바나가 대충 대답했다. 지안은 여전히 현관에 멈춰 서 있었다. "안 가? 늦을라."

"듣기 싫으면 듣기 싫다고 해라." 지안은 그렇게 말하며 다시 한번 손 인사를 하곤 현관문을 닫았다. 무뚝뚝한 멘트에 다정한 인사라니.

바나는 서랍에서 찜질팩을 꺼내 전자레인지에 돌렸다. 아, 뜨거! 손을 살짝 뎄지만 얼른 싱크대로 가서 찬물을 쏟아부었으니 금방 괜찮아질 것 같았다. 2분이 아니라 1분만 돌리는 거였구나. 맨손으로 만지면 안 되는 거였네. 그녀는 얇은 수건을 가져와 팩을 조심히 감싼 뒤 무릎에 얹었다. 그러곤 인터넷으로 근처의 카센터가 몇 시에 여는지 찾아본 뒤 스케줄러에 차 점검 일정을 넣었다. 이후 쓰던 소설 파일을 열었다. 작년을 마지막으로 겨우 몇 페이지 더 써놓은 소설이었다. 큰일 났네…….

'이 밤 너에게 주고픈 노래. 너만을 사랑하고 있다는 걸.'

과거 지안과 함께 부르던 노랫말이 방 안에 울려 퍼졌다. 바나의 벨소리였고, 수아에게 온 전화였다.

"아, 한 번만 해주라! 데이터가 필요하단 말이야."

"아, 그걸 내가 왜! 해!" 바나가 웃음을 터뜨리며 소릴 질렀다.

결혼정보회사를 통해 만난 수아와 그녀의 남편은 작년 말에 결혼했다. 바나의 친구들과 지안이 솥뚜껑에 삼겹살을 구워 먹었던 그날 이후였다. 수아의 남편은 자신의 경험을 바탕으로 사업을 시작했는데, 바로 결혼정보회사가 아닌 '연애정보회사'였다. 데이팅 앱보다는 무겁고 결혼정보회사보다는 부담 없는, 하지만 결혼만큼이나 진지한 만남을 원하는 사람들을 위한 사이트를 구축한다고 했다. 바나는 자연스러운 만남을 추구하는, 일명 '자만추' 가치관을 가진 사람이었기에 결혼정보회사든 연애정보회사든 썸정보회사든 모든 게 부질없다 혀를 찼지만…… 친구의 간곡한 부탁 및 공격("너 한지안이랑 헤어진 이유도 아직 말 안 해줬잖아!", "그게 이거랑 뭔 상관인데!")을 못 이겨 자신의 데이터를 제공하기로 했다.

"내가 뭘 하면 되는데?" 바나가 허탈하게 웃으며 물었다.

"이따 전화 오면 받아."

잠시 후, 한 직원이 바나에게 전화를 걸었다. 데이터 수집을 위해 간단한 인터뷰만 해주면 되는 일이었다. 직원이 이 것저것 물어보았다. 어떤 남자를 선호하는지, 어떤 데이트 방식을 좋아하는지, 결혼을 전제로 했을 때와 연애를 전제로 했을 때 가치 판단이 달라지는지 등에 관한 질문이었다.

"아…… 어…… 근데 제가 데이터를 제공하는 게 도움이 될까요? 저는 회사도 안 다니고 그냥 프리랜서인데……." 바나는 여전히 이 인터뷰에 우물쭈물한 태도를 보였다. 하지만 직원은 최대한 다양한 사람의 인터뷰가 필요하다며 그녀를 북돋아 주었다. "제가 글을 쓰니까…… 그리고 좀 성격이 뒤틀린 면이 있고…… 그래서 제 예민한 감정선을 잘 따라와 줬으면 좋겠어요. 근데 그럴 때마다 호들갑 떨면서 괜찮냐고 물어보진 않았으면 좋겠고…… 똑똑했으면 좋겠어요. 요리 잘했으면 좋겠고…… 음, 또 뭐가 있으려나. 게임 좋아했으면 좋겠어요! 저 게임 좋아해서." 바나가 머쓱하게 웃었다.

"아— 네. 너그럽고 부드러운 스타일을 원하시는구나." 직원이 공감한다는 듯 맞장구쳤다. 너그럽다? 그건 아닌데. 이런 생각에 잠겨 있는데, 직원이 "근데 그런 거 말고, 선호하는 종교나 직업, 술담배 유무, 키나 외모, 재력 같은 조건은 어떻게 생각하세요?"라고 덧붙이는 바람에 생각이 끊겼다. 아, 그런 걸 말해야 하는 거였어? 민망하네.

"아······ 글쎄요?" 바나는 잠시 고민하다 말을 이었다. "뭐, 돈은 그렇게 많이 벌지 않아도 괜찮을 것 같아요. 키도 뭐······ 170 중반만 넘는다면야. 제가 164라서······. 술담배는 상관없긴 한데 담배는 결혼하면 끊어야 하지 않을까요? 종교도 상관없고 직업은 위험한 거만 아니면 돼요. 막 죽을 위험 있는 거요."

바나의 주절거림에 직원은 이 정도면 까다롭지 않은 조건이라 금방 상대를 찾을 수 있다고 말했다. 뭐, 난 이런 거 안 할 테지만. 나 같은 사람이 어딘가에 또 있긴 하겠지. 그 사람에게 조금이나마 자신의 인터뷰가 도움이 됐으면 좋겠다는 마음으로 직원의 설명을 듣고 있는데······.

"외모는 어떤 타입 좋아하세요?" 직원이 물었다.

"잘생겼으면 좋겠어요. 무조건." 바나가 단호하게 대답했다. "눈 좀 쭉 찢어지고, 동굴입 스타일에다가····· 코도 오똑하고 턱도 날렵하고······ 약간 기생오라비같이 생긴 스타일이요." 바나는 말하면서도 혼자 킥킥거렸다. 완전 한지안이잖아?

"아, 외모 쪽에서 조건이 좀 높으시네요." 직원도 바나의 웃음에 맞춰 함께 호호 웃어주었다.

그래. 난 다시는 너보다 더 사랑하는 남자를 만나지 못하겠네. 하지만 지안에게 다시 연락하던 그날 스스로에게 던졌던 질문의 답은 여전히 구하지 못했다. 이것 역시 내가 소설을 못 쓰고 있는 이유겠지.

'만약에 우리가 지금 만난다면, 우리의 결말이 조금 다르게 끝날 수 있을까?'

바나는 자신이 소설 첫 부분에 적은 문장을 떠올렸다. 모르겠어.

"근데요, 연애보다는 무겁고 결혼보다는 가벼운 관계라는 건 뭔가요?"

웃긴 질문이었다. 바나는 여기서 인터뷰이의 역할을 해야 하는데, 어느새 인터뷰어가 되어가고 있었으니.

"궁극적으로는 결혼을 목적으로 만나는 거지만, 반드시 결혼을 전제로 만나야 한다는 부담감이 줄어드는 거 아닐까요?"

"그럼 명백히 서로 사랑하긴 하지만 아무것도 정해지지 않은 관계는요?" 바나가 눈을 반짝이며 물었다.

"그건 연애도 결혼도 아닌 것 같은데요." 직원이 웃으며 대답했다. 그리고 다시 이것저것 질문을 해나가기 시작해서 바나의 포지션은 다시 인터뷰이로 돌아갔다.

전화가 끝난 뒤, 수아에게 고맙다는 메시지와 함께 기프티콘이 도착했다. 가격대가 꽤 나가는 패밀리 레스토랑 기프티콘이었다. 헉, 그러고 보니……

"그러고 보니까 우리 이런 델 안 가본 것 같아. 그치?" 바나가 설레는 표정으로 화장을 하며 말했다.

"그러네." 지안 역시 말끔하게 옷을 차려 입고 거울 앞에서 머리를 매만지고 있었다. "그렇게 뭘 많이 먹으러 다녔는데, 그자?" 진하게 밴 사투리가 그 역시도 들떠 있음을 알려주었다.

물론 패밀리 레스토랑에 도착할 때까지 다소 잡음은 있었다. 아직도 타이어 공기압을 넣지 않았냐는 지안의 잔소리에 바나가 "아, 담주에 가려고 스케줄러에 넣어놨거든? 그만 좀"이라고 말하는 바람에 사소한 말다툼이 시작된 일부터…….

"엄마가 좀비 되면?"이라든지 "그럼 수안이가 좀비 되면?"이라든지 "그럼 수안이가 좀비 돼서 너가 총으로 쏘려는데 엄마가 말리시면?"이라든지 하는 바나의 쓸데없는 망상성 질문들이 쏟아지는 바람에 지안이 차선을 바꾸지 못해 길을 헤매게 된 가벼운 사건도 있었고.

지안이 바나의 손에 있는 화상 자국을 보곤 "그거 그러다가 터지면 어얄참으로 설명서도 안 보고 돌렸노?"라며 찜질팩 설명서를 왜 갖다버렸는지 추궁하자, 바나가 "야, 됐어. 집에 가자"라고 해버리는 큰 사건까지…….

지안은 과거에 바나가 그와 싸울 때면 택시를 타고 홀라

당 가버리거나, 연락을 받지 않고 잠수를 타거나, 카톡 프사를 바꿔버린다든지 하는 유치한 짓을 했던 이야기까지 꺼내며 바나를 긁었다.

"야, 그 얘기가 지금 왜 나와?" 바나가 억울하다는 듯 짜증을 냈다.

"내년에 나이 앞자리 바뀌는 애가 아직도 그래 유치하게 굴면 어야노." 지안이 그녀에게 날카로운 말을 꽂았다.

"몰라! 니가 나를 이렇게 만드나 보지." 바나가 비아냥거렸다.

"그래. 미안하다. 그렇게 만들어서." 이번엔 지안도 비아냥거렸다.

아, 니가 비아냥거리면 어떡해?

○×

"그래, 그러면 번호 알려주고ㅡ." 지안이 대학원 준비 일정을 마치고 바나의 집으로 다시 돌아가는 길에 휴대폰 너머로 말했다. 수아에게 온 전화였다. 지안은 작년 말 즈음 수아의 결혼식에서 축가를 불렀다. 수아가 바나와 듀엣으로 불러달라고 부탁했기 때문이었다. "야! 축가를 이렇게 급박하게 부탁하는 게 어딨냐?"라고 바나가 어이없어하긴 했지만, 축가를 부르기로 한 사람이 개인 사정 때문에 취소했다며 간곡히 사정하는 바람에 지안과 바나는 정말 오랜만에 사람들 앞에서 함께 듀엣을 부르게 되었다. 축가 순서가 오기 전 새하얗게 질려 있는 바나의 모습은 지안에게 요상한 향수를 불러일으켰다. 밴드부는 청춘사업을 위해 가입하는 거라는 바나의 말이 떠오르기도 했다. 다행히 그날 축가는 무사히 마쳤다. 그런데 수아가 축가 부를 사람이 없다는 또 다른 친구의 부탁으로 한 번 더 축가를 요청한 것이었다.

축가는 그냥 부르면 될 일이었다. 음악을 시작한 뒤, 수많은 사람의 부탁으로 축가를 불러왔다. 그 때문에 누구보다 결혼식에 많이 참석해 본 지안이었다. 그 과정에서 그는 자신이 나중에 결혼할 때는 저런 걸 하지 말아야지, 저런 건 아이디어가 좋다, 저런 건 좀 보기 좋지 않군— 하면서 결혼에 관해 많이 생각하게 되었다. 만약 내가 바나랑 결혼을 한다면…….

"아, 너 몰랐구나. 난 바나가 말한 줄. 하긴 걘 뭘 말을 잘 안 해." 수아가 머쓱하게 큭큭거리며 말했다. 이어서 수아는 바나가 소개팅 업체의 데이터 수집 관련으로 인터뷰를 진행했으며, 재력은 상관없이 너그러운 성격의 남자가 좋다는 소릴 했다고 전했다.

"그래. 남편분 사업 잘됐으면 좋겠다." 지안은 수아와 안부 인사를 마저 나누고 전화를 끊었다. 너그럽다라……. 확실히 지안은 그런 스타일은 아니었다. 그는 늘 바나가 걱정되고 신경 쓰였다. 그럴수록 바나는 신경이 날카로워지고 지안에게 예민하게 굴었다. 어떤 상황에서도 초연하고 담담한 지안이 바나 앞에선 무력할 만큼 조바심을 냈고, 그 어떤 순간에도 침착함을 발휘하는 바나가 지안 앞에서는 감정적으로 돌변했다. 스물, 스물하나일 때도 그랬다.

결국 패밀리 레스토랑에 도착했을 때도 지안은 바나가 차 안에서 했던 말에 잠겨 있었다. 내가 바나를 그렇게 만든다니……. 두 사람 사이에 찬 기운이 조금 흘렀다. 겨울이어서인지, 아까 싸워서인지는 모르겠지만. 바나의 추천으로 여기 와서 안 먹으면 섭섭하다는 투움바파스타와 스테이크 그리고 에이드 두 잔을 시킨 뒤 식전 빵을 야금야금 뜯어 먹자 찬 기운이 조금씩 없어지는 것 같았다.

"수아 남편은 사업 잘 진행하고 있다나?" 지안이 물었다.

"몰라?" 빵을 찢던 바나가 잠시 멈칫했다. "어떻게 알았어?"

지안은 그날 바나의 집으로 돌아오는 길에 수아와 잠깐 통화한 일에 대해 말해주었다.

"이상형이 너그러운 남자라?"

"전혀." 바나가 대답했다. 지안은 이 대답이 선의의 거짓말이라 생각했다.

투움바파스타와 스테이크, 에이드 두 잔이 나왔을 때 바나는 얼른 SNS에 올릴 사진을 찍었다. 부드러운 크림 파스타의 맛은 바나가 주장한 대로 유명해질 수밖에 없는 맛이었다.

"우린 스테이크 굽기 취향이 같아서 다행이야." 바나가 돌판 위에서 스테이크를 자르다가 손을 델 뻔하자 지안이 칼을 뺏었다.

"시뻘건 게 맛있지." 그가 레어로 구워진 스테이크를 바나의 앞접시에 잘라서 놓아주었다.

배부르게 외식을 마친 뒤 집으로 돌아온 두 사람은 각자 할 일을 하다가, 간단하게 맥주를 마시기로 했다. 바나가 모니터를 쳐다보며 머리를 쥐어뜯다가 편의점에 잠깐 다녀온다며 나가서는 네 캔에 만 원인 맥주 세트를 사 들고 왔기 때문이다. "얘기 좀 하자"라며. 대체 무슨 얘기를 하려고…….

"그게 진짜였다니." 바나가 허탈해하면서도 속 시원하다는 투로 말했다. '얘기'는 소설 인터뷰였다. 꽤 오랫동안 소설 인터뷰를 하지 않아서, 지안은 더 이상 인터뷰가 진행되지 않는다고 안심했다. 혹시 바나가 인터뷰를 시작할 것 같은 분위기로 나타나면 어떻게든 말을 돌릴 수도 있었다. 하지만 맥주 캔을 부딪혀 건배를 한 후의 첫마디가 "너 진짜 해영이랑 안 잤어?"였다. 그래서 지안은 "찜질방에서 잤다니까. 목욕도 하고"라는 대답을 할 수밖에 없었다.

"왜 안 믿어줬는데." 지안이 가볍게 농담을 던졌다. 결코 가벼운 주제는 아니었지만 말이다.

"내가 바보 같을 정도로 똑똑했으니까." 바나가 자신에게 답하듯 고개를 끄덕이며 말했다. "'혹시 몰라, 정말 다른 이유가 있을 거야. 사랑하는 사람을 믿어보자'라고 합리화를 하기엔 너무 이성적이었다는 소리지. 그 나이치고."

"그랬지." 지안이 동의했다.

"그럼, 모험의 결과는 어떤데?" 바나가 또 한 번, 핑계 댈 수 없는 질문을 던졌다. 지안은 맥주라는 밧줄로 의자에 묶여 취조당하는 범인이 된 기분이었다. 일어날 수도 없고, 벗어날 수도 없었다.

"내가 좀 더 성숙해졌지. 내가 과거랑 다르다고 안 느끼나?" 지안이 물었다. 물론 과거와 행동 패턴은 비슷하지만, 서로에게 대처하는 방식도 여전히 똑같지만, 그 껍데기나 포장 따위가 충분히 달라졌다고 생각해서 한 질문이었다.

그러나 바나는 동의하지 않는지 입꼬리에 힘을 줬다. 그래서 지안은 말을 이어나갔다. "우린 지금 만나는 게 맞았어. 그때 우리는 너무 어렸어. 지금도 어리지만."

"틀렸어." 바나가 씩 웃으며 말했다. 눈은 웃고 있지 않아서, 조금 슬퍼 보였다. 지안은 이유를 묻고 싶었지만 선뜻 말이 나오지 않았다. 여기서 '왜'라고 물어버리면…… 정말 모든 게 끝날 것 같아서였다. 하지만 바나는 지안이 듣고 싶지 않은 말을 이어나갔다. "우리 관계는 영원히 정상적일 수 없어. 20대 초반에 만나든, 20대 후반에 만나든."

○×

다시는, 이런 감정을 못 느낄 거라 생각했다. 하지만 바나는 생각보다, 그리고 과거의 바나만큼이나 지안을 사랑하고 있었다. 그땐 내가 어려서…… 스물, 스물하나, 스물둘이어서 그런 감정을 느꼈다고 생각했어. 그럴 타이밍이어서, 그렇게 사랑에 빠졌나 보다 생각했다. 하지만 타이밍이 문제가 아니었다. 바나는 '한지안'이기 때문에 사랑에 빠졌다. 마치 그때처럼. 나이는 상관이 없었다.

'지금 즐겁잖아. 지금 좋잖아. 지금 재밌잖아.' 이런 관계에 머물러도 괜찮다고 생각했다. 다시는, 너보다 더 사랑하는 남자를 만날 수 없겠지. 그래서 괜찮다고 믿었다. 하지만 그렇다고 해서 이게 널 만나야 하는 이유가 되는 건 아닌 것 같아.

"왜 그렇게 생각하는데." 생각에 잠겨 있는 바나를 현실로 불러오는 지안의 물음이었다. 그의 목소리가 극도록 차분해져 있었다.

"니 모험도, 내 계획도 다 부질없으니까." 바나가 간결하게 대답했다. 하지만 지안은 그 쭉 찢어진 날카로운 눈으로 바나를 물끄러미 쳐다봤다. 그래서 바나는 설명을 이어나갔다. "스물, 스물하나가 아니라 스물일곱, 스물여덟 즈음 만났으면 좋았겠다고 둘 다 생각했잖아. 근데 우린 함께 있으면 스물, 스물하나가 돼."

"근거는?" 지안이 고개를 옆으로 살짝 젖히며 물었다. 그러자 바나의 입에서 킥킥거리는 웃음이 새어 나왔다. 마치 4층 휴게실에 있는 것 같았다. 논리와 근거를 견주던 두 사람의 모습이 떠올랐다. 이거 봐. 우린 또 스물, 스물하나가 되잖아.

"넌 나랑 있으면 무력해지고 불안감에 빠지니까. 난 너랑 있으면 침착함을 잃고 감정적인 사람으로 돌변하니까. 그래서…… 결론적으로 우리는 결코 스물일곱, 스물여덟에 만날 수 없게 되는 거지." 바나가 차근차근 설명했다. 자신의 설명을 이해해 주길 바라는 눈으로 지안을 쳐다보았을 때…… 지안은 이해가 간다는 듯 작게 고개를 끄덕이며 맥주를 홀짝였다.

"둘 다 틀렸네."

"둘 다 틀렸지." 이번엔 바나가 입술을 살짝 깨물더니, 맥주 캔을 들어 한 모금 마셨다. "그리고 우리는…… 우리 관계는 이상하니까."

"뭐가 이상한데."

"우린 거짓으로 꾸며져 있으니까. 진짜가 없고, 결론도 나지 않고."

지안은 사랑이 일시적인 것이라고 했다. 하지만 바나는 그들만큼이나 사랑으로 이어간 관계는 없다는 생각이 들었다. 두 사람의 관계는 이상하다. 엉망이고, 정리된 게 하나도 없이 위태로운 살얼음판이다. 하지만…… 두 사람은 그저 서로를 사랑한다는 이유만으로 이 길고 질긴 인연을 이어왔다.

"그럼 우리 또 헤어지는 거라?" 지안이 진지하게 물었다. 사투리 억양이 묻어났다.

"우린 못 헤어지지. 사귀는 사이에서나 '이별'할 수 있는 거야. 우린 절대 다시 이별 못 해." 바나가 자조적으로 미소 지으며 말을 이었다. "우린 사귀는 사이가 아니니까."

"예쁜 미소상 몇 개 받았노." 지안이 미소 짓는 바나의 볼을 쿡— 찌르며 물었다.

그래도 두 사람은 종종 만나 맛있는 것을 먹기로 했다. 물론 이 약속이 이루어지는 일은 없었다. 바나는 이번에도 갖가지 핑계를 대며 지안의 만남 제안을 피했다.

어묵탕, 순두부찌개와 '저육'볶음, 햄버거, 치킨, 모츠나베, 장어, 피자, 양갈비, 김치우동전골, 떡볶이, 뽀글이와 아이스티, 산낙지, 화채, 삼겹살은 모두 지안과 이미 함께 먹은 것들이었다. 음식을 핑계로 만나자고 하던 지안은 "그러네. 우리 맛있는 거 많이 먹었다, 그자?"라며 웃는 소리를 휴대폰 너머로 흘려보냈다. 핑계를 핑계로 맞서는 바나에게 지안은 더 이상 날짜로 응수하지 않았다.

나도, 모험 좀 해보자. 바나의 속마음은 이랬다. 진짜 우리가 서로 절대 잊을 수 없는 첫사랑이라면…… 언젠가는 다시 만날 수 있겠지. 그럼 우리는 서로의 끝사랑이 되는 거야. 하지만 이 말을 지안에게 하진 않았다. 그때 바나는 지안이 떠난다는 모험에 처참히 무너졌으니까. 똑같은 경험을 그에게 주고 싶지 않았다.

'만약에 우리가 지금 만난다면, 우리의 결말이 조금 다르게 끝날 수 있을까?'

바나는 결국 이 질문의 답을 찾아냈다. 그래서 순식간에 소설을 마무리할 수 있었다.

'우리는 항상 시작도, 끝도 똑같아. 그때고 지금이고 달라지는 건 하나도 없다는 말이지.'

하지만 지안은 연락이 없었다. 핑계에 핑계로 맞서는 바나가 핑곗거리를 찾는 일에 수고를 덜 수 있도록 도와주는 것 같았다. 그렇게 자신의 옷을 모두 챙겨가 버린 선녀는 다시는 돌아오지 않았다.

겨울이 끝나가고 있었다.

시험 기간 시작

겨울이 끝나가고 있었다.

이제 지안은 바나와의 이야기를 '나의 20대 시절 이야기'라고 칭할 수 있는 나이가 되었다. 앞자리가 바뀌었다고 많은 것이 달라지진 않았다.

누가 봄을 시작이라 칭했나?

지안은 이런 의문을 가지고 곰곰이 생각에 잠겼다. 시간의 처음과 끝에서 계절이 시작하고 끝나는 것을 알리는 겨울이 진짜 시작이라 생각했다. 시작이자 끝인 겨울의 마지막 눈이 펑펑 내리던 날이었다.

그는 요즘 플레이리스트를 편집해서 올리는 일을 취미로 하고 있었다. 바나와 여행 가는 길에 들었던 플레이리스트도 그가 쓴 글귀와 함께 영상으로 올라갔다. 그냥 자신이 듣기 위해 만든 플레이리스트였는데 뜻밖에 반응이 좋아서, 지안은 그 기회에 음악 작업의 길을 터놓았다. 자신의 자작곡을 모아 플레이리스트를 만드는 방식으로.

다행히 이것도 반응이 좋았다. 이번에 올린 자작곡 플레이리스트의 주제는 바로 '사랑'이었다. '愛'라는 제목의 이 플레이리스트는 지안이 스물셋의 겨울에 작곡한 곡들과 스물아홉의 겨울에 작곡한 곡들로 구성되어 있었다. 플레이리스트의 설명란에는 이런 글귀가 적혀 있었다.

아름다우면서도 슬픈 것이 사랑이다. 우리 모두가 할 수 있지만, 때론 나 홀로 외롭게 해야만 하는 것이 사랑이다. 무슨 말로 형용하든 간에 모두 소화하는 것이 사랑이며, 어떤 말로도 다 표현할 수 없는 것 역시 사랑이다. 이처럼 사랑은 세상 이치의 끝과 끝에 이어져 있다. 그만큼 사랑은 역설적인 것이다.

요즘 지안의 꿈에는 바나가 나왔다. 꿈을 잘 꾸지 않는 지안이었지만 꿈을 꿨다 하면 바나가 등장했다. 그녀는 꿈에서 늘 그에게 질문을 던졌다.

"우리가 정말 아무런 과거 없이 스물일곱에 처음 만났으면, 서로 호감을 느꼈을까?"라는 질문도 있었고, "내가 그때 너를 믿었더라면 우리 관계는 어떻게 됐을까?"라는 질문도 있었다. 가끔은 "한 계절로만 살아야 한다면 넌 무슨 계절을 선택할 거야?"라는 이상하고 엉뚱한 질문을 하기도 했다. 지안은 바나에게 질문을 받는 것이 너무나도 익숙해서 쉽게 대답할 수 있었다.

"호감을 느꼈겠지."

"그래도 넌 계속 나에게 상처받지 않았을까."

"겨울."

또 바나는 확신에 찬 목소리로 이런 말을 하기도 했다.

"니가 도연이랑 사귈 때도 나를 좋아했다는 내 주장은 철회할게. 넌 아예 처음 만났을 때부터 날 좋아했어. 넌 나랑 있으면 항상 불안해하고, 조바심을 내잖아. 넌 내가 불안해서 어묵탕을 떠줬으니까, 그때부터 날 좋아한 거지."

그러면 지안은 "역시 통찰력이 좋네"라 대답하며 꿈에서 깼다.

자작곡 플레이리스트를 관리하다 보니 작은 규모의 드라마나 독립영화의 OST 제안이 들어오기도 했고 음원 수익도 조금씩 생겨났다. 공부도 놓지 않았다. 그는 늦은 나이긴 해도 대학원 연구원으로 입학해 공부를 시작했다. 연구실로 출근해 일을 하고 집으로 돌아와 자작곡을 손보며 플레이리스트를 관리하는 것이 그의 바쁜 하루 일과였다.

그리고 마지막엔 꿈에 나오는 바나를 만나는 것까지.

어느 날, 플레이리스트에 댓글이 하나 달렸다.

세상의 모든 것은 사랑 때문에 시작되고 세상의 모든 것
이 사랑 때문에 끝난다. 당신은 나의 시작인가 끝인가?

겨울이 끝나가고 있었다. 이것은 새로운 계절이 얼마 뒤
시작된다는 걸 알리는 신호였다. 신호탄이 터진 것처럼 눈
이 펑펑 내리는 창밖을 구경하다가, 지안은 집 밖을 나섰
다. 뽀드득, 뽀드득, 눈 밟는 소리가 기분 좋게 들렸다. 바
나에게 헤어진 지 4년 만에 전화가 왔던 그날도, 이렇게 집
밖에서 뽀드득, 뽀드득, 눈을 밟으며 걷고 있었다.
생각해 보니까, 그때 뭐 하고 사냐는 그녀의 질문에 대
답해 주지 않았다. 그래서 바나에게 전화를 걸었다. 단칼
에, 빠르게 내린 결정이었다.
"여보세요?" 반가운 목소리가 들렸다.
"뭐 하노." 1년 만에 건넨 질문이었다.
"눈 온다." 바나는 동문서답을 했다. 그녀는 시작이기도
하고 끝이기도 하다. 지안은 그렇게 생각하며 다시 그녀와
시작하기 위해 한 가지 부탁을 하기로 했다.

"내 꿈에 그만 좀 나와라, 바나야."

그날과 똑같은 말을 하는 지안의 농담 어린 말투에 바나가 푸핫 웃음을 터트렸다.

"역시, 우린 절대 못 헤어져." 바나가 1년 전에 했던 말을 되풀이했다. "우린 친구로서 영원히 끝이니까."

승리감마저 느껴졌다. 들리지 않고 보이지도 않았지만 바나의 한쪽 입꼬리가 씨익 올라가는 모습이 눈에 선하게 그려졌다.

"그게 그 뜻이었나." 지안이 물었다.

"너는 나의 시작이자 끝이야. 우린 또 끝날 수도 있지만, 무한히 시작할 수도 있어."

바나가 뜬금없는 소리를 했다. 하지만 지안은 뒤통수가 얼얼했다.

"그거 니였나?"

"누구겠어, 그럼."

아, 이 배찌 같은 지지바가.

"연남동. 토요일. 5시." 바나는 판사처럼 '탕탕탕!' 하는 소리를 입으로 직접 내기까지 하며 날짜와 시간, 장소를 결정해 버렸다. 판사님의 판결에 얼마든지 동의하지만서도, 지안은 궁금했던 것을 물어보았다.

"우리 또 스물, 스물하나 될 텐데. 괜찮겠나?"

"우리 서른인데, 10년이나 젊어지면 이득 아니야?" 바나가 장난꾸러기처럼 웃으며 대답했다. 뽀드득, 뽀드득, 눈 밟는 소리와 잘 어우러지는 웃음소리였다. 바나가 웃자 지안도 따라 웃었고, 입김이 폴폴 나왔다. 옹실옹실 피어오르는 지안의 숨이었다.

《나의 X 오답노트》끝.

축복받은 저주

"너를 사랑해. 마치 저주에 걸린 것처럼."

이런 말을 한 적이 있다. 그러자 상대방은 나에게 "너무하네"라는 대답을 돌려주었다.

'사랑'은 위대하고도 아름다운 인류의 '저주'다. 저주는 강력하다. 저주를 풀기 위해선 그보다 강력한 무언가가 있어야 한다. 그러나 우리는 이 저주보다 강력한 무언가를 쉽게 찾을 수 없다. 세상에 사랑이라는 감정보다 더 강한 것이 어디 있겠는가.

저주에 걸리면 일종의 디버프가 생긴다. 하루 종일 그 사람만 생각나서 일상 생활에 지장이 생기고, 그 사람을 위해 어떠한 희생도 불사할 수 있으며, 그 사람이 내 인생의 우선순위가 되는 그런 디버프들 말이다. 바나는 지안과 만나며 지독한 저주에 걸린다. 한없이 냉정하고 이성적인 바나가 지안과 함께 있으면 감정적으로 돌변해 날카로운 비아냥을 칼처럼 마구 내리꽂는다. 지안 역시 바나 때문에 저주에 걸린다. 언제나 차분하고 매사에 동요가 없는 그가 바나와 함께 있으면 조바심이 나고 초조해져서 합리적이지 못한 판단을 내린다. 때문에 두 사람은 서로가 아니었으면 평생 마주하지 못했을 인생의 흐름을 맞이한다. 누군가를 사랑하는 일은 이런 것이다. 저주에 걸린 듯 통제할 수 없는 삶의 흐름과 양상을 겪게 되는 것. 그렇다면 우리는 사랑을 하지 말아야 하는 것일까?

우리는 누군가를 사랑하게 되어 있다. 그게 인류 종족 번식의 큰 그림이고 설계다. 사랑은 인생에서 필연적인 존재라는 뜻이다. 덕분에 우리는 사랑을 받기도 한다. 세상에 그 누구에게도 사랑받지 못하는 사람은 없다. 단 한 명일지언정 누군가는 당신을 사랑한다. 그 사람에게는 당신을 위한 저주가 걸려 있고, 그 저주 덕에 당신의 삶은 윤택해질 수 있다. 저주에 걸린 사람은 당신을 사랑한다는 이유로 무슨 일이든 해낼 수 있을 테니 말이다. 일반적인 상식으로는 도저히 할 수 없는 일들을, 보편적으로는 절대 하지 않을 일들을 단지 사랑한다는 이유 하나만으로 하게 된다. 때문에 우리는 사랑하는 사람과 함께라면 힘들고 지겹고 어렵고 고통스러워도, 힘이 나고 두려울 게 없어진다. 그 사람이 날 위해 어떤 일들을 해줄 수 있는지, 어떤 것들을 희생할 수 있는지 잘 알고 있기 때문이다.

누군가를 사랑하는 일은 마치 저주에 걸린 듯 고통스럽지만, 누군가에게 사랑받는 일은 엄청난 축복을 받은 듯 행복하다. 이 축복에는 엄청난 효과가 있다. 그 사람이 아니었다면 겪어보지 못했을 순간들을 양분 삼아 용기와 희망을 얻고 안정감을 얻으며 살아가게 하는 힘이 생긴다. '그래, 나 그렇게까지 했지' 혹은 '맞아, 그 사람은 나를 위해 그렇게까지 했지' 하고 기억을 되짚으며 앞으로의 일들을 좀 더 수월하게 선택해 나갈 능력이 생기는 것이다. 세상 어딘가에는 나를 위해 맹목적으로 굴어줄 저주에 걸린 바보가 있다는 사실이 이다지도 큰 힘이 되고 위로가 된다. 나를 위한 저주에 걸린 사람이 세상 어딘가에 있다는 사실이 서로에게 버프처럼 작용한다. 그러니 우리는 모두 한 번쯤은 이런 사랑을 해보아야 한다. 열렬히, 최선을 다해 겪어보아야 한다. 나의 저주는 누군가에게 축복이, 누군가의 저주는 나에게 축복이 되는 이 위대하고도 아름다운 '사랑'이라는 행위를 말이다.

바나와 지안은 서로에게 축복이자 저주였고, 그들의 사

랑은 결코 순탄하지 않았으며 앞으로도 순탄하지 않을 것으로 예상된다. 두 사람은 또 한 번 이별할 수도, 그리고 무한히 시작할 수도 있다. 서로 사랑하기 때문에 힘들었지만 서로 사랑하기 때문에 좋았고, 앞으로도 그 힘들고 좋은 길을 선택하려 한다.

사랑은 원래 힘든 거다. 일종은 '저주'니까. 하지만 내 저주가 내가 사랑하는 사람에게 축복이 된다면, 그걸로 된 거 아닐까 싶다. 이런 나의 말이 너무 비현실적이고 감성적이며 유치하다고 느낄 수도 있겠다. 지독하게 낭만을 찾는 것이 인생에 무슨 도움이 될까 싶을지도 모른다. 하지만 가끔은 이런 낭만도 필요하지 않겠는가? 현실적인 부분들은 알아서 잘 찾아갈 수 있도록 세상이 돌아가고 있으니, 나는 인류의 축복이자 저주인 '사랑'을 설파하고 싶다. 사람들이 이 책을 읽는 순간만이라도 낭만을 맛볼 수 있도록. 이 낭만 때문에 한동안 지안과 바나를 떠올리며 자신의 사랑에 대해 생각하는 시간이 생긴다면, 난 그것으로 대만족이다.

나의 X 오답노트 2

초판 1쇄 인쇄	2024년 04월 29일
초판 1쇄 발행	2024년 05월 07일

지은이　　김사라

편집인　　이기웅
책임편집　　한의진
교정·교열　　김정현
편집　　안희주, 주소림, 김혜영, 양수인, 이원지, 오윤나, 이현지
디자인　　MALLYBOOK 최윤선, 오미인, 조여름
책임마케팅　　김서연, 김예진, 박시온, 김지원, 류지현, 김찬빈, 김소희, 배성원, 박상은, 이서윤, 최혜연
마케팅　　유인철
경영지원　　박혜정, 최성민, 박상박
제작　　제이오

펴낸이　　유귀선
펴낸곳　　㈜바이포엠 스튜디오
출판등록　　제2020-000145호(2020년 6월 10일)
주소　　서울시 강남구 테헤란로 332, 에이치제이타워 20층
이메일　　odr@studioodr.com

ⓒ 김사라

ISBN　　979-11-93358-90-0 (04810)
　　　　　979-11-93358-88-7 (세트)

모모는 ㈜바이포엠 스튜디오의 출판브랜드입니다.